字碼頭
ZI MATOU

『字码头』读库·辽宁舰

融入生命的味道

◎鹤蜚 著

大连出版社
DALIAN PUBLISHING HOUSE

鹤 蜚

本名孙学丽，中国作家协会会员，辽宁省作家协会理事，辽宁省作家协会签约作家，曾就读辽宁文学院第三届青年作家班和鲁迅文学院第十四届中青年作家高研班。曾在《中国作家》《钟山》《青年文学》《清明》《散文》《散文百家》等杂志上发表文学作品200万字。出版长篇小说《他时光》，长篇报告文学《大机车》，中短篇小说集《土豆在飞翔》，散文集《光影绚烂的深处》《爱上巴西利亚》等多部。长篇小说《他时光》获《中国作家》第四届剑门关文学奖，并被改编成长篇电视连续剧《槐花街上的爱情》。中篇小说《接访日》和散文《岁月的痕迹》分获大连市第十二届、第十三届金苹果奖优秀创作奖，短篇小说《理查德·佩帝的诊断》获得《小说选刊》首届全国笔会征文一等奖、大连市2010年度有影响作品奖等。

目录

RONGRU SHENGMING DE WEIDAO

被有轨电车唤醒的城市

因为有轨电车，黑石礁与别的地方有了不同之处，多了些热闹和喧哗，多了些妩媚和浪漫，仿佛黑石礁没有了夜晚和白天的分别，在人的记忆里是转动的，哪怕夜沉睡了，哪怕月亮凝固了，有轨电车都是在咣当声中照跑不误。不管刮风下雨还是冰天雪地，有轨电车都会沿着自己的线路和目标前行，像一个被情迷惑的妇人，执拗地坚守着曾经许下的诺言，恪守初始的本分，不改初衷。

文学院招生，在每一个城市都有相应的比例。从省文学院毕业后，除了文学艺术等诸多收获以外，我最骄傲的是，在全省的每一个城市里都有了自己的同学；从鲁迅文学院毕业后，更骄傲的是，在全国的每一个城市里都有了自己的同学。因为工作的关系，又因为天性喜欢四处游玩，经常会到不同的城市，无论是到哪个城市，一想到在一个陌生的城市里，有一个曾经同窗的同学，那种温暖的感觉就会在身体里弥漫，不由得会拿起电话，拨打过去。有同学来，我也会由衷地高兴好久，耐心地带着同学在城市里转来转去……

去年冬天，接到一个南方同学的电话，她要带放寒假的女儿到外地旅游。母女俩想到大连来玩。大冬天的到大连，恐怕没有什么太好玩的地方，但同学说她俩就想到北方来感受一下寒冷的滋味。两个人在网上搜索大连的旅游攻略，把想去的景点都提前了解了一下。母女俩经常出游，香港澳门青岛厦门等都去过，觉得大连和别的沿海城市比没有什么特别的。同学问我，你们大连除了有海以外，还有没有更特别的地方？

难道有海还不够吗？

有海的城市有好多呀！

是啊，也对。我想了想，我们的有轨电车！我说，我们城市的每一个早晨，都是被有轨电车唤醒的。

一个被有轨电车唤醒的城市，无法不让人沉浸在遐想中……

为了这个被有轨电车唤醒的城市，母女俩决定出发。

有轨电车永远是我们城市醒得最早也睡得最迟的“劳动者”，在公路交通不甚发达的往昔岁月里，大连人记忆最深刻的一定是清晨第一班有轨电车划过寂静夜空的声音，那是黎明前大连最早也最动听的声音，浸满了岁月的味道，音乐般悦耳动听。而午夜最后一班有轨电车总是依随着城市的酣睡而归，似乎永不疲倦。

有轨电车一直以来，是大连市最重要的交通工具，早期的实用为主和如今的美观与功能的并举，都一样地让人刻骨铭心。尤其现在的新式有轨电车，完全摈弃了实用主义的呆板，与城市的浪漫达成了共识，漂亮的外壳，动感的车身，明亮的色调，轻软地滑过铁轨的声音，充满时尚感，仿佛城市与有轨电车一起滑动、飘移，浪漫而美丽。

不过，在处处浮躁的当下，过往的笨拙和木讷有了让人怀念的可爱质朴的味道，无怪乎时下越来越流行复古，于是，大街上又多了些依照老有轨电车式样仿造的有轨电车，瘦小的窗子，咣当对开的拉门，古铜色的车体，摇晃着在铁轨上飞驰，如果不是城市无处不在的高楼大厦，真让人以为回到了从前。每当看到这种老式有轨电车在城市里滑过，时常有种穿越时空的美妙感觉，又仿佛看到了久别重逢的亲人，总有说不出来的喜悦溢满心中。

百多年来，有轨电车已然成了这个城市不可缺少的一部分。

小时候我曾经在黑石礁住过，印象最深的当然是有轨电车站了，那里是城市的终点，也是郊外通往城市的起点。而如今住的地方和黑石礁背道而驰，但是仍然离有轨电车很近，出了小区就是有轨电车站。每天上下班都会顺着有轨电车轨道开车，朋友到我家串门找不到路时，我就指挥他们顺着有轨电车道一直往东开就到我家了。

南方的同学和她的女儿终于来了，娘儿俩来了后，迫不及待地要坐有轨电车。每天开车与有轨电车并行，我就总想找个机会再重新坐有轨电车，一直往黑石礁去，多好，那里有我曾经的家。

正好是休息日，天很冷，因为下了一夜的雪，显得更冷。大街上行人大多缩着脑袋，仿佛一夜间矮了几分。我们早早起来，决定从城市的东部出发。虽然天天与有轨电车见面，但自从自己开车以后，好多年没有坐过有轨电车了。因为太早，有轨电车上几乎没有什么人。上了有轨电车，有种格外的亲切感，同学的女儿欢快地在车厢里前后串着，像我小时候坐有轨电车第一个冲上车时，面对空空的座位无所适从一样，一会儿想坐这个座，一会儿又想坐另外一个座，不知道究竟选哪个才好。我也从有轨电车的前面走到后面，又从后面走到前面，感觉非常的新鲜。小时候的有轨电车是硬木的长条板凳，如今早已换了漂亮的彩色塑钢座椅，吊在空中的圆圈形的把手已经换了形状，小小的吊环把手上还围满了广告。有轨电车上电视广告里正在喧闹着，有轨电车终于开了，乘客不多，大家跟着有轨电车一起左右轻晃着找着平衡，有的人哈着气搓着手轻轻地跺着脚，有的漫不经心地打量着窗外，想着心事，有的干脆佯装闭目养神……

这情景让我想到了小时候的黑石礁，想起了黑石礁有轨电车终点站上的调度室，亲切的感觉一下子蜂拥而来，虽然儿时的记忆大多模糊，但对有轨电车的记忆却异常的清晰。那时的有轨电车没有当下这么的时尚，有的只是实用而方便的亲切——

也是在这样的冬天，车站上吹哨发车的女调度在雪地上跺着脚，等待着把站台上的有轨电车打发走。清脆的哨声终于吹响了，几乎在有轨电车启动的同时她也极快地钻进了调度室。调度室是个小铁皮房，与黑石礁广场形成一个落差，位于黑石礁广场的最高处，可以看到整个广场。这时的小铁皮房里炉子上的水壶正嗞嗞地冒着热气，热烈喧闹，把小铁皮房里烘烤得暖融融的，把冻僵了的树干和呼着白气的行人隔在窗外……

挨着小铁皮房的是报刊亭，喜欢读书的大哥经常会在上有轨电车前花三分钱买一份《北京晚报》，坐在晃荡的有轨电车上看报正好可以修炼人的耐心。挨着报刊亭的是台阶，从车站沿着十几阶的台阶走下来，就到了黑石礁广场。黑石礁广场的北侧有一个国营黑石礁饭店，这家饭店后来在全市有了好多家连锁店。挨着饭店的是国营黑石礁商店，80 年代初我人生的第一双高跟鞋就是在这家商店买的，花了二十四元钱，当时对我来说可是一笔“巨款”。饭店对面大道南面有一个大大的院落，院子里是一幢漂亮的别墅，后来“三产”热闹的时候，别墅改成了水产化工旅社，院子里后来又起了新楼。旅社占据了南侧大半个广场，当年，这里的女孩子个个年轻漂亮，她们三五成群从旅社大院里走出来时，像移动的风景，常常会吸引大街上羡慕的目光跟随；道南侧一溜还有许多小饭店、杂货铺、理发店、五金店、浴池、照相馆、储蓄所等，还有一个不大的自由市场从大道边向南面街巷深处延伸一条大路挨着有轨电车道从市内舒展过来，穿越广场，贴着黑石礁旅社的院墙，自东往西朝凌水桥旅顺方向延伸过去……

又一辆有轨电车在哨声中碰上了门，开始晃荡着咣当咣当地向远处开去，车身左右摇晃着，摇摆得快倒下去一般有些让人担心。第一班从黑石礁有轨电车站发车的哨子从凌晨四点钟响起，直到第二天凌晨最后一班有轨电车收车，有轨电车几乎全天不停歇地运转，中间只停顿几个小时，这停顿的几个小时，使忙碌了一天的有轨电车终于可以喘息一会儿，整个黑石礁，甚至整个城市都陷入了寂静之中。早期的有轨电车噪音很大，但是住在黑石礁和有轨电车沿线的人们，似乎并不介意，他们已然听惯了这样喧闹的声响。我曾经问过住在沿线的几位朋友，一天到晚听着有轨电车轰隆隆的响声会不会睡不着觉啊？他们几乎众口一词地回答，听惯了有轨电车的轰隆声睡得更香，如果哪天听不到反而不习惯了。

就好比听惯了身边的人打呼噜，冷不丁少了那个打呼噜的人也会不习惯一样。

那天我们从城市东部坐上有轨电车，到了火车站，又从火车站到兴工街换了往黑石礁方向的有轨电车，小时候这条线路是4路，全长八公里。我记事时的有轨电车票是四分钱，后来涨到七分钱，再后来涨到一毛钱，现在是一元钱，原先的黑石礁是有轨电车始发站也是终点站，有轨电车长长地一排停在终点，有着墨绿色车体和一个个小窗口的有轨电车，像一个个庞然大物，依次在铁轨上整齐地排列停靠着，远远看去，它们像一队队着装整齐慢慢行进的士兵，到达再出发，周而复始，成了黑石礁一道独特的风景。

因为有轨电车，黑石礁与别的地方有了不同之处，多了些热闹和喧哗，多了些妩媚和浪漫，仿佛黑石礁没有了夜晚和白天的区别，在人的记忆里它是转动的，哪怕夜沉睡了，哪怕月亮凝固了，有轨电车都是在咣当声中照跑不误。不管刮风下雨冰天雪地，有轨电车都会沿着自己的线路和目标前行，像一个被情迷惑的妇人，执着地坚守着曾经许下的诺言，恪守初始的本分，不改初衷。

记忆中的有轨电车司机大多是女性，有轨电车司机曾经是我从小特别羡慕的职业，邻家一个姐姐当了有轨电车司机，男朋友要多帅有多帅。那时候的有轨电车司机没有专门的驾驶室，只有一根钢管把乘客和司机分开，彼此很近。我乘坐有轨电车的时候喜欢站在有轨电车司机的旁边，与她一起目视前方，全神贯注，有轨电车司机挺直腰板手握扳手式方向盘的姿势在我看来要多美有多美。有轨电车是最容易产生爱情的地方，在这个城市里，曾经流传过太多的有轨电车上的爱情故事。我的小学同学李小媛的父母就是上早班时，在一起乘有轨电车认识的。第一次好像是下雨的时候，她的爸爸在黑石礁车站站台处，撑一把黑色的雨伞，把孤单无助的小媛的妈妈请到了伞下，他们一起等有轨电车。那个年代，有一把黑雨伞的男人是多么酷啊，一下子就把小媛的妈妈给迷住了。他们都倒班，一个在热电厂当工人，一个在西安路饺子馆里做面点师。恰好他们都坐第一班有轨电车上早班，后来，不管下雨不下雨，他们都相约黑石礁车站，一起坐有轨电车上班……

小媛就是因为父母的爱情故事选择了机车设计制造专业，我后来许多关于有轨电车的知识都是从她那里得知的。她告诉我，第一批行驶在大连街头的有轨电车，是用三个国家的技术拼凑起来的，车身为木结构，它的底盘出自英国，电气部分出自德国，由美国组装制造出厂，早年大连人都叫这种有轨电车“美国大木笼子”。有轨电车当时分白牌车和红牌车，白牌车是好车，干净、舒适，乘客多数是日本人。中国劳工和普通百姓只能乘坐挂红牌的“破车”。据记载，当年，日俄战争后侵占大连的日本为了巩固在“南满”的统治，由“南满洲铁道株式会社”在大连大规模实施了城市电气铁道筹建计划，1909 年有了第一条从电气游园（今裕景商城）至大栈桥（今大连港码头）的有轨电车后，在其后长达三十多年的时间里，开通了十条有轨电车线路，高峰时车辆达百余台……

终于到了黑石礁，早年的终点站早已经取消了，原来的黑石礁广场已经被有轨电车轨道和建筑占据了，为了给地面的交通让路，有轨电车被架在高处，横空穿越黑石礁，先是通到了小平岛，如今终于通向了旅顺，仿佛把遥不可及的梦想变成了现实。有轨电车在充当重要的交通工具的同时，已经成为城市的一道美丽的流动风景。有轨电车的相关技术也有了改进，有了无辫式有轨电车等新技术车型，有轨电车也有了消音器、防噪音轨道、路轨平交、隔音屏障等，不似从前那样轰隆隆到处作响。当有轨电车在拥挤的城市间悠然地在长长的轨道上滑过时，远远看去，像一条静静流过城市河流上的船舶，而我已仿佛全然忘记了当年在有轨电车里面，沙丁鱼一样被挤得透不过气的感觉，对有轨电车全是美好的回忆。

同学母女俩跟着我坐了一通有轨电车，痛快地过足了瘾，有轨电车之行成了娘儿俩在大连最美好的回忆，过了很久，还在微信里跟我一起回味。而我，对有轨电车越发的喜欢，夜深人静的时候，经常会竖起耳朵，渴望听到有轨电车那种穿越城市上空的声音，渴望听到女调度发车时吹响的清脆哨声……

大潮退去

小时候我经常会患感冒，但从来没有一次在退大潮时感冒过，那些海边等待和守候的时辰，那些丰收的喜悦，一定给了我防御的力量，使我百毒不侵。更何况在赶海归来的厨房，大锅里是满满的海鲜，那些新鲜而动人的味道，总会满足我幸福的味蕾，下一个冬天里，我会期盼这样的守候，在海边，对着大海，等待着我的家人，等待他们的满载而归。

冬天的凌水桥并不寂寞，夜晚的四周都是黑暗的灯影，风极大，像夜里临时起意越狱出逃的犯人，盲目，疯狂，迅疾，惊恐，大胆，超乎想象。炉膛里挑起了蓝色的火苗，硬硬的蓝色火苗正努力地烘烤着密室一样的房间，雪白的馒头冒着热气把纯粹的麦香送进我的鼻腔，香甜的味道侵扰着我的梦境。大人们听着窗外的风，开始狼吞虎咽，大口咀嚼，企图快速地填饱胃囊。贼般逃窜的风不停地击打着窗户，像催命的恶鬼。大人们虽然急促，但并不慌张，仿佛一切都已经了然于心。

这一次我不敢偷懒，我知道这样的日子里偷懒是说不过去的。也许每个人小时候都有过装病或者偷懒甚至撒谎的经历，比方说不想上幼儿园，或者不想上学，不想干活，不想上体育课等等，总是会找来各种托词和借口逃脱那些不想去做的事情。其实，如何对付孩子们这些小伎俩正是考验大人们的利器，大多数时候大人们都会直指事情的真相，让疑似谎言无处遁形。我从不会被这样剥了皮似的直接戳穿，父母总是先要摸清我作假的缘由，如果还算适当合理，他们都会对我的小伎俩视而不见，他们有着至今看来仍受非议的理论，就是好孩子是惯出来的而不是管出来的。他们的纵容反而让我不敢轻易使用这样的小伎俩，逼仄的真相会让撒了谎的面孔显露无遗，我总会担心逃不过去的下一次。

窗帘拉得紧紧的，像是怕极了夜的纠缠，外面的天亮了吗？知道了不可能躲避的事，莫不如坦坦荡荡地去应对。风虚张声势地抖动狂傲的翅膀，跋扈得让我不安，我终于咬牙离开了热乎乎的被窝儿，装作利落地爬起来。大人们帮我穿衣服，准备吃的，他们边帮我整理边表扬我是个懂事的孩子，对我隐约透露出的不情愿视而不见，走出家门时，寒冷扑面而来，脸上像被什么人突然狠狠地扇了耳光，头脑一下子清醒了。四周是黑暗中的黑暗，风却不似屋子里听起来那么疯狂，仿佛有些累了，慢慢地弱下来。我怀里抱着热水袋，跟在大人们的后面，全身包裹得严严实实，球一样向凌水桥的海边滚动。

凌水桥发大海了。

大风过后，必有大潮。

退潮后的凌水桥海上到处都是极品生猛海珍，简直让人难以置信，像有人抢劫银行匆忙落下的金银，遍布整个凌水桥退潮后的滩涂上。凌水桥每年冬天都会有这样一两次让人盼望的大风，每年都会有一两次发大海，发大海时，必会退大潮，退大潮的日子是凌水桥人的节日，凌水桥的男女老少倾巢出动，奔向凌水桥的大海去赶大潮，挖捞各种海产品。那些住在凌水桥之外的人们也不舍得放过赶大潮的好机会，他们往往在前一天夜里乘最后一班车到凌水桥，他们没有凌水桥人得天独厚的条件，他们只能蜷缩在海边某个角落，或者哪一个四面透风的出海人放工具的房子里，在寒冷中等待着大潮退去，用那些唾手可得的海珍焐热冻得透凉的四肢。

我的任务是坐在沙滩上帮大人看东西。大人们先帮我找到一个相对比较避风的地方，然后他们拿着大大小小的大筐、大盆、水桶以及赶海用的铲子、钩子、挖子等工具，追着还没有退尽的潮汐，向海的深处挺进。

海水拍击礁石的声音渐远，赶海人的欢笑与渐退渐远的海浪声互相搅成乱麻，让人羡慕不已。我孤零零地坐在黑暗的沙滩上，猜想着他们会带来什么样的成果。

海边比想象中还要寒冷，风硬硬的，毫无遮掩地向我冲过来，身上像爬满了从海里爬上来的巨大蟹子，它们伸出横行无阻的爪子，正一点点抓紧我的身体，越抓越紧，仿佛要裹紧了我，让我满心恐惧。它们是如何发现我的？蟹子尖硬的胳膊腿儿只是糊弄人的把戏，它们硬邦邦看似宽阔的脊背下面藏着明亮的眼睛和锋利的牙齿，那才是它们的精明所在。远处的海面像将死的鱼的眼睛，无力地眨着直到暗淡，可怜我无法留住它们那星星点点的光亮。一个人在黑暗中总抵不过瞌睡虫的惦记，困意的侵扰并不会因为寒冷而放弃对我的折磨，感觉脑袋在那些星星点点的光亮里一点点地失了重……突然听到哥哥大声地喊叫，那声音遥远而亲近，他在父母的吩咐下，不时地大声叫着我的名字。他们已经告诉我好多遍了，千万不能在海滩上睡着了，那样会冻坏的。他们怕我睡着了，隔一会儿就会喊我一次，每一次我都在似睡非睡中一个激灵被吓醒，装作早已在等待他们的呼喊，欺骗自己，似乎从来都清醒着。天地模糊，不远处不知何时来了另外人家的孩子——也一定是女孩子，男孩子有更大的用场，他们都和大人们一起往海里去了。性别上最早的区别其实就是劳动分工的不同。坐在海滩上，海浪退去的喧嚣像周而复始的时光，在我的眼前退去又归来。

哥哥回来好几次，他拖着沉重的大筐或者水桶，里面装满了大蛤、蟹子、海胆、鲍鱼、牡蛎、海螺、海麻线、海鸡爪子等等平时难得一见的海货——好像并没有多久，大人们已经赶了太多太多的海产品，哥哥把那些东西放在我的身边，然后又头也不回地往海的深处走去，当我是海滩上的一块石头一样地漠视。

天渐渐亮了，海深处的人都变成了小点点，而那些晚来的赶海人，总是会先跑到我面前，看看我身边的丰收果实，然后边抱怨来晚了边向海的深处跑去。退大潮时，凌水桥的海会退到好远好远，看上去有好几公里的样子，越往海的深处去，海产品的数量和品种越是多得惊人，退大潮时，大人们赶海的工具不只是小钩子小铲子之类，更多的人是扛着铁锹和大个的钩子，铁锹每深入到海沙石之中，都会翻出惊喜。那些埋藏至深的大蛤，黑灰色坚硬的壳沾满了倔强的泥沙，它们已经在海里沉睡得太久，它们甚至不知道会被人这么轻易地找到，以至于被挖出来时，还在张着大口呼吸着，幸福地沉睡着。还有那些附在礁石下面水涡里的海参，正在做着缠绵的美梦，你只要伸手在礁石底下轻轻地摸上一圈，就会摸到它们挤在一起软软的肉身，冰冷而又温暖的肉身，它们喜欢在这样冰冷的夜里做着自己的美梦，它们被搅醒时一定满是不快，从它们瞬间蜷缩僵硬的身子就可见一斑。那些身上长满长短不一尖刺的海胆，正胡乱地显摆身上的长刺，根本没有想到会被轻易找到，它们坚硬的外表看似强大，但整体的弱小，加上它们的自大和徒有其表的外观，总是使它们成为别人捕杀的目标。看上去它们坚硬无比，但它们太过招摇，怎么可能逃脱致命的擒拿？还有鲍鱼，它们自认有一套看家本领，靠着天生的绝技，紧紧地吸附在礁石之上，看样子找到了不可推翻的靠山，你越动它，它吸吮得越紧，紧到即使砸碎它的外壳，也无法让它缴械，看上去让人无计可施。不过，对付自大顽固的家伙人们总有些办法，尽管它们吸力超强，但人们总是在它们自鸣得意时，出其不意地将长长的又薄又尖利的铁铲，伸到它们毫无察觉的身子底下，轻易地就把它们连根铲掉，不管它们多么的执拗和自信……

身边的大筐基本上都满了，手里的热水袋早已冰凉，大筐里不时地出现响动，那些从海上捉来的虾兵蟹将们，它们好像知道自己命将难保，一个个蠢蠢欲动，极力想逃出大筐，没有了海水的滋养，更远离了自己的兄弟姐妹。一切都源于一场呼啸而至的狂风，从下午开始刮起，直到凌晨仓皇逃窜。

大人们赶海似乎用了好几个小时，直到海水重新涨回岸边。有的人甚至因为不舍得离开，而被海水包围在海里的礁石上，每次大潮都会出现这样的情况，甚至会有人因此丧命。不知道大人们为什么这么贪婪，想想他们每一次带回战利品时，脸上疲惫而兴奋的表情，那时看我的目光却是那么潦草，不再关切，急匆匆地折回大海，似乎海龙王正在大海的深处等着给他们加官封爵。

小时候我经常会患感冒，但从来没有一次在退大潮时感冒过，那些海边等待和守候的时辰，那些丰收的喜悦，一定给了我防御的力量，使我百毒不侵。更何况在赶海归来的厨房，大锅里是满满的海鲜，那些新鲜而动人的味道，总会满足我幸福的味蕾，下一个冬天里，我会期盼这样的守候，在海边，对着大海，等待着我的家人，等待他们的满载而归。

大潮退去，总会有人满载而归。

我坚信。

等　待

我为什么还在等待，我不知道为何仍这样痴情，明知辉煌过后是暗淡，仍期待着把一切从头来过……

——歌曲《等待》

多年以后，我把对大海的眷恋抛在脑后，第一次下决心要长时间离开自己温暖的小家，把对家的难舍收藏在内心的角落，把平时自由自在的闲情和对美食的贪婪对时尚的流连对慵懒的习惯等等全部收纳起来打包封存，手持录取通知书，像一个被大学录取的新生，带着新奇与羞涩、憧憬和忐忑来到北京，来到了鲁迅文学院。

因为工作的关系，北京一度是我往返最频繁的城市，如今再一次来到北京，却有着别样的情怀。当我在首都机场上空俯瞰熟悉的北京城，当我坐在出租车里穿行机场高速欣赏着两侧茂密的树林和美丽的景致，当一个个似曾相识的路标在眼前掠过，当我听到车载收音机里那纯正的京腔，我想说，北京我来了，这一次，我是为了文学而来。

终于在八里庄四处飞扬着尘土的热闹街道和繁忙的地铁一号线工地旁，我找到了鲁院。我没有急着走进去，而是站在写有“鲁迅文学院”几个大字的牌匾前注视了许久，平复一下我激动的心情。鲁院，多少次我在梦中与你相依，多少回想象着走近你的那一刻，今天我终于来了，没有陌生的感觉，一切都那么亲切自然。鲁院很安静，院子不大，但却精致而神秘，静悄悄的仿佛屏蔽了俗世的喧嚣与躁动，正是我期待的那种静谧的感觉，不张扬而致远。两年前，我有一个赴国外学习一年的机会，但是我宁愿放弃这样的机会也不愿意离开自己的家。我从来不曾长时间地离家，我是一个恋家的人，也是一个慵懒散淡的人，一个不会自己照顾自己的人，但是这一次，我离开了家，而且要离开很久，除了文学，没有什么会给我这样的力量。

我喜欢的毛姆先生说过，年轻时，人们眼前的岁月那么漫长，以至于他们很难意识到，总有一天那些日子会成为过往。甚至到了中年，对生活抱有平常的期望，人们也还是容易找到借口拖延该做却不想去做的事……对我来说，到鲁院学习是我一生中最大的梦想。鲁院是中国文学的最高殿堂，也是我向往许久的文学圣地，我的一些优秀的作家朋友们甚至说，对作家而言，如果没有上过鲁院，没有经过鲁院这个“文学黄埔”的打造与浸润是非常遗憾的一件事。

我是20世纪80年代开始文学创作的，从1986年在《海燕中短篇小说》杂志上发表第一篇小说开始，到1996年的十年时间里，我一直忠实地守护着自己的文学领地，不停地在全国各地报刊上发表小说、散文、诗歌等各种类型的文学作品，甚至还有许多儿童文学作品。1989年被录取到辽宁文学院青年作家班学习，1992年从省文学院毕业后，由于我的文学专业，竟然阴差阳错地进入政府部门工作，而其时文学也从鼎盛时期的繁华热闹还原其本质，归于平静。在政府工作期间，我先后担任过大连市建委的新闻中心主任、中国建设报大连记者站站长、市领导秘书等多种职务，虽然从事的工作离文字很近，但却离文学很远。很长一段时间里，我身不由己，每天没完没了的会议、视察、现场办公等繁忙的工作是我的常态，也使我基本上告别了节假日，我无法选择自己的工作，我也没有属于我自己的时间。我手机全部都是24小时开机状态，常常是手里两部手机都接不过来，走起路来都是大步流星，风风火火，年三十晚上、大年初一等重要日子我都是陪同领导们在现场和工地度过的……每天繁忙的公式化的工作，使我几乎没有了思考的乐趣和创作的冲动，时光仿佛磨灭了我的意志，消沉了我写作的激情，我好像失去了提笔的力气，一开始我还陆续发表一些作品，但是一点点地我几乎停止了文学创作。多年远离文学的圈子，加上职场的特殊和自身的倦怠，已经迟钝了我写作的神经，文学退到了我生活的边际。

但我的心里是痛的，像破了一个大洞，不知道何时能有时间和机会去修补这个大洞。我甚至不敢参加文学圈朋友们的聚会，特意屏蔽文学方面的信息，有多少老师和朋友曾经对我满怀期待，他们失望的目光会让我心里隐隐作痛。我是个做什么事都特别认真的人，在我所从事过的工作中，我几乎获得过每个行当里的先进。可现在，即使有时间，我也无法从容地从繁杂的工作中提取一份宁静的心情走进写作的环境。很长一段时间里，虽然我并没有停止阅读，但却很少动笔，只是在远处，以一颗不舍的心欣赏并打量着文学。

只有我自己知道，在我的内心深处，从未放弃对文学的热爱。

我在等待，等待回归。

是的，我好像一直都在等待，等待倾听内心的声音，等待与文学热诚的重逢，等待着与文学激情的碰撞。因为我知道，无论我人在哪里，无论我从事什么工作，只有文学在我的心目中位置最高，分量也最重，文学是我生命中的根，是我生命中最美丽的花朵。我在等待中积累，在厚积中等待，而等待的心境渐渐也发生了变化，有了审视的冷静，有了度人的尺度，有了世事的洞察，有了人生的感悟。更重要的是我已经换了等待的心境，少了急功近利的焦灼，没了少年成名的不甘，不再急迫，也不会骄躁，等出了淡定从容，等出了别样的心情，仿佛天高海阔了，风轻云淡了，开朗了，大气了，洒脱了，无所畏惧了。

机缘巧合，2008年年底，经过努力，我调到了市文学艺术部门工作。放下了繁杂而忙乱的政府工作，重新走进了文学的队列，我仿佛找到了家的感觉，我发现，虽然已经好久好久没有正儿八经地写作了，但我与文学，好比久别重逢的至爱，没有丝毫的陌生感，我知道，我与文学有着无法割断的血脉，就如我的生命，那是我心灵的驿站，在我的内心深处，从来就没有真正地离开过文学。

而这一次与鲁院的相约，是我期望已久的等待。

接到鲁院录取通知书时正是傍晚时分，下了一天的大雨突然停了下来，天几乎是瞬间就一下子放亮了，我站在家中二十二楼阳台上，看到远处大海上迫不及待地喷薄而出一道道绚丽的彩虹，七彩斑斓，仿佛漫过整个天际，分外的绚烂，照耀着我喜悦的心情。毕竟我离开文学圈时间很久了，我渴望清空我的内存，以纯净的心情走进文学的殿堂。我渴望一次强烈的冲击，渴望重新充电。我以一个归来者的心境重新来过，仿佛要赴一位旧时情人的约会，带着成熟与自信，也带着曾经的梦想和渴望，等待一次久违的相拥，等待一个深情的相吻，等待着肌肤相亲的温暖，不会再让这份情感生出擦肩而过的遗憾。

有评论家指出：重返文坛是重要作家的重要现象。我不是重要作家，但我相信每一个有过文学梦想的人，都不舍放下对文学的那份挚爱。也许文学就如婚姻一样，执着是一种狂热，再美丽的容颜也会在时光中折损了青春，折损了自由与欢畅，但婚姻的进程中会增长智慧与阅历。我庆幸从来没有因为一时的落寂、红尘的纷扰、职场的诱惑而向欲望低头，面对文学始终保持一颗纯净的心。我想，如果没有这种对文学的信心与执着，最终只能在时间的长河里败下阵来。

对我而言，能够走进鲁院是幸运的。鲁院是我心灵的温床，是灵魂重塑的基地，是文学之路的加油站。与那些成就了得、生活底子丰厚的同学相比，我没有值得描摹的乡村景致，也没有引以为傲的工厂车间里的欢腾经历，没有与透着阳刚的军营里的嘹亮歌声相伴过，也没有几百万字的骄人成就，更没有明星作家的荣耀，但我觉得我又是那么的幸运。多年在政府工作虽然使我远离了文学的阵营，但却使我积累了丰富的人生阅历和经验，而每一份经历对我来说都是财富，我相信，使人成熟的是丰富的经历而不是流淌的岁月。

常常听到有人说，人生从事的工作与自己的爱好正好叠加是最最幸福的事。重新回到文学队伍里，使我能以一个旁观者的心态去客观地面对文学。重新审视以往我的创作，放眼当下文坛，我对文学创作有了更新的认识，对文学依然保有纯粹和执着，媚俗的东西终将会被历史所淘汰，坚守灵魂的宁静依然是优秀作家追求的品质。我写作的热情也渐渐地被点燃。我重新捡拾起我丢失许久的创作梦，重新有了写作的冲动：我生活的城市，我身边的人和事等等。还有老辈人闯关东的豪情与悲凉，历史转型期城市人的痛苦与迷茫，海洋文化的特性与生态保护，现代城市的弊病，职场的阳光与黯然，名利的角逐和人性的善恶等等，都成为我关注的主题。同时，百年来大连历经沙俄、日本长达几十年的统治和殖民地文化的浸透及其对城市的影响，城市的建筑文化以及大连从百年前的一个小渔村成长为现代化都市的独特历史经历等也吸引了我的目光，不知不觉，我的文字有了新的感悟，我的文学世界越发的斑斓，我写作的冲动不再停息。我连续地在报刊上发表了一系列的小说、散文、随笔等作品，还在报纸上开辟了专栏，而且陆续出版了散文集和小说集等作品集。

我喜欢那首歌：

我们既然曾经拥有，
我的爱就不想停顿，
每个梦里都有你的梦，
共同期待一个永恒的春天……

从头来过，需要足够的自信，而这份自信我能拥有，是因为文学的力量，只有文学才会给我这份等待的力量。

文学，我永远的最爱！

冬终将带走片片金黄

我去外地读书以后，就再也没有回到过旅社，那个青葱岁月里共同度过几年时光的旅社里的姐妹们，成了我最珍贵的回忆。多年以后，我在一家商场里见过于延延，她依然那么漂亮，打扮得体，乌黑的头发从中间分开，长长地披向肩的两侧，飘逸，优雅。我问她，还学外语吗？她笑笑，没有回答……

季节常常有蛮不讲理使性儿的时候，每一次出场都别出心裁，从不像可怜的人类，用循规蹈矩博取信任。按以往的感觉，十一月底已近寒冬，冬雨却不温不火地下着，此时，放眼四望，到处都是暧昧的暖，没有让城建部门头疼的雨夹雪，也没有大风呼啸伴随而来的寒流，大道两侧的银杏耀眼如金，黄得纯粹，不似刚结果时那样常遭不测，那时候，结满白果的树杈不知道招来多少惦记的目光和猖獗的撕扯，如今，那些关注的目光已从银杏上移往他处。

这是今冬的最后一场雨，早晨醒来，掉落的银杏叶一夜间在大道两侧铺展开去，远远看去金黄一片，犹如散落一地的金子，虽经人车往复碾轧，却无法掩去那动人的金和黄带来的美丽。

大道中间是电车轨道，开车并行时，看着电车熟悉的行进的样子，看着电车上不一样的面孔，有一种温暖的情愫在心底里生出，车轮与铁轨摩擦的声音那么让人心动，我知道这声音已有百年，但是我听着仍觉新鲜，像得了健忘症一样，感觉每一天醒来都仿若重生。早晨的电车上坐着的大多是老人，他们是清晨和白天时光里的主角，到了大把的年岁，看似时日不多，其实不需再像年轻时那样为生活奔波，他们有着享用不尽的时光，有的是时间和闲情，尽可以坐着电车晃晃悠悠地去一个地方，再去另一个地方，去办一件事情，或者什么也不办，就那么坐着来，再坐着回。

电车通往东部的终点是东港新区，原来的海之韵公园早已面目全非，因为有更大的愿景在实现的过程中，听说要好过过去好多倍，这让人生出许多耐心和期待，一切美好的东西都值得等待。我住在东港附近，经常，我会顺着电车轨道一直往东港新区开去，不仅那里有正在搭建的美丽未来，更因为那里有大连开阔的海，和无边无际的天。

东港新区大部分的面积是填海形成，从我搬来那天，东港靠海的那座山就天天炮声隆隆，坚硬的大山被炮火击得粉碎，眼看着一座山被从头到脚地铲平，一点点填平弯曲的海湾，山越来越小直到了无痕迹，海越走越远，吞没了大山零乱的身子骨，直到不见了蜿蜒缠绵的海岸线。东港新区的海边筑起了长长的堤坝，铺着硬木的人行栈道旁边并行着红色的塑胶跑道，沿着海边走一圈大约要好几十分钟，海鸥会不时地俯身向你鸣叫，摆着翅膀，炫耀着在天海间飞来飞去。不知道是哪位聪明的主儿给这里起了个好听的名字——维多利亚湾，这名字让人不由得联想到某个人或者某个港湾，怎么听都像是鹦鹉学舌，好听却肤浅得要命。

原来东港尽头的海之韵公园，之前是个海边小渔村，紧邻着小渔村的是一个叫朝阳村的小地方，依山傍水，只有十几户人家，我刚参加工作时的一个同事于延延的家就在这里，那时候电车的终点站只到寺儿沟，从寺儿沟再往东港里面走，要换乘 12 路公交车，而且 12 路的车很少很少。朝阳村可以说是大连城市的最东部，而我们上班的地方黑石礁，那里是城市的最西头。80 年代，黑石礁再往西的凌水桥、河口、小平岛都属于郊区，所以说，于延延上班就要从城市的最东部到城市的最西部。在公路交通不甚发达的 80 年代，私家车还没有出现，少车又少交际的那样一个年代里，我对朝阳村的地理概念还是相当的模糊，不是特意为之，很难会走到那里。

有一天，我和干姐姐凤菲菲受邀去于延延家里玩，干姐姐的哥哥与于延延的哥哥是青年点里的同学，她们又在一个单位工作，自然成了很要好的朋友。或许是家中只有我一个女孩子的原因，我天性喜欢交朋友，珍惜女孩子间的友情。沾了干姐姐的光，我也一起被邀请，看来有姐姐就是不一样。我和干姐姐倒了至少四遍车才到了朝阳村，下了车沿着羊肠小路走十几分钟，才到了于延延家，她家是平房，和周围的房子一样，外表破旧，散落在山脚下。她家的院子里堆着乱七八糟的东西，家里的炕上堆着成堆成堆的半成品衣服，她的妈妈正在飞针走线，给半成品的衣服缝锁扣眼儿。她的妈妈是个干巴巴的老太太，比我想象的要老好多，特别的能干，一边和我们说话一边麻利地干着活，手和嘴还有眼一样也不闲着。她的家里有新结婚的漂亮嫂子，虽没有见面，但大红的床铺和门帘，把喜庆渲染得淋漓尽致，让我记忆深刻。

朝阳村的贫穷昭然若揭，而平常于延延给我的感觉却是时尚甚至有些优雅，不像是这里长大的女孩子。于延延与众不同，属于早熟的那种女孩子，她喜好打扮，而且打扮不俗气，特别得体，看到别人穿的什么样式好看的衣服，她会想办法自己设计照着做。她还会化妆，她是我最早接触到的化妆的女孩子，浓妆重抹却看不出痕迹。我化妆最早也是跟她学的。更重要的是她的爱好也让我吃惊，她一直在自学英语。自学英语，这太让人刮目相看了，要知道，80 年代中期，学习外语那是多么了不起的事，学外语有用吗？没有海外关系谁会有机会出国？没有用的东西却下了功夫去学习，不得不让人佩服。她每天工作之余都会捧着本英文书学习，包里背着的除了化妆品就是英语录音带了。这样的举动经常会招致一些人的嘲讽，平常人家的孩子，尤其是她那样的工人家庭，学了外语又有什么用，还能出国？那几乎是不可能，不可能的事，她却在认真地做，并不在意他人的闲言碎语，从北外教材到大外教材，一本一本地往下啃。

于延延心气儿高，面对那些一个个嫁出去的姑娘她无动于衷，她的目标是要嫁个有知识有文化的人。那时候，社会上本科和大专的人才还不是太多，她的想法无端地让别人生出些压力，她也显得格外的与众不同。不知道她心底里埋藏着怎样的野心，很长一段时间里，她休息时一个人趴在窗台，眼睛对着窗外默默背诵单词的样子，总是让我有些心疼。

有一段时间，住在旅社里来自北方的几位年轻的大学老师，到附近的东财大进修，他们在旅社里前后住了有一年多的时间，因为住的时间比较长，自然与大家熟悉。有一天，我下夜班，应于延延和另一个女孩子的邀请，一起陪着四个大学生到旅顺去玩，那时候到旅顺要坐长客。后来想想，其实那天我们也没玩什么，就是在军港附近的海边，找一块干净的地方，铺上塑料布，大家把带来的好吃好喝的摆出来，坐在那里一起野餐，边吃边聊，吃了什么说了什么真是一点儿也不记得了，然后到了傍晚，再一起坐车回来。

我没有看出来一丁点儿的异常。

第二天早晨一上班，我们几个就被经理分别叫到了办公室，经理详细地问我到旅顺的过程，我说就是大家一起去玩玩，其他没有什么。

于延延受到了批评。这事过去好久，我才知道，四个年轻的老师里有一个喜欢于延延，这个喜欢早就在领导的掌握之中，并且这种喜欢是不可以的，旅社有严格的规定，不允许和旅客好。这种好，有没有到恋爱的程度，或者我不知道的程度，我不知道，但是在旅社工作，这是犯规的，服务员和顾客不可以有那种感情。我太麻木，竟然没有看出来，更不敢想象，其实想想，那时候的旅社领导也是好意，年轻的女孩子正是情窦初开的时候，涉世不深，怕大家上当受骗才严格管理，更何况于延延竟然敢和大学老师好，她即使学了外语，一个大学老师怎么可能和一个服务员谈恋爱？

不久，于延延真的恋爱了，对方也是一个大学生，家在外地，只是个子有点儿袖珍，几乎和矮小的于延延一样高，于延延顶住家里家外的压力，一定要嫁给他。谈婚论嫁前，她跟着男朋友一起，去了男朋友沈阳的家里一次。未来的公公看来还算满意，给了于延延六百元钱，这让于延延心里踏实了不少。只是让于延延没想到的是，在回来的火车上，男朋友经过几番周折，最后还是想方设法地把那六百元钱要了回去，说是要帮于延延存着，以后再给于延延。

于延延最终没有嫁给他，毕竟于延延学的是外语，不会那么没有眼界儿。

我想起曾经有一个女人说过，心眼小的男人再善良也不能嫁。不知道于延延是不是也听到过这句话。

我去外地读书以后，就再也没有回到过旅社，那个青葱岁月里共同度过几年时光的旅社里的姐妹们，成了我最珍贵的回忆。多年以后，我在一家商场里见过于延延，她依然那么漂亮，打扮得体，乌黑的头发从中间分开，长长地披向肩的两侧，飘逸，优雅。我问她，还学外语吗？她笑笑，没有回答……

后来，我听说她嫁给了一家公司的经理，经理是大专毕业，她终于嫁了喜欢的有文化的人。

我毕业后到城建部门工作，90 年代正是大规模城市建设的时期，我曾经跟着领导到过她家那地方做过勘探，她从小长大的朝阳村，就是在那时被重新规划改造的，整个小渔村被拆除铲平消失不见了，改造成了海之韵公园，渔村背倚的青山也打通了，与滨海路连成了一片，因为地势太高，因地制宜，建成了有名的十八盘景区。

再后来，连海之韵公园也拆除了，变成了现在的东港商务区，大片大片的土地正在挂牌拍卖，一幢幢高楼正在拔地而起，东港，已经成了高端住宅区，电车也已经从寺儿沟通到了海边，原来破旧的停满了小船的渔村早已了无踪影，而于延延漂亮的嫂子，也不知道把家搬到哪里去了。

旅社当年的女孩子有四十多个，之所以想到写于延延，是因为我听干姐姐风菲菲跟我说，于延延去世了，她的肺出了毛病……

电车依旧在不紧不慢地行进着，像个不听话的孩子，执拗地来来去去，见证着岁月的无常，车轮摩擦铁轨的声音依然悦耳，诉说着时光的坚忍，雪依然没有落，风不大，道路两侧满是遍地的银杏叶，泛着金黄。

真正的冬依然没有到来，但所有人都相信，冬终将会来，带走那片片金黄……

风中寂寞的小洋楼

我站在北七街十九号楼这栋老建筑面前，突然也为这栋漂亮的小楼担心起来，担心它有一天真的会在我们面前消失，成为一堆破砖烂瓦，那我的心会和邢海一样地痛，每当我回味着那些曾经的往事，内心便无法平静。历史的痕迹总是那么深刻地印在人们的心中，而外表看上去，一切又是那么的了无痕迹。

“这是一栋令人震撼的建筑，它诞生于一百多年前，直到今天它的设计理念仍不过时，该楼整体美观大方，内部设计合理，通风采光极佳。虽然历经百年风雨，但暗红色楼体外墙仍然棱角分明，线条清晰，木质门窗依旧保持完好。”

这是在大连机车车辆有限公司（以下简称大机车）工作的邢海《百年企业百年建筑》文章的开头，这篇文章是我在大机车采访时他送给我的。文章详细地介绍了北七街十九号楼的建筑结构和曾经的历史。邢海之所以写这样一篇文章，是因为听说有关部门要对十九号楼老建筑及周边地区进行统一规划改造，他担心规划改造后会拆掉这栋老建筑，他几乎是利用一切机会呼吁，多次写文章写信给新闻单位和城建管理等部门，要求完整保留这栋老建筑。这栋楼现归属于大机车老干部部，是公司离退休老干部办公及活动场所。邢海在这栋小楼里工作了近二十年，他了解这里的一切，熟悉这里的每一扇门窗，每一个角落，对这里充满了感情。说到这里将来可能要拆除，他的脸上流露出万般的不舍，好像谁拿走了他心爱的宝贝。在邢海看来，这里不仅仅是他热爱和工作过的地方。这栋小楼经历过太多的历史沧桑，它浓缩了大机车部分的历史，它带有太多的历史痕迹，对这栋小楼的保留不仅是对大机车，更是对大连这座城市有着不同寻常的意义。

1899 年 7 月，沙俄侵占大连后兴建的市区第一期工程开工的同时，在杰波夫街（现大连市胜利桥附近）开始建设东清铁道机车制造所，这就是大机车的前身。大机车先后经历沙俄七年、日本四十年的经济掠夺，1945 年日本投降后，工厂由苏联红军接管，1953 年起由我国独立经营。

日本侵略时期，原来的工厂已经不能满足机车车辆生产需要，于 1908 年 7 月搬迁到沙河口区兴工街的新厂址，工厂更名为满铁沙河口铁道工场。工厂迁移到沙河口后，日本侵略者在工厂周围规划了88.27万平方米土地作为住宅和生活区，开始兴建住宅、学校、医院、邮局等设施，北七街十九号小洋楼建成于1911年，是大连铁道工场迁移到沙河口时首批建筑之一。

北七街十九号楼是典型的欧式砖木结构建筑，建筑面积349.62平方米，加上地下室总计451.4平方米，建筑用途为住宅。小楼虽然有着百多年的历史，但建筑质量相当好，墙面棱角清晰，楼房的瓦片、门窗及木质结构的房檐等依旧保持完整，虽然经过几次修整，但外部结构仍然保持原样，内部功能仍能正常使用。这栋小楼当初为沙河口铁道工场的日本厂长而建，小楼西侧有一幢欧式建筑，当时为副厂长的住宅，东侧的一栋类似的建筑，是当时的总工程师和副总工程师的住宅，如今，除了这栋厂长楼，其余的建筑早已拆除。1945年日本投降后，苏联红军接管这里时，厂长刀罗津司克运转中校在此居住，他是第一个住在此楼的苏联厂长，1954年离开大连的西特罗夫是在此居住的最后一位苏联厂长。

大机车由中国独立经营后，厂长董良玉（后调入大连市建委任主任）、厂长李青（曾任中国驻朝鲜大使，沈阳市委书记、市长等职），厂长王国先等都先后在此楼居住生活过，以后，这里先后改为工人疗养院、幼儿园等，“文革”期间此楼还做过“牛棚”使用。20世纪70年代后期，归属工厂修建公司的钢筋班。

据说，多位前日本和苏联厂长及苏联专家的亲人都来过此地参观过。我在这里采访过一些大机车的老同志，他们都有过与苏联专家共事的经历，当时比较有名的苏联专家有巴伐洛夫和阿巴洛夫，一个负责设计，一个负责工艺，而说到苏联的专家，大机车的老同志也是非常敬佩的。

因为一些特殊的历史原因，曾经在中国工作过的苏联方面的领导、专家和工程技术人员，回国后许多人受到不公正的待遇，人生命运也发生了转变，尤其是最后一位苏联厂长西特罗夫跌宕的命运更是令人唏嘘。他回国以后，被当时的苏联当局隔离审查，最后，被撤销一切职务，到一家研究所当了清扫工。

改革开放后，工厂最后一位苏联厂长西特罗夫的夫人曾经给当时的大机车领导写信，表达了要到中国来工作和生活的愿望，也表达了她对大连美好的回忆。时任副厂长兼总工程师的魏富琳接到信后，内心难以平静，虽然已经过了近半个世纪，但那些往事如烟般萦绕心头，久久挥之不去。魏富琳早年肄业于长春工业大学，于1948年4月到当时的大机车工作，是当时工厂为数不多的几个大学生之一，1952年至1953年间，魏富琳曾经担任工厂技术科科长，在苏联专家的指导下，负责技术工作。他曾经陪伴过西特罗夫厂长和许多苏联专家。在与苏联专家朝夕相处的日子里，他虚心向苏联专家学习，组织建立了工厂技术工作规章制度，并在苏联专家的指导下，成功研制出五吨蒸汽卷扬机的齿轮铣刀技术，制造了四十五吨铁路吊车，解决了一个又一个生产难题。在工厂恢复生产期间，进行机客货车修理的同时，积极组织开发新产品，先后组织研制了水泵用立式锅炉、A型蒸汽天吊、门式吊车、铁路吊车卷扬机、敞车、棚车、冷藏车、夹板车等产品并投入批量生产。1952 年，他还被评为中长铁路工厂先进生产者。

自从苏联专家撤走了以后，魏富琳也和苏联专家们失去了联系，对他们的情况也知之甚少。当他接到西特罗夫家属的信后，才得知他们的一些消息。1994 年 5 月，得知工厂副总工程师谷春江等三人要到俄罗斯考察机车生产等情况，魏富琳委托他们，在繁忙的考察间隙，一定要去看望当年的苏联专家西特罗夫的家属。谷春江一行带着魏富琳的叮嘱，专程坐火车前往科洛棉市西特罗夫的家中，看望西特罗夫的家属。

西特罗夫的女儿本来答应到机场接机，双方约好要在莫斯科机场见面，但谷春江一行在机场左等右等不见西特罗夫的家人，他们只好放弃。考察工作结束后，谷春江一行专程赶往西特罗夫的家中，等到了昔日厂长的家中，才知道事情原委。原来，由于一些特殊原因，他们变得非常小心，当时西特罗夫的女儿已经到了莫斯科机场，也看到了谷春江一行，但当她看到俄罗斯官方的人员在场，她犹豫了好久，还是放弃了在机场见面的打算。

当谷春江一行来到西特罗夫的家中时，还是有些震惊，这个昔日在中国大连沙河口北七街十九号小洋楼里居住过的最后一位苏联厂长，曾经的机车技术权威，如今却家徒四壁，十分贫穷。西特罗夫早已去世，他的夫人看到来自中国大机车的客人时，就像看到了久别重逢的亲人，她拥抱着谷春江等人，激动的泪水止不住地流了下来，几乎是泣不成声，多少青春年华已经远去，多少人间悲欢浓缩在记忆深处，当年年轻漂亮的西特罗夫夫人已经是白发苍苍的老人了，她有些激动，她说她热爱中国，喜欢大连，更喜欢在大机车的那一段生活，每想起在中国大连经历的一切，都让她充满了美好的回忆，她说，那段在中国的时光是她最美好的时光。她现在的家境十分困难，儿子每周利用休息日去贩卖土豆补贴家用。尽管十分困难，西特罗夫夫人还是给谷春江一行精心准备了美食：每人一张油饼，配蔬菜沙拉，配红酒，她说这是她招待客人的最高礼遇。这一餐饭吃得谷春江一行心里很不是滋味。临走时，三个人只留下回去的车票钱，把身上所有的钱全部都留给了西特罗夫夫人，留给了这位昔日苏联厂长的夫人。

我站在北七街十九号楼这栋老建筑面前，突然也为这栋漂亮的小楼担心起来，担心它有一天真的会在我们面前消失，成为一堆破砖烂瓦，那我的心会和邢海一样地痛，每当我回味着那些曾经的往事，内心便无法平静。历史的痕迹总是那么深刻地印在人们的心中，而外表看上去，一切又是那么的了无痕迹。

岁月有痕！

岁月无痕！

邢海还在继续写他的呼吁："一个城市特殊的历史建筑，是城市历史文化遗产的重要组成部分，是一座城市的'根'和'魂'，城市历史建筑通过城市历史文化遗产这个纽带和载体，把城市建筑与城市文化紧紧联系在一起。城市历史建筑与城市历史文化遗产一样，在城市化高速推进的今天，正面临着一场危机。我们必须以抢救的姿态去保护好城市历史建筑，进而保护好历史文化遗产，最终保护好城市文化。"

正是春暖花开的时节，满院子里都飘荡着沁人心脾的花香，北七街十九号这栋风中寂寞的小洋楼，是我们这个城市历史与记忆的一部分，真希望我们城市珍贵的历史记忆将来不只是在照片里才能看到，我们城市应当以宽容和大气的胸怀，去保留这些越来越少的老建筑，因为这些老建筑是我们城市历史的一部分，是城市独有的不可再生的精神财富。

爱城市，就留下它……

今夜你已来过

那年过年的大雪天里，哥哥的耳朵冻坏了，以后好几年，每到冬天，哥哥的耳朵就会肿胀、溃烂、化脓、结痂，过了好多年才一点点地痊愈……

下午约了晚报的好友宋小姐聊天。中午出门时天气有些雾蒙蒙，到了咖啡屋的时候，天上开始洋洋洒洒地飞起了雨雾，此时正是冬寒未尽的时候，这样的飞雨弥漫让人有种春天已来的错觉，浪漫而妩媚。其实，那种期待春天的感觉早就在漫长的冬天里，在心底悄无声息地生长了。从窗前的雨雾里，等来了宋小姐，我们相见甚欢，从我热爱的文学，到她从事的媒体，从她正在读高中既宝贝又优秀的女儿，谈到当下人的压力，不尽种种，不知不觉忘了时间，傍晚时分从咖啡屋里出来时，我俩吓了一跳，漫天的飞雨在寒风的裹挟下变成了密集的雨夹雪，淋漓的雨水和飞舞的雪片搅在一起，几乎把天地包围，全没了中午时分的让人遐想。地面上到处都是雪水，风在刮，雨雪在飞，催得路人都在一路小跑。车没有开出多远，雪花已经渐渐多起来，一点点成了大雪，看样子会越来越大。我开足马力地往家里赶，中山路上还算畅通，而且往城市东部去的车比往城市西部去的车要少得多，一路上到处都是交警，他们挥舞着胳膊指挥。我一路上飞奔，想赶在路面积雪还不是太厚前回到家里，终于连滚带爬地到了港湾桥，大雪已经遮天蔽日地袭来，雪花密而结实，雪大得根本看不见路了。

春天并没有如愿到来。

离家似乎很近了，但因为突然而至的大雪，使大街上突然陷入了混乱之中，虽然只剩下短短的几公里路，却一步步艰难前行，等车开到了住的小区门口时，已经是两个小时以后了，车窗外已经是夜晚了，风明显小了许多，路灯下的雪花变得轻佻起来，路却更加难走，我的车已经无法开进小区，小区的坡路上已经停了五六辆车，保安把我引导到二号门，门前也已经有了十几台车，一辆一辆地排着队，等着放行。

一个下午的时间，由一场暧昧的雨雾变成了漫天的飞雪，从春雨般的温馨到狂风怒吼漫天大雪，这雨雪质变的速度让人始料不及又措手不及。没有任何征兆，连会观察天象的气象台也没有发现一点儿蛛丝马迹，所有人都来不及反应。

雪越下越大，一时间城市因雪而陷入混乱之中，这样的大雪，已经多年不遇。本来晚上要参加朋友聚会，只好打电话爽约。我们现在的城市里已经越来越鲜见大雪了，遭遇如此动人的大雪，且不说行路艰难，又有谁还会在意饭桌上的那份相聚？

上一场记忆深刻的大雪是在几年前，当时住在城市的西部，那天正是周日，睡够了懒觉，醒来时习惯性地往楼下看去，发现停在楼下的车子不见了，心一紧，吓了一跳，再仔细一看，到处都是一片雪白，原来是下雪了，车子被厚厚的雪埋住了。一夜间，大雪覆盖了城市，小区里是银白的天地，没有了花草，没有了柏油马路，没有了小区花园里的长椅和石凳，只有孩子和狗儿在雪地里打滚撒欢。

记忆中好久没有看到大雪了，我被花园里堆雪人的一伙人吸引，简单收拾一番，带着相机跑到楼下去拍照，雪并没有停下的样子，而我已经等不及雪停，我拍树拍楼房拍孩子和狗拍风景拍雪人也拍自己，我在雪地里张扬着，大笑着，奔跑着，拍了好多照片，还跟着小区的大人孩子们一起除雪，扫雪，把成堆的雪做成各种各样的雪人，大家仿佛都回到了童年时光。

那天我把拍摄的照片贴到了自己的博客上，我把那些照片取名《2005 年的第一场雪》。

周一上班的时候看到走廊上很多人围着墙上的一张

大红纸，原来是一份喜报，表扬周日里那些冒雪到单位除雪的人员，我才想起，我只顾着雪中玩乐，忘记了单位有规定，凡下雪的时候大家都要到单位参加扫雪，每个单位都有除雪分担区，如果不及时清除会被媒体通报批评。不过，整个冬天似乎都没下过几场雪，我也早就把规定忘到脑后了。不过，大红纸上没有我的名字，我一点儿也不难过，这场与雪的亲近，我毕竟没有错过。

我喜欢雪，喜欢漫天飞舞的大雪，喜欢雪的银白，雪的纯净，雪的质朴，雪的冷艳，雪的妩媚和雪的丰饶。在我看来，冬天一定要下雪才算冬天，没有雪抵达的冬天还算冬天吗？

然而，小时候我对雪可没有那么美好的感觉，甚至有些恐惧下雪。

记得小时候，冬天几乎是和雪连在一起的，那时候冬天里下雪是平常事，而且冬天家家都是自行生炉子取暖，下雪的时候天气也总是让人感觉异常的寒冷。下雪的时候，只有顽皮的孩子们才会打雪仗、堆雪人，大人们很少会有闲情逸致陪孩子们做这些事情。那时候日子穷，家家都过得艰难，大人们都在为生活奔波，孩子们从小就被“过日子”的观念熏陶着。那时候孩子们没有漂亮的羽绒服，没有雪白的毛袜子，没有时髦的雪地靴，没有皮手套和好看的围巾，对于下雪天，感觉更多的是寒冷和泥泞，没有太多的新鲜感，也很少会看到多少人会因为下雪而激动兴奋欢叫，那时候大人也不让孩子去雪地里玩，怕弄湿了鞋子，怕弄脏了衣裳，孩子们也格外懂事听话，不舍得弄脏弄坏了衣服。再说下雪天有太多的不方便，下雪天，骑自行车的人只好去挤公交车，又费钱又拥挤；下雪天，走路上学的孩子会弄湿了棉鞋，很可能那是冬天里唯一的一双鞋；下雪天，要提前把做饭取暖用的柴草煤球搬到家里，把屋子里挤得满满的；下雪天，孩子们不能出门捉迷藏，不能到处疯跑，躲在家里望着窗外的雪花出神发呆或者守着收音机听广播，那时候家里没有电视没有家庭影院没有音响没有DVD……

记得有一年过年，当时只有十几岁的哥哥在妈妈的指派下，第一次一个人代表我们全家回老家，给奶奶姥姥以及所有的亲人拜年。那是他第一次一个人出远门，正月初三那天，哥哥从乡下往回赶。那天下午四点哥哥下火车时，正赶上大连下大雪，已经下了一天了，哥哥背着老家亲戚们给的猪肉血肠地瓜粉条等年货，顶着大雪往公交车站赶，结果因为雪太大，所有的公交车都停了，接着哥哥又往电车站赶，因为，不管怎么大的雪，电车一般都会开。电车道上的雪也是边下边清，电车道两侧的雪已经堆得老高了，电车勉强还能开，只是开一段，车上的人就得下车清理雪厚的地方，然后电车再往前开，电车终于到了黑石礁终点站时，天已经黑了，再往我们住的凌水桥就没有车通行了。本来，到凌水桥的车最后一班也是晚上八点，又赶上大雪，车早就停运了。当时哥哥没有地方去，只好硬着头皮步行往凌水桥的家里赶。当时凌水桥是郊区，从黑石礁到凌水桥道路两侧没有路灯，也没有几户人家，又要经过几个让人恐惧的深沟树林处，一路上也没有看见一辆汽车行驶，雪下得又急又猛，大道上的雪早已经厚得过膝了。哥哥孤零零一个人，深一脚浅一脚一步一步艰难地往家里赶，又冷又饿又害怕，走了好几个小时才到家，到家时已经是深夜了……哥哥进了家门就瘫倒在地上，扛在身上冻成硬坨的猪肉血肠什么的也一起滚到了地上，哥哥仿佛用尽了力气，仿佛再往前走一步就会死去一样。妈妈本以为哥哥会初四回来，没想到提前回来了，她被半夜回来的哥哥吓着了，赶紧把哥哥抱在怀里。貌似坚强的哥哥再也挺不住了，委屈的眼泪忍不住汹涌奔流，呜呜地大哭了起来。妈妈边安慰哥哥边骂，都是这个鬼天气，好好的下什么雪呀，把孩子冻成什么样子了，边说边跟着哥哥一起哭了起来……

那年过年的大雪天里，哥哥的耳朵冻坏了，以后好几年，每到冬天，哥哥的耳朵就会肿胀、溃烂、化脓、结痂，过了好多年才一点点地痊愈……

那天回家以后，因为心里惦记着雪，晚餐就有些简单和潦草，随便吃过晚饭后，就匆匆换衣服换鞋，准备下楼。虽是夜晚，但也要收拾打扮一番，对这场不期而至的雪，我是满心喜爱。我穿上防滑的鞋子，穿上厚厚的棉衣，戴上好看的手套，围上漂亮的围巾，坐电梯下楼，去雪地里踏雪。风已经小了，雪依旧在不停地下，地上的积雪已经足有半尺多厚。我到了小区的广场上，在广场上跑了一圈，雪地上留下了我一个人的脚印，四周没有声音，真是雪落无声啊！我走在雪中，能听到自己脚下吱吱嘎嘎的脚步声，清脆悦耳动听……多久没有听到这样的声音了，雪于我已是太久不见的相知，亲切而温暖。我蹲下来，捧了好大好大一捧雪，握了一个好大好大的雪球，用力地向不远处的树干上砸去，雪团立即在树干上飞散，弥漫在路灯的光影里，树干上留下了白菊花般灿烂的笑容……

我独自在雪地里惬意地行走着，怀想着，一切与雪的记忆都那么亲切，一切与雪的过往都那么难忘，我漫步雪中，不觉得冷，不觉得累，不觉得孤单与寂寥，一个人静静地走在这雪的世界里，感受着静谧，无言，从容，淡定，自如，恬静……这样雪的景致正契合我此时的心境，那些飘落的雪花在空中飞舞，唤起我万般的柔情与不舍……

那些飘雪的日子，偷偷掠走我太多的时光，而我已然老了许多……

夜已深，雪下得酣畅。雪啊，无论你曾经怎样的惊艳这个世界，怎样的耀武扬威，怎样的遮蔽天地万物，明天或许后天，太阳终会毫不客气地赶走你的任性，那些飞雪寒冷的过往，无论多么艰难，都会在太阳底下了无痕迹，总之，你会消失。

而我，依然会怀念有你的今夜。

我记着，今夜你已来过……

舅舅们的狂欢

或许，那种香喷喷的感觉是一种别样的滋味，只有在老家的屋子里才能品尝得到那种香醇的滋味，只因为那里是老家……

初五，照例会去给回乡下过年的舅姥姥拜年。舅姥姥今年八十七岁了，身体硬朗，耳聪目明，麻将桌上时常是赢家，当然大多数时候是儿孙辈们特意礼让，尊老爱幼是美德嘛。舅姥姥身体棒，喜欢旅游，经常跟着孙子们到处游玩，去年“五一”还跟着“自驾游”的大孙子去了五台山，来回近三千公里，一路上舅姥姥坐在车里看着光景，连个盹儿都不打，精神头儿真是足足的，让小辈儿人见了都佩服。

中午聚餐时，舅舅家里放了好几桌，满桌的生猛海鲜和鸡鸭牛羊肉引不起大家兴趣，唯有六舅妈做的酸菜馅饼成了人人惦记的美味。馅饼个个都有巴掌大，玉米面和白面混合做的皮又薄又筋道，馅饼里面的馅丰厚饱满，菜鲜肉香。菜是自家腌的酸菜，肉是自家养的溜达猪肉，馅饼是用自家的大锅烀的，从锅壁上铲下来，馅饼金灿灿黄莹莹的真是诱人，吃一口真是回味无穷，大过年的几乎天天跟吃的拼上了，天天吃得腻歪歪的，偶然遇到这么好吃又朴实的馅饼，真是又解馋又爽口。

我是天生的吃货，遇到好吃的就露出了马脚，总是管不住自己。吃完饭，我就跑到厨房跟舅妈要馅饼，准备带回家吃。舅妈说，一个都没有了，全吃光了。我说明明看着你烀了一大锅的，都吃光了？舅妈说，外甥闺女啊，你也不看看这家里有多少个舅舅？我一想，可不，三舅四舅五舅六舅七舅地来了好几个舅舅，每个舅舅都带来一大家子，如果另两个舅舅都来，做再多的馅饼也不够吃啊。我就说，谁让舅妈你的馅饼做得恁好吃呢！

平时，老家的房子空着，每到过年时，舅舅们才会回老家过年。过年是舅舅们狂欢的日子。虽然老家的老房子平时无人居住，但是老家是舅舅们的根，他们从这里出生，又从这里出发，开枝散叶，长成大树，长成森林，这里是他们相聚最舒服最放松的地方。过年了，舅舅们一定会提前相约回到老家，不管在哪里，不管做什么，不管增添多少家口，一定会一大家子一大家子地回来，仿佛只有回到老家的老房子里团聚，才会让他们快乐。

舅舅们的老家房子分正房和东西厢房，宽屋大堂，院落舒展，房子有十余间之多，住上个三五十号人也没有问题，都是后来一点点翻建的。院子里收拾得干干净净，狗儿早吃得饱饱的懒散地躺在那里，这个年里，它吃过啃过太多的肉和骨头，正窝在暖洋洋的窝里打着盹儿，时不时地竖起耳朵，连眼睛都懒得睁开，对大锅里炖的猪肉视而不见。老屋窗明几净，张灯结彩，一片喜庆，厨房里库房里都堆满了年货。年关临近，舅舅们提前差人把老家的老屋收拾干净，取暖的小锅炉早早地烧上，门上贴上喜庆的福字和春联，屋里的墙上贴着农村集市上买来的年画，年画的名字也特别吉祥，年年有鱼、五谷丰登、招财进宝等等，三十晚上就摆好了宗谱，大人孩子都要对着祖宗三拜九叩。过年的几天里，舅舅们围在老屋里火炕上，聊天喝酒打牌睡觉，吃喝玩乐，彻底放松，好不自在，把平日里的烦恼辛苦欲望挣扎等等都丢到脑后，痛快地浪费着时间。

舅舅们在老家一般要住到初七才各奔东西，只有舅姥姥每年都要住到过了正月十五才回去，她总说正月十五前都是过年，必须要在老家过完年走才好，才吉祥。舅舅们给她留个孙女陪着，直到正月十五才离开老家。

过年是舅舅们的狂欢，舅舅们个个是大男子主义，不屑于女士们的见识。他们挤在一起谈天说地，女士们就很难加入。舅妈们等一应女人只能趁着给舅舅们添茶加水的时候来凑个热闹，不然，只有待在另外的屋子里打牌聊天带孩子。唯有我可以例外，挤在舅舅们堆儿里，好不欢喜。我小时候父母工作都忙，我是在姥姥家里长到好几岁才进城的，几个舅舅都看护过我，舅舅们对我这个外甥女格外地亲，我可以和他们挤在炕头上聊天，那是我才有的特权，舅姥姥格外地喜欢女孩，过年时，他们就愿意坐在一起讲讲过去的事。他们说起我小时候的事，总是说我小时候真是很“熊”。四舅说我小时候特别嘎咕，抓在手里的东西谁要也不会给，主意很正呢。三舅说我小时候还能帮姥姥看门。那时候姥姥家的门是高高大大的木门，里面带有横闩的那种门，记得有一次姥姥去村里磨玉米面，让我在家看好门，说谁来了也不许开门。当时我也就三四岁的样子，舅舅们那时喜欢读书，家里有好多“大书”，村里人就逗我考验我，有的来敲门说是还书，还有的说来借书，也有的说姥姥让来家拿东西等等，反正想尽各种办法让我开门，我拿着小板凳，坐在大门里，任外面的人怎么敲门如何解释，我就是不给开门，把门关得紧紧的。舅舅们说我小时候在村里可出名了，大人孩子们都喜欢我，说我不仅聪明伶俐，主意还特别的正。我倒是觉得奇怪，他们说的是我吗？我现在怎么感觉自己笨笨的，而且感觉比谁都倔强。再说，平时我是多么随和的人啊，凡求我办事的，我从来都是满口应承，就怕抹了人家的面子，我小时候怎么会如此无情呢？

舅舅们对我爸爸妈妈感情深厚，爸爸妈妈进城早，舅舅们年轻时大多有过在我家常住的经历。那时，我们家在城里，爸爸在城里做一个不大不小的官儿，算是在家族中有章程的人，老家沾亲和不沾亲的进城都会到我家里来住。还没有改革开放的时候，舅舅们到城里找活干时，都把我们家当落脚点，也把我们家当成自己的家。爸爸和妈妈都是从农村出来的，心地都非常的善良，也热情，帮助几个舅舅找临时工等各种事做，舅舅们来了，爸爸妈妈会把家里好吃的好喝的拿出来，走了还要给带上这种那种当时比较稀罕的东西，那时候，日子不像现在这么富裕，物资也不丰富，农村什么都缺，城里什么东西都是好的，带的东西也五花八门，什么饼干馒头劳保用品肥皂毛巾等等都带过。五舅说我妈妈的手特别巧，她专门买来毛线，亲手给五舅织过一件军绿色的开衫毛衣，五舅说那件毛衣非常姿势，穿着特别闪，比现在穿皮草还闪，那件毛衣让五舅穿了好久，也自豪了好久。现在想想，五舅年轻时一定特别会来事，不然，谁会让妈妈费心费力地好久好久去给他织一件毛衣？六舅小时候跟姥姥最亲，姥姥到哪儿都带着他，六舅在我家住过的次数和日子最多。四舅想起他自己年轻时特别能吃，他指着饭桌上的饭菜对五舅说，年轻时日子穷，这一桌子饭菜，咱哥儿俩就能给干掉。四舅说年轻时最多一次吃过两盖帘的饺子，有近两百个，我有点儿不相信，真那么能吃吗？七舅最小，也最得宠，小时候经常到我家里，至今还记得我妈妈给他包的饺子的味道……

饭桌上，几个舅舅每回想起在我家里住过的那些日子，想起爸爸妈妈对他们的帮助，都充满了感激，时不时地会哽咽得说不下去。爸爸走的时候我才刚刚十岁，妈妈走时我又不在身边，听着舅舅们东一句西一句说起过去的事情，我的心里真是又难过又安慰。舅舅们都是些情感丰富的人，他们如今一个个日子过得富贵安稳，却懂得感恩骨肉亲情，懂得怀念过去那些美好的时光，懂得珍惜现在得之不易的生活，这样的情景让我感慨万千，这样的日子里，让我格外地怀念爸爸妈妈，想起他们从来都是满脸笑容的样子。如今，舅舅们个个都出息，个个生活得幸福知足，他们在天堂里也一定很知足吧。

因为我对饭桌上的酸菜馅饼耿耿于怀，临走时，舅妈给我装了新鲜的玉米面和豆面，还捞了好几棵酸菜，还有新鲜的牡蛎肉，让我回家自己做馅饼。当天晚上，我就迫不及待地操练起来，按五舅的亲授，和好了面，拌好了馅，照葫芦画瓢烙起了酸菜馅饼，可是不知道怎么，好料放得倒是不少，烙得金灿灿的馅饼却没有舅妈做得那么好吃，或许，那种香喷喷的感觉是一种别样的滋味，只有在老家的屋子里才能品尝得到那种香醇的滋味，只因为那里是老家，老家有爱有情有温暖，更有舅舅们的狂欢。

老　家

每到过年，也正值打春时节，万物复苏，如果恰好是暖冬，房檐上的冰溜子早早地就开始融化，脚下的地也开始变得松软。那时候没有钱，家家户户的院子里垫的都是土，不是现在的石子和砖头铺路，化冻时，家家户户的院子里就会变得泥泞不堪，村子里的小道也满是污浊，常常会弄脏了我的新鞋子，让我好不心痛。

旗杆底是金州区的一个小村。从丹大高速路登沙河站出来，就有一条通往旗杆底的大道，道路建设的时间不长，最近又重新翻修过，阳光下的柏油马路油光锃亮得有些晃眼，远远看去，真有点儿大路通衢的感觉。

以前从高速路口出来没有直达旗杆底的道路，都要先绕道登沙河镇上再拐个L形的弯再开上好长一段路才能到达。登沙河镇是老镇，至少有百年的历史，至今仍然繁华着。道路两侧被沿街商铺、小贩和各种车辆、行人拥堵得水泄不通，如果赶上集市，开车很难通过。新修的这条道路，解决了旗杆底人出行的难题，不仅便利，而且让旗杆底有了舒展的感觉，仿佛整个旗杆底打开了一条通往外部世界的大门。开车行走在这条路上，远远看去，两边是无尽的田野，没有城市的喧嚣和拥挤，却让人领略到至淳的乡风和包裹在乡土皱褶里那些久远的笑脸。

年根儿近了，舅舅早早就打电话给我，约好时间，一起到登沙河旗杆底老家吃杀猪菜。近些年来，每到年根儿，舅舅都会提前安排一次这样的保留节目，让我们这些离开老家许久的亲人，重新回到老家吃杀猪菜，为回老家过年预热，体会老家的亲情，感受老家的温情，倾听那好久不闻的乡音。

说是老家，虽然已经没有多少至亲在那里，但乡里乡亲左邻右舍的又都是打断骨头连着筋说来说去都有点儿沾亲带故。猪是舅舅在老家托人代养的，每年交些代养的费用，如饲料钱、人工费什么的，挑一户信誉好的人家，尽心尽力地“伺候”着，只等着年根儿快到了时交给主人。我们去的前一天，猪就提前杀好并处理完了，还没有进院子，远远就闻到了大锅煮肉的香气。

舅舅老家的宅子宽敞明亮，朝阳的五间大瓦房和两侧众多的厢房，还有一个好大好大的院子，全不似小时候那些破败的记忆。要好的邻居已经提前接到通知，早早就把房子里里外外打扫干净了，玻璃也擦得仿佛能照出人影，炕也烧得滚烫，手伸到炕被里会烫得立即抽出来。门上已经贴上了大大的“福”字，门两旁也贴上了对联。厨房里请来的一个厨师和两个助手正在灶台上忙着，大锅里正嗞嗞地冒着热气，锅里炖着酸菜大骨头棒，一大盆血肠在锅台上放着，柴草堆在大锅的灶台前，炉膛里的火时不时地从炉口里喷出来。院子里的看家狗，许是闻到了肉香，不再张扬地乱叫，而是不停地摇着尾巴，围着主人转来转去的，无声地提醒着主人，不要忘记了给它好吃的带肉的骨头，好美美地吃一顿。这时的老家到处飘荡着年的气息。

每到老家，我都会回想起小时候在老家的那些经历，每一次都让我感觉老家的无比亲切。

我小时候基本是在姥姥家长大的，那时候妈妈还要工作，就把刚断奶的我送到了姥姥家寄养。因为是家中唯一的女儿，爸爸特别宠爱我，把我送到老家没有多久，爸爸关心我在姥姥家的情况，就独自一个人回老家去看我。也是快到年根儿了，姥姥抱着我到生产队的磨坊里磨麦子，好在过年时蒸馒头。姥姥把睡熟的我放在磨坊里的面案上，一个人在那里磨着面粉，爸爸突然找到磨坊，进门就到处找我，却怎么也没有找到，因为姥姥在磨坊里干活的时间太长，我已经被屋里飘落的面粉盖住了，磨坊里的面粉就像一层薄薄的被子，又像在我身上下了一层白白的雪花，只留下我的一对鼻孔在那里一下一下地热热地喘息着，睡得正香。见我在案板上像一个小雪人一样，爸爸心疼不已。他脾气好，一般很少生气，但那天的脸色不太好看，坚决要把我抱走，最后还是在姥姥的一再坚持下，才没有把我抱回去。我直到三岁能上幼儿园了才回到自己的家里。

长大以后，寒暑假我经常在姥姥家度过。每到过年，我也会跟随父母回老家过年，直到姥姥和舅舅们都迁往城里，老家再也没有至亲至爱的人，回老家过年的日子就渐渐地少了。

我小时候父母工作忙，也没有大礼拜，更没有长假，每年只有过年的时候才会回老家，那时候物资匮乏，回老家拿的东西也特别多，吃的用的穿的盖的等等，从大米白面老板鱼豆腐干到饼干罐头四海肥皂劳保鞋线手套笔记本铅笔盒等等什么都带。因为父母带的东西多，挤不上车，抢座的大任就交给我了，因为个子小好挤，我常常是最先冲到车上，找一个座位，把书包衣服什么的往座位上一放先占一个座位，然后再在座位的对面躺下，占上一排两人的座位，我就万事大吉，只等着爸爸妈妈上车了，我把占好的座位让给爸爸妈妈坐。每到这时，爸爸就抱抱我说，哈哈，这闺女没白疼。

那时候火车的时速较慢，从大连到旗杆底感觉要晃荡好几个小时才能到。大家在车上总会遇到亲戚或者老乡，一会儿，大人们就会聚到一起讲闲话聊闲天，孩子们则搅成一团在车厢里跑来跑去，车厢顿时乱成糨糊。那时候没有电话，快过年时，有时候会提前写信回家，告诉家人什么时候坐几点的火车，老家就会派一些闲着无事的孩子辈的人到车站去接站。但有时要是忙，忘记了写信，老家人也不急，从腊月二十六、二十七开始，让孩子辈的往火车站跑，反正每天就那两趟车，如果今天没有接到明天还会接着去，直到接到人为止。车站上到处都是接站的大人孩子，火车一来，个个大呼小叫的好不热闹。旗杆底是小站，只停留一两分钟，而且每天只有两班列车停车，一班是下午四点，另一班是晚上八点，如果这两个时间段赶不上，还可以从登沙河下车。登沙河是大站，那里停的车多，但是从登沙河到旗杆底的公交车也只有两班，如果赶不上，就得从登沙河走到旗杆底，要走两个小时。

有时，我们越加珍爱的东西，越会远离我们。那么爱我的父亲，早早地离开了我。从十一二岁开始，我回老家过年就没有了小时候那种欢快的情绪了，很长一段时间，妈妈也不大愿意回老家，我也懂事地从不要求她带我回老家，尽管我是那么的想念姥姥和舅舅们，想念我的那些兄弟姐妹们。但是每到过年，也是妈妈最伤心的日子，因为过年是家人团聚的日子，而没有了爸爸的相伴，过年的老家便会勾起旧时的往事，不能疗伤却让人心伤。

不过，有一年，已经过了大年三十，也过了正月初一和初二，记得是初三早晨，妈妈突然想老家想得要命，说初三晚上前赶回老家还来得及，因为“此地人”初三晚上才送年。也许是年三十晚上喧闹的鞭炮扰动了妈妈心底的忧伤，也许是左邻右舍热腾腾的欢声使妈妈突然地想念亲人，那天下午，妈妈突然决定要回老家，她简单收拾一下，拖着我就往火车站跑，但是只有晚上八点才能到达的火车，而且停车地点是登沙河。但是妈妈铁了心要回去，根本不管天有多冷，路有多黑。车在登沙河停下后，已经没有了前往旗杆底的汽车，周围也没有妈妈熟悉的面孔。火车站上寒风冰冷刺骨，妈妈领着我往旗杆底走。夜晚的乡村土路上，路两旁没有路灯，远远地才会看到零星的灯火，夜晚的村庄都早早关了灯，仿佛关闭了与外面相连的气息。我和妈妈摸黑地往旗杆底走，那天风很大，天气很冷，我心里害怕极了，紧紧地握住妈妈的手跟在她的后面走。妈妈的手心里全是汗，把我的手握得紧紧的。那时候从登沙河往旗杆底要路过一个庙宇，庙宇在通往旗杆底的山坡的最高处，叫龙王庙。龙王庙门前有两棵参天的大银杏树，这两棵高大的银杏树，方圆几公里都可以看到，往往从登沙河往旗杆底走的人，只要走到大树这里就表明到家的路已经走了一半了，这两棵大树成为登沙河和旗杆底的界碑。一路上我眼睛远远地盯着那两棵大树，妈妈就一路上给我讲两棵大树的故事，传说这两棵大树是一对情人幻化而成的，她还给我讲小时候和村里的孩子们到庙宇偷吃过供品，四处躲猫猫玩游戏，她说一定是小时候侵犯了庙宇里的龙王，不然这辈子不会吃那么多的苦……我和妈妈就这样走着走着，路上除了我和妈妈没有一个人影儿，只有风吹过耳边的声音，只有我们恐惧而又急促的脚步声。妈妈边走边数落舅舅和舅舅家的那些孩子们，怎么会没有人接站？怎么我们就不能初三初四回来吗一个个死脑筋看我回去怎么收拾这些臭小子们……爸爸不在了以后，妈妈有好几年没有回老家了，过去每次回老家都有人接，而这次我们两个人走得急，没有提前捎信儿，又是赶夜路，怎么会有人想着接我们呢？在过去的乡村，在错过末班车的时间，我们根本没有办法等来救援，只能一步一步地在黑夜里前行。从登沙河到旗杆底只有一条大路，一开始妈妈很自信地领着我走，但是等到了旗杆底往村屯深处走时，才发现有好几个岔路口，妈妈一时不知道往哪里走才好，又没有什么人可以打听，于是妈妈凭着记忆选了一条路往前走，走了好长好长时间才看到一个村子，但是在村子里转来转去的却怎么也找不到姥姥家了，好容易看到一户亮着灯光的人家，妈妈只好上前敲开这户人家的大门，黑夜里的突然造访惊动了人家，他家的狗开始狂叫，接着几乎全村的狗都叫了起来，半夜里，四处都是狗的狂叫声。村里的人家陆续地开了灯，我和妈妈一下子惊扰了那么多人家的好梦。

那天，我和妈妈走错路了，我们走的那条路不是通往姥姥所在的王家屯，而是与姥姥家方向相背的范家屯。不过，还好这户人家的主人正好认识舅舅们，也听说过妈妈，他骑着自行车把我和妈妈送到了王家屯的姥姥家。到姥姥家时已经是后半夜了。姥姥显然是被惊吓到了，看见妈妈和我吓了一跳，妈妈一看见姥姥，委屈的泪水再也止不住了，扑在姥姥的怀里，呜呜地哭了起来……

每到过年，也正值打春时节，万物复苏，如果恰好是暖冬，房檐上的冰溜子早早地就开始融化，脚下的地也开始变得松软。那时候没有钱，家家户户的院子里垫的都是土，不是现在的石子和砖头铺路，化冻时，家家户户的院子里就会变得泥泞不堪，村子里的小道也满是污浊，常常会弄脏了我的新鞋子，让我好不心痛。

那天，在老家的房子里，我和舅舅们一起，吃着杀猪菜，喝着大碗酒，扯着嗓门说话，挥着胳膊打牌，舅舅的老房子里到处都是欢笑，仿佛年真的到来了一般，非常的快乐。从舅舅家的窗口望出去，冬日的暖阳正懒洋洋洒在院子里，狗早已啃过骨头，不再在意锅里的肉香，正躺在窝里，微闭着眼睛享受着暖阳，这么美好的景致，让我心生无限的感慨。

我家先生格外地喜欢乡下的热闹与亲情，喜欢和舅舅们一起开怀畅饮。我问先生，你有老家吗？你的老家在哪里？先生想了想，说，每个人都有老家，我的老家在山东，只是我从来没有去过老家，从爷爷离开老家以后，我们家人就再也没有回过老家。不过，我把你的老家当成我的老家。

虽然我有老家，但是老家的房子空着，老家的人都急着争着地离开老家。如今有多少老家人走在对面不相识，又有多少老家人不再回到老家。老家虽在，老家人却成了陌生人，没有了亲情的召唤，却只有客气的招呼。老家仿佛是城里人的伤痕，老家里有忧伤，老家里有回味，老家里更有思念，有抹不去的记忆。

老家仿佛是窖藏的老酒，有回味，既辛辣又刺激，喝一口让人落泪，又让人怅然。

舅舅们的生活早已经城市化，生存方式与时代脉搏紧密相连，那次我问干建筑的六舅，问他怕不怕金融危机，他就非常有底气地说，不怕！怕什么？我有老家啊！大不了我回老家。

老家是他的根。

老家！老家！

时光偷走的岁月

我在一个不能自己给自己做主的年龄里，无可选择地跟随大人离开了凌水桥，虽然我常常怀念凌水桥，梦里无数次回过凌水桥，但对于妈妈来说，凌水桥就是她的伤心地，而对我又何尝不是呢？

那天下午，接近傍晚时分，太阳已经开始懒懒地往回缩着脑袋，耀眼的阳光不再张扬，我家先生把车轻轻地停在了凌水桥半山腰的一栋正在拆除的旧式别墅前，那是一条窄窄的小路。我于是下车，举目，仰望，怀想，继而开始忧伤。

这里曾经是我熟悉得不能再熟悉的地方，一切仿佛还在昨天，而我已经离开这里三十多年了。时光偷走了我的岁月，却没有留下一丝的痕迹。

早晨看电视新闻，报道凌水桥的拆迁进展情况，这提醒了我，再不到凌水桥看看，那些凌水桥的故事将只能存在我的记忆里。我早就想到凌水桥了，一直期待着能早日成行，却一直没有来，不是不想来，是不敢来，怕唤起我心存久远的忧伤，然而，我又不能不来，哪怕是破败的记忆，我也要从心底里挖掘出来，这里有我太多的回忆。恰好是周日的下午，不是周日我也不会突发奇想要到凌水桥来。对我家先生而言，凌水桥的前世今生都充满了神秘，凌水桥是他听到过最多的地方。一切都源于一个胖女孩，她的童年在凌水桥度过，而这个胖女孩无疑是我。这之前他一直都不肯跟我到这个地方，怕触动我心底封存已久的记忆。

整个凌水桥山顶老住宅区正在被拆除，仅留下别墅旁边最后一排平房，那里成了建筑工人的临时住所。这时候，从平房里飘来了白菜豆腐炖肉的香味，几个民工坐在夕阳下闲聊，可能是等着吃晚饭吧。这排平房前的一个院子里的房屋曾经是我住过的地方，左侧的邻居有我要好的女玩伴小艳，她有三个漂亮的姐姐，让我这个没有姐妹的胖丫头好生羡慕，每次出去玩，我都是乖乖地跟在她几个姐姐的后面做听话状，讨她们的喜欢，怕她们会丢下孤单的我。右侧的邻居有我的小学同学大伟，夏天里，他总是趁我坐在院子里的小桌子上写作业的时候，偷偷地往我的身上丢小石子儿，总是把胖胖的我惹恼了甚至大叫起来，顽皮的大伟才肯罢休……还有厉害的宝珠，瘦小的萍萍，调皮的小兵等等，他们曾经在小街上住过吗？怎么四处都是陌生的面孔？

凌水桥像一个大工地，四处尘土飞扬，建筑垃圾和生活垃圾纠结在一起，一个个拆到一半的老房子，像疲惫的老女人半裸着身子站在迟暮里，不见了曾经的激情和温馨，正慢慢地等待着落日的召唤。没有了房前屋后遮阳的大树，没有了胡同里孩子的叫喊嬉闹，没有了院子里闲坐和对聊，没有了老房子才会升腾的缠绵炊烟……凌水桥已经规划进新的软件园区内，而我，从小在这里长大的我，再也找不到小时候的痕迹。

正在拆除的别墅体积庞大，已经没有了屋顶，裸露在外的断壁和屋檐仍能看出别墅曾经的贵气和华丽。别墅里曾经漆黑的楼道是我小时候捉迷藏最好的去处，二楼人家的漂亮姐姐曾经让哥哥暗地里喜欢了好久，差一点儿成了我的嫂子，不知道这时是否已经做了奶奶？还有别墅下边的小院子，那里曾经盛开的地瓜花是我酒瓶子做成的花瓶里最早的鲜花，妩媚着胖女孩的童年。如今小院已经面目全非，永远不会再听到熟悉玩伴的笑声。还有那个别墅门前的小广场，沿着广场边上有一条小路通往凌水桥的小街，有一天，胖女孩穿着淡黄色漂亮的拖鞋从小广场上走过。那可是我第一次穿拖鞋，是哥哥新买回来的，趁他出去的一会儿工夫，我就恶狠狠地撕破了塑料包装袋，把大大的拖鞋拿出来穿在脚上，来到了别墅门前的小广场，然后，走过小街，走到山脚下，走到凌水桥的汽车站，那里是凌水桥最繁华的地方。那天，凌水桥好多人都看到了一个胖胖的丫头，穿着一双大号的淡黄色的塑料拖鞋招摇过市……

正在拆除的这栋别墅是大资本家张本政的别墅，这栋别墅曾经是凌水桥的最高建筑，也是凌水桥的标志性建筑。据说张本政本人从来都没有在这里住过，这里只不过是他众多资产中的一项。曾经住在这里的四户人家，让凌水桥的人好生羡慕。原本在别墅的小广场前就可以看到凌水桥的海，如今山脚下满是新起的高楼，挡住了别墅的视线，也仿佛挡住了凌水桥的视线，看不到了让人心动的波涛滚滚的大海。

我站在成堆成片的瓦砾中，看着还没有拆完的别墅和老房子，随手就能捡拾到那些丢失很久的回忆。别墅附近还有一个小院，那里还有人家，会是我熟悉的人家吗？我轻轻推开院门，一股难闻的味道扑过来，小院里面是收破烂的地方，到处堆放着破烂东西，塑料瓶、编织袋、钢筋、废纸箱等等，几个人围坐在一张桌子前打麻将，一片颓废的景象，远没有了那时小院的宁静。小院门前原本是一片开阔地，小时候，每到周日，远在黑石礁的国营商店就会派人推着售货小推车，停在那里，我每周都会用七天的时间，想办法从爸爸、哥哥或者来串门的小姨那里弄来钱。反正一到周日，我口袋里就积攒下了足够的钱，我用一毛钱买十块地瓜糖，再买点儿学习用品或者猴皮筋什么的，小哥会惦记买几块红红的豆腐乳。小货车上的东西很多，大人们总是围住小货车看了一遍又一遍，舍不得花掉手里的钱，过日子的感觉在小货车前盘桓着，令那时的我怎么也不能理解。

有一次，因为要取消汽车票——就是一个月一本，每张五个的小长方形票，每次上车撕一片的那种，妈妈不知道怎么攒了好几本，那段时间，我天天放学后和小艳一起从凌水桥坐2路汽车到青泥洼桥，在青泥洼桥的终点站下车，到秋林公司或者到站前广场转悠一会儿，看看东，再瞧瞧西，什么也不买，也没有钱买。然后呢，再从青泥洼桥坐车回到凌水桥。那段时间，两个天真的女孩，什么也不干，就是拿着车票，天天坐车玩，直到花光了那一本本月票，那是胖女孩第一次如此密集地坐汽车前往“街里”。街里是凌水桥人对市中心青泥洼桥一带的称呼，至少我小时候，凌水桥还是郊区。如果不是有那么多的要到期的月票，胖女孩是没有多少机会到青泥洼桥闲逛的，也许正是因为看过了青泥洼桥，才使我最早有了对繁华街市的认识。

别墅所在是凌水桥的中心地带。上学时，我会从别墅前走过，傍晚时，我会到别墅门前往车站方向张望，等待妈妈下班回来。如果早晨妈妈饭盒里恰好装上大米做午饭，那么晚上肯定会在饭盒里给我留下一块，这块大米饭像一块蛋糕一样，老实地贴在饭盒的一角，一般占饭盒的五分之一大小，通常米饭呈铁锈的颜色，上面一层油油的，那是因为加了酱油和猪油的原因，是妈妈特意给我留下的。那是我小时候每天盼望的美味。有一天，在开发区的一家高档酒店里，服务生向我推荐酒店新增加的一种主食——酱油米饭，我饶有兴趣地点了份，可是我却怎么也吃不出小时候的感觉，那种香喷喷的期待啊，早已迷失在了凌水桥的街头，消散在童年的时光里。

终于看到了一个熟悉的身影，是小双的爸爸，那个曾经健壮的男人，在养殖场出海的男人，他的腰身歪歪扭扭，像一个病重的老人，穿着已经过时的旧衣服，步履蹒跚。他太老了，老得让我不敢靠近，不敢和他说话，我怕惊起他心底尘封已久的往事，他曾经和胖丫头的爸爸一起坐在院子里下棋，那些夏日里树荫下的厮杀如此惊心动魄，难解难分，虽然早过了晚饭的时间，但没有人敢对越战越勇的二人招呼一声……可是，在严冬里的一天，胖丫头的爸爸一个人离开了凌水桥，去山东出差，回来的路上遇到了海难，再也没有回来。小双的爸爸从此再也不和任何人下棋了。

我看着他笨拙的身子在瓦砾中移动着，不敢和他打招呼，那个当年的小胖丫头会带给他多少忧伤的回忆啊。他年轻过，操劳过，幸福过，但是今天的他又是多么的疲惫，如今的生活一定不是他年轻时期待的那种样子，他慢慢地走着，在别墅前的瓦砾中找寻着什么？他在找什么？他快乐吗？几年前的一天，我看到他的儿子，那个当年曾经走进兵营的帅气的小伙子，正在夏日的大街上开着出租车找客，他复员后到一家企业上班，后来企业关门了，他就下岗了。他看到我吃了一惊，笑着说胖丫头这世界真是太小了。是啊，这个世界真的太小了，这个曾经在我心里英俊的小伙子为生活所累，每天不停地在大街上转来转去，疲惫而坚强地奔波着。

小双的爸爸从我面前走过，他当然认不出我来，我小姑娘时候胖胖的模样存在他的记忆里，不可能被现在的我所取代。而且，他会说什么呢？一切都流淌和淹没在时光里，那些泛黄的记忆，那些悲伤的往事，如果不是成心打捞，肯定会消失在布满灰尘的凌水桥老街的瓦砾中。

其实我经常路过凌水桥，每次走过凌水桥，我都不敢去看我住过的小街，不敢去触摸那些让我悲伤的记忆。自从爸爸离开了以后，妈妈几十年都不肯走回凌水桥，到旅顺去，也是绕远走旅顺北路。对妈妈来说，凌水桥有过太多的伤心记忆。如今的凌水桥老街已经拆除，四处都是高楼，但我还是一眼就能找到我小时候的老屋，院子里那棵大槐树，春天里槐花飘香，小院里长长的铺满红砖的小路，倚在老屋旁边的偏厦子，我种在窗下红红的海棠花，等等，还有那些熟悉的街坊谈笑、对骂、叫卖和一排排老屋里凝聚的亲情，这些深深地印在我的脑子里。住在我家那排平房最西头的妇人是一个中专的老师，有一阵子，每个下午，都有一个帅气的小伙子到她家玩，他在院子里吹口琴给妇人的两个漂亮女儿听。那个帅气的小伙子，他站在院子里吹口琴的样子，深深地把胖女孩迷醉，他使我最早对男性有了欣赏的感觉，那段日子里，我每天都盼望他到来，听他在院子的不远处吹着口琴，《拉兹之歌》《深深的海洋》《红梅花儿开》等等，一首又一首……一首又一首……

那曾经把我迷醉的悠扬的琴声啊！

离开凌水桥的时候我刚好十一岁，因为爸爸的突然失踪，妈妈要离开这个伤心之地，而我的童年不得不与我热爱的凌水桥告别。我是极不情愿地离开凌水桥的，仿佛那里有我无尽的牵挂，但是我还是离开了，我在一个不能自己给自己做主的年龄里，无可选择地跟随大人离开了凌水桥，虽然我常常怀念凌水桥，梦里无数次回过凌水桥，但对于妈妈来说，凌水桥就是她的伤心地，而对我又何尝不是呢？

我到来，是因为凌水桥要全面地改造，所有的老房子都将被拆除，此时老别墅正在一点点变成垃圾和尘土，凌水桥的老街已经被肢解，被分离，仿佛我不再的童年，不见了原来的气息，没有了曾经的呼吸……我带着相机，在周围人好奇的目光中，拍摄着陌生而熟悉又有些破败的凌水桥。

夕阳正在西下，到处都是断壁残垣，几个大大的红色的“拆”字写在破墙上，刺痛了我的眼睛，仿佛要支离我破败的心情，我站到凌水桥最高处，远望是车水马龙的大路，轻轨车已经从黑石礁凌空飞过凌水桥，向远处延伸，而身后是凌水桥的山，翻过去就是黑石礁的海边。从别墅的广场上往海边看去，周围已经被火柴盒般相似的楼房占满，什么也看不到，那些曾经拍岸的海水，潮湿了我的眼眶，我的眼是湿的，心是湿的。

只有我知道，我的眼泪为谁而流，我的心为什么而潮湿。

凌水桥那些成长的时光，就这样留存在我的记忆里。

不思量，自难忘。

槐花的眼睛

这时的槐树有种扬眉吐气的畅快感觉，虽然槐花的花期最多也不过十天半月而已，但那时的槐花成了宠儿，不管是人还是蜜蜂都会围着槐花转，那些天里，槐花拼尽气力，像被遗忘的卑微嫔妃等来了久不临幸的大王，用它可怜的短暂而美丽魅惑的花期，妄图凝固稍纵即逝的好时光……

每到五月，槐花绽放的时候，是我最开心也最伤感的日子。我喜欢槐花，生在大连这个开满槐花的城市，无法不面对槐花的美丽，而我对槐花的眷恋，岂止是岁月年轮可以理得清的缠绵。

几乎在每一个槐花绽放的日子里，我和胜都非常的忙碌，如果不是后来发生的枪击事件，我，还有胜，我们永远都会喜欢这样的槐花盛开忙碌的日子。

小时候住在凌水桥，家后面不远处就是山，山与海相依，翻过靠海的山，就是黑石礁，在凌水桥与黑石礁相连的山上，种满了槐花，每到五月，槐花开放的时候，每天早晨打开后窗，槐花的幽香就飘进来，立即，满屋子挤满了槐香。

凌水桥人对槐花的感情，甚于这个城市其他任何地方的人。凌水桥也是大连最早种植槐树的地方，只是没有别处槐花树那么有条有理，也不像别处的槐树在路的两旁，不是刻意种植的那种，更像是什么人随意丢撒下的种子，山上的槐树长得不规矩，东一棵西一棵，高低不同，粗细不等，都是野蛮生长的状态，但凌水桥山上的槐树，一点儿也不逊于号称大连第一街的南山街。大连最早的街道许多以树立名，南山街就是以种植楠树为主，桂林街则种满了桂树，安阳街栽植杨树，等等。早年的凌水桥虽然不像黑石礁是富人区，但槐树遍布整个凌水桥的山上，开得也最繁盛。槐花开时，凌水桥漫山遍野的槐花，把凌水桥泡在槐香里。大连大资本家张本政的二层楼的小别墅就在我家平房的西边，他当年选择在凌水桥修建别墅，或许就是因为这满山的槐花吧，不然，早年的凌水桥可不是什么热闹繁华的地方。

遥想一百多年前大连建市时，俄国人萨哈罗夫作为达里尼市（今大连市）首任市长，不仅带来了沙俄贵族，还带来了俄罗斯民族的浪漫和奢华。那时黑石礁的海边和山坡上，最早盖的是风格不一的各式别墅，从黑石礁海边一座小山的山顶上远望，四周都是红绿灰蓝色的屋顶。从黑石礁广场通往海边修建了好几条道路，每条道上都种上不同的树，其中最长最有名的街道当属槐花街，槐花盛开的季节里，俄国贵族们会成群结队地来赏槐，黑石礁海滨独特自然天成的礁石景观，更是起到了推波助澜的作用，把黑石礁一下子推向了贵族化的假意之中。只是日俄战争后，作为战胜国的日本人逼着失败的俄国人在旅顺的水师营会见所里签署了投降书，沙俄贵族精心打造的城市，堂而皇之地落入了日本人的手里，大连成了日本的殖民地，天皇的旗帜挂满了大街小巷，槐花街有了新的面孔，一些日式的房子陆续拔地而起，每到槐花盛开的日子里，槐花街上经常可以见到赏槐的日本人，他们对槐花的喜爱一点儿也不逊于浪漫的俄罗斯人，这座俄国人创建的城市成了沙俄贵族永远的追忆。

槐花街周围的小街小巷也都栽植着槐树，每到春夏交接之际，也是槐花争相怒放时节，四处都是醉人的清香。说到槐花，不能不说槐树。其实，槐树漫长的一生中，枝繁叶茂、花容娇媚的好日子真是少得可怜，像一晃而过的青春年少时光一样，总是匆匆飞逝。

大连被称为槐城，大连的槐树主要有刺槐和洋槐两种。两种槐树都长得不太好看，如果非要比较一下，刺槐要优于洋槐。刺槐的树皮纹路有着深而曲折的褶皱，暗赭色的树皮水泥般地坚硬，树干笔直伸展，长得高大，枝丫冲到天空，横向生长，整体形态给人以十分舒展的感觉。而洋槐身材既不挺拔伟岸，也不俊秀高雅，树干略微弯曲，枝丫也长得太过随意和稀疏，弯曲扭捏，相貌难看。

大连冬季漫长，槐树的叶子又格外脆弱，总会在霜降开始时先败下阵来，严冬时已经片甲不留，槐树的枝丫很坚硬，整个冬天，槐树只好赤裸着丑陋的身子，挺着形状怪异的枝丫，摆出无奈的丑陋的姿态，浑身上下刺头儿似的支棱八翘，冷眼地打量着世界。总之，不长绿叶子时的槐树非常的难看,外表一点儿也不招人喜欢。不过，就算是可爱的孩子也有不待人见的时候，不是说八九岁讨人嫌吗，更何况相貌难看的槐树？槐树在让人不待见的日子里，默默地顶着寒冷的侵袭，悄悄地凝望着岁月的钟表，盼望着温暖日子快些到来，好增添丰满的衣衫，打扮憔悴的容颜，期待绽放和花香的短暂美妙时光。

槐树开花时间大约在每年的夏初，早早地生了芽，吐了绿，五月份也是风最少的时候，五月下过雨后，到处都是春天的气息，天空碧蓝、洁净如洗的日子逐渐增多，特别让人心神宁静的是那久难忘记的槐花甘美的芳香。这时的槐树有种扬眉吐气的畅快感觉，虽然槐花的花期最多也不过十天半月而已，但那时的槐花成了宠儿，不管是人还是蜜蜂都会围着槐花转，那些天里，槐花拼尽气力，像卑微的嫔妃等待久不临幸的大王，用它可怜的短暂而美丽魅惑的花期，妄图凝固稍纵即逝的好时光。

槐花不像玫瑰那样招摇，也不像牡丹那样惊艳，更不像水仙那样妖娆，也没有茉莉那么小气，槐花的香不那么浓烈，槐花更像男人爱极又得不到的情人一般，总是让人充满了怀恋和相思的滋味。而槐树所有漫长难过的日子，也因为槐花盛开而变得无足轻重，好像所有的日子都没有槐花扑面的日子那样让人心醉。

槐花街的声名远播当然取决于灿烂的槐花。

早先的黑石礁广场通往海边的一条路的两旁，都是高大的槐树，人称槐花街。槐花街的两侧还形成了小片的槐树林，每到槐花盛开时也是槐树生长最茂盛的时候，树林深处，飘荡着槐花的幽香。碧绿晶莹的槐树叶中，密密匝匝地垂落着串串槐花，一嘟噜一嘟噜地紧挨着。即使是长在一起的槐花也是姿态各异，有心急的槐花早早就吐着淡黄色的花蕊，悄悄绽放了，而有的槐花含羞地垂着眼帘不肯给出半点儿的微笑，任凭盛开的那些花瓣用力地挤对。所有槐花雪白粉嫩地挤在一起，懒懒地垂下来，走在路上，不经意间一抬头，满树的槐花都像在恣意绽放，到处都是微微涌动的暗香，槐花的味道香而不烈，淡淡地在空气里游动，远远地就可以捕捉到，沁人心脾，吸一口神清气爽，再摘一串吃下去，那感觉，要多美就有多美。

不过，槐花街也有槐花街的烦恼。槐花还没有开放的日子，槐花街的槐花就被人们惦记上了，早早地就有人等着槐花盛开，好摘下串串槐花。因为槐花好吃，对于经常为吃而犯难的没有多少副食供应的人们，槐花是主妇们最好的调剂品，每到五月下旬，槐花盛开的日子，是槐花街最热闹最得意的日子，也是槐花街的主妇们最忙碌的日子。

胜是我最要好的伙伴，他是槐花街最着急盼着槐花开的人了，他总是等不及槐花开旺的时候动手，槐花白色的小花骨朵刚刚鼓出头来，他就带着我跑到槐树林中。那时候我和胜形影不离。胜会爬树，异常顽皮，在我眼里是有本事的人，他的衣服没有一件没有撕破过，他喜欢上房揭瓦爬树掏鸟蛋下海摸鱼等等，没有一时半会儿能闲得住，也经常被他的妈妈扯着耳朵暴打。但胜好像是属鸡的，只记吃不记打，挨打受罪后，不一会儿就忘记，依旧四处作祸（大连话：惹事）。

槐花树高，最先开的都是树冠顶层的那些槐花，不过，谁也抢不过胜，因为太高，一般人很难够得着，胜会爬树，他总是三下两下就蹿到了树顶，再哧溜一下就滑了下来，猴子一样灵敏。只见他灵巧地爬到树顶上，把头探在茂盛的绿叶中，寻找槐花，从树上摘下一串串刚刚长成小串的槐花，他总是大度地先扔下来给我吃，然后在树上大声地问道，好吃吗？我总是边吃边答应着，好吃，真好吃！这时候的胜就特别满足，他摘下一串塞到自己嘴里，然后像个小大人儿，说还真是好吃啊，等着，哥哥再给你多摘些。一会儿面袋子里装满了槐花，我们大口吃着，槐花甜润鲜美的花蕊汁液顺着嘴角溢出。

小时候，每到槐花盛开的时候，爸爸都会给我做槐花的花帽，口袋里也装满了槐花，那些槐花开放的日子，我的浑身上下都透着花香。我最见不得槐花受伤，树林中那些寂寞的槐花，让它们的香气从深山里飘散出来，一定是在寻找亲人。不过，那些槐花又是多么的幸运，它们年年月月的等待，总能盼来槐花盛开，就像是等待失去的亲人重新归来，即使冬天来临，即使它们的树叶和花朵被大风吹散，但日子总有盼头，花朵树叶只是和槐树短暂地分离，下一个槐花盛开的日子，它们会重新在枝头相见。

胜对槐花提前动手总会让别人坐不住，他们会仰起头看着树不解，难道槐花真的开了吗？再看看胜一头一脸的槐花花瓣，才感觉槐花是真的开了，一些不会爬树的人，便会自制U字形的铁钩子，绑上长长的木杆，伸到槐树的高处结满槐花的树枝，折断槐树枝，用力从树顶上拉下来，再摘取槐花。从那时起，到槐花凋谢，树林里街道上到处都是折断的槐树枝。等槐花旺时，有时来不及摘槐花，有些人干脆先把长满槐花的树枝砍下来，把树枝捆好，一捆捆地拖回家，慢慢地摘槐花，树枝剁成一段一段的，码在院子里，冬天里当柴烧。胜也会掐一些槐树枝回家，这样他就不用一次次爬上爬下那么麻烦，摘的槐花也又快又多。

一团丝绒般油亮的乌黑头发，散发着淡淡的头油的味道，弯曲成蛇样的身体正均匀地喘着气，一下一下，像节奏明快的指针，细白的柔软的一圈绒毛围成的脖颈，看不见，却把胜的心挠得异常的痒痒，胜的眼睛跟着妈妈手里的动作在转，他有种睁不开眼的感觉，如同深夜里睡梦中遭遇突然而至的灯光，寒光般划过天际的流星一样让人窒息。她的手，在鹅黄又略有些淡白色的槐花花朵间穿梭着，她的手白皙而修长，对待槐花小心温柔，犹如对待刚出生的小鸡雏，风一样轻轻地掠过胜的心尖。

妈妈非常喜欢胜，也更喜欢槐花，她总是对着槐花边嗅嗅鼻子边说，这槐花多香啊！她一边从树枝上往下摘槐花一边批评胜，她说胜啊你把这些树枝都折断了，树多疼啊？如果有人把你的胳膊肘儿腿儿折断了你不疼吗？又说，你爬上爬下的，摔坏了，将来媳妇都讨不到，看你怎么办。胜就蹲在那里嘿嘿地笑，他说，我摔坏了美丽不嫌弃我，将来我就娶美丽当媳妇。

我才不要给你当媳妇呢！

妈妈好像根本不在意别人的不屑和不满，她坐在院子里，认真地摘着槐花，不舍得丢掉一串，不一会儿，一嘟噜一嘟噜的槐花就盛了满满一盆，槐花在白瓷盆里颤颤悠悠，像一群刚出生的小白兔，新鲜活泼。

槐花盛开的时候也是槐花街的节日，那些天，槐花街上家家都在做槐花美食。到时候，妈妈会用槐花做各种好吃的，都是我最喜欢吃的美味，想起来都咽口水。

槐花开放的日子里，四处都是槐花沉甸甸的幽香，妈妈也像被槐花压弯了腰的细挑的树梢，弯着腰埋头在槐花的花朵里，精心地挑选着饱满的槐花，准备槐花晚饭。槐花有着随性的好品质，和任何食物一起搭配都“个楞”（大连话：合群），槐花既可以当饭也可以当菜。要知道，粮店里的白面和大米不是随便吃的，那是细粮，要凭票供应，平时大家吃得最多的是玉米饼子，过年过节才可以吃细粮。不过，槐花开的时候，家家都不再吝啬，有了槐花，就可以做成槐花玉米饼子，或者槐花、玉米和白面掺和在一起的馒头，还可以掺在大米里，做成槐花米饭、槐花菜团等等。槐花种子甚至可以入药，可以凉血治痔疮，也可以排毒。不过，槐花吃过量也会中毒，每到槐花开放的时候，许多孩子因为吃了过量的槐花，脸上就会“肿杂碎”（大连话：腮腺炎），大街上经常会看到脸蛋儿肿得变形的小孩子。

妈妈总是把吃不了的槐花晒在门前的台阶上，等晒干了再装到面袋里，留着冬天吃，在槐花了无踪迹的冬天，槐花的香气一直在家里四处淡淡地游动着。

胜的妈妈只会做槐花饼子或者是槐花馒头吃，我的妈妈就不同了，她做的槐花美食在槐花街上非常有名。当然她也是槐花街的另类，用有些人的话说，她是个不会过日子的女人，是个败家的女人，只有她这种不会过日子的女人才会做那些乱七八糟的东西吃。这些乱七八糟的东西里有槐花饺子、槐花肉丸汤、腌槐花小菜、煎槐花鸡蛋饼，还有蒜香炒槐花、槐花蛋花汤等各种好吃的。

那一年，胜七岁，槐花开过后，胜就可以上学了，让我羡慕不已，他新买的书包就放在枕头上，每天晚上他都枕着书包睡觉，怕丢了似的。那年的槐花开的季节里正赶上过端午节，有一天，妈妈做了金灿灿的大黄米饭，煮了鸡蛋鸭蛋，做了槐花猪肉丸子汤，还有槐花煎鸡蛋，让我喊来胜一起吃，每年槐花开得最盛的时候，胜都会到我家里吃好吃的槐花饭。那天，贪吃的胜吃了两大碗大黄米饭，喝了好几碗槐花肉丸汤，直吃得小肚子鼓鼓的才罢休。那天晚上，胜突然肚子疼得在炕上打滚儿，肚子鼓成了小山包，脸更是肿得变了形，他号叫的声音仿佛把整个槐花街都搅动了，他吃得太多伤着了，那天晚上，他趴在炕沿上大吐不止，肚子里的大黄米和肉丸子已经变得臭气熏天……

胜在上学前的一个星期，被一颗不知来历的子弹打中了，他没有背上一天新书包上学。那以后，我也不再吃所有槐花做的美食，我们搬离了凌水桥，住的地方也与黑石礁没有半毛钱的关系，但是，每一个槐花开放的日子，我都会在繁茂的槐花间看到一双眼睛，那是胜的眼睛，像槐花一样让人怀念的眼睛……

奶奶怀里的秘密

奶奶早早就给自己做好了送老衣服，她用那双被时光揉搓得不成样子的老手，把自己所有的岁月一起缝了进去，仿佛要告别曾经给她快乐也给过她苦难的时光，提前为自己打点好了行装，从容而坚定……

从小到大，我最佩服的人就是奶奶了。记得她年届八十的时候正赶上经济大潮来临，她硬是不听大家的劝阻，曾经一个人跑到黑龙江找到亲戚，往大连倒腾木耳，挣了多少钱不知道，就她那股子韧劲就让我们晚辈佩服。她还特别爱干净，白布衬衣永远都洗得干干净净，屋里屋外总是一尘不染的。

奶奶绝对是性情中人，十六岁那年，奶奶被镇上有钱的大户人家请去当绣娘，为人家的大公子准备结婚用的被子、枕头等绸缎描龙绣凤。奶奶非常的聪慧，一双巧手远近闻名，绣出来的被面和枕套手帕什么的活灵活现，非常好看。奶奶正是花季，不知那时的奶奶天天怀着怎样的心情在为人做嫁衣，或许是既美好又向往又有些自怜，那是她第一次远离父母，远离朝夕为伴的兄弟姐妹，一个人带着胆怯和陌生，也带着新鲜感和不太成熟的自信，只身住在大户人家里，细心地将手中那些缜密的针脚随着丝线一点点幻化成蝴蝶、鸳鸯、仙鹤甚至是草原、蓝天、骏马等等，奶奶的想象力极其丰富，手中的丝线成为她内心的表达，成为女孩最美妙的遐想。

不要以为奶奶从此就与绣娘结下了缘，事实上，那个春天，当大户人家的大公子洞房花烛的时候，奶奶早已经回到了自己的家。但让家人不解的是，奶奶从大户人家回来后，突然就病倒了，几乎是不吃不喝，像红楼梦里的黛玉小姐一样病恹恹地躺在床上，家里人愁得什么似的，到处找人也看不出毛病，奶奶什么也不说，一个活蹦乱跳的姑娘就这么病倒了，莫不是……母亲就偷偷地说，女儿你想要什么，想要的东西娘一定会给弄来。奶奶只有十六岁，但是奶奶却说出了让所有人不敢相信的话，奶奶说你弄不来的，怎么可能弄来呢？原来，奶奶看上了大户人家的二公子，那个从天津放假来参加哥哥婚礼的大学生。

好在不是大公子。

但家里人更为难了，那二公子人家是大学生，是有文化的新派人物，就算奶奶心灵手巧，就算奶奶聪慧过人，就算奶奶年轻貌美，但是奶奶的家世、奶奶读的那点儿书还有奶奶从小到大的世界，一切一切简直没有办法与人家的二公子相配。正因为如此，奶奶才有了眼中的绝望，奶奶的心里已经没有别人，没有至亲至爱，她的世界一下子让二公子给填满了。

如果一生中不能嫁给这样的公子，活着是没有意义的，十六岁的奶奶打定主意要饿死自己。

从来没有人发现奶奶会有这么倔强的性子，为了那个连自己是谁都不知道的富家公子断魂。没有办法，眼看着如花的女儿一点点地要枯萎了，奶奶的父母请媒人带着厚礼去和大户人家提亲，结果是注定没有结果的。奶奶照例迷糊着，沉醉在想象的幸福里，等待着解脱。

眼看着奶奶就不行的样子，媒人再次来到大户人家，只求人家二公子能亲自去一下，去看一眼为了他而绝食的那个姑娘，尽一点儿道义。二公子无奈地去看望奶奶，这一看更让奶奶绝望，她看到高大的二公子站在床边，那目光透着可怜和不解。二公子是第一次看到奶奶，确切地说是第一次正式地端详奶奶，那之前他并不知道在自己的家里，一个躲在屋里绣花的女孩正在偷偷地打量自己，一点点偷偷地把他变成了自己的男人。二公子怀里揣着不解，不知道自己什么地方让这个执着的女孩那么痴迷。是啊，看上去奶奶真是一个让人匪夷所思的女孩，做着不着边际的相思梦，而且不在乎把自己埋葬。

让所有人没有想到的是，二公子回家后竟然答应了这门亲事。

奶奶的病神奇地好了，奶奶终于如愿地在她如花的年龄里嫁给了那个英俊的二公子，只是二公子是个还没有毕业的大学生，也没有想成家的想法，娶奶奶完全是出于道义。二公子说不能眼睁睁地看着一个人就这样完了。二公子与奶奶匆匆地结了婚，而后二公子又匆匆离开了家。有一段时间，二公子自己欺骗自己没有成婚。以后，二公子喜欢四处云游，喜欢交朋友，讲义气，他的字写得非常的好，也非常值钱，他总是很久才回来一次。以后的以后，二公子经常把家当成歇脚的地方。但是奶奶根本不在乎，奶奶只身一人在爷爷家里生活着，不在乎别人怎么说，不在乎曾经的行为，奶奶坚信爷爷是喜欢她的，她想，既然二公子肯娶我那一定是喜欢了才娶的，就像自己不喜欢不爱怎么会去嫁呢。

奶奶从来不去打听爷爷的事，也不知道爷爷是否在家之外还有旧爱新欢，奶奶总是安心地守着妇道，终于有一天，爷爷回来了，从此再也没有离开。爷爷得了严重的肝病，才三十几岁的人却苍老得不成样子，奶奶从来没有这么细心地照料爷爷这么久，从来没有和爷爷说过那么多的话，奶奶跟爷爷讲她第一次看到爷爷的时候，那时候爷爷的胸前有一枚校徽，奶奶说她当时就想摸一摸那个校徽，奶奶终于摸到了，还紧紧地攥在手里。奶奶边照料着爷爷边盼望着肚子里的小儿子快点儿出生，让这个未来的儿子早早地看上英俊的爷爷一眼，但是爷爷还是没有等到小叔出生就走了。

那一年，爷爷不到四十岁，一个男人最健壮的年华，但是爷爷却走了，这个让奶奶梦想成真的男人，从此扔下了奶奶和孩子，一个人走了。奶奶是小脚，小得感觉碰她一下就会倒下一般。自从爷爷去世以后，奶奶一个人领着几个孩子，用那双小脚，带着孩子们开始讨生活。奶奶谢绝所有说媒的人，谢绝了一切惦念，因为奶奶心里只有爷爷，不管是死去还是活着，奶奶一生只会爱这一个男人。奶奶干过苦工，做过奶妈，贩过货，还抗拒过纳税，抗拒过收缴公粮的官员，奶奶以她的坚强和韧性坚守着，她相信命运，更相信力量，那种与生俱来的不服输的力量，这种力量支撑奶奶的小脚坚定地前行着，走过了艰难的岁月和漫长的人生。

爸爸排行老二，爷爷去世时爸爸刚好八岁。我出生时爸爸已经离开了村庄，使我不费吹灰之力就成了城里人。每年过年爸爸都会带着全家人回家陪奶奶过年。我上学了以后，由于爸爸妈妈工作忙，放寒暑假的时候，我就会到奶奶家去玩。奶奶和大伯一家一起住，因为奶奶特别喜欢我，大伯家的孩子总说奶奶偏向。奶奶并不在意别人怎么说，我一回来，她就喜欢带我出门，碰着熟人总会说，这是二小子的姑娘，城里人，可聪明了。对我这个城里人，奶奶总是特别地关照，偷偷地给我买好吃的，不让别的孙子孙女们看到。我记得每次大娘做菜的时候，奶奶总是慢慢地从怀里掏出一个小药瓶。那个小药瓶是奶奶怀里的秘密，小药瓶里装着味精，平时，奶奶揣在怀里，宝贝一样地看护着，只有我到奶奶家时，奶奶才会在大娘做菜时，从怀里掏出小药瓶，拿出来往菜里倒那么一点点，然后再慢慢地放回怀里，算是对我这个城里来的贵客特别关照。那时候味精是稀罕物，很贵的，只有过年时才能吃到味精。每当奶奶往锅里放味精时，大娘都会笑着说：美丽，你真有福气，看奶奶多疼你呀！

奶奶去世前一直在金州城里的三叔家里颐养天年。忽然有一天，奶奶跟三叔说，快给我送回老家去，我要回去。三叔说住得好好的为什么要走。奶奶急了，说我让你送你就送，要不我自己走。三叔是绝对拗不过奶奶的，在奶奶的命令下，三叔和他发了财的儿子开着豪华车送奶奶回家。奶奶一路风尘地往家里赶，一到家，就对大娘说，快把我送老的衣服找出来，还有给我准备的棺材打开，我要走了。大娘惊得目瞪口呆，忙按奶奶的吩咐去做。奶奶早早就给自己做好了送老衣服，她用那双被时光揉搓得不成样子的老手，把自己所有的岁月一起缝了进去，仿佛要告别曾经给她快乐也给过她苦难的时光，提前为自己打点好了行装，从容而坚定……

一个时辰后，穿戴整齐的奶奶在自己家的土炕上，无疾而终，享年八十七岁。

融入生命的味道

因为天性里有善良和感动的因子，我便会经常被哪怕是微小的爱意感动，便会用心体味感动并愿意传递和互动，便会忽略或不屑甚至原谅理解那些哪怕极大的恶，因为那些恶之花的长成一定是缘于缺少爱和亲情的土壤……

北方的冬天里，夜长昼短，萧瑟寒冷，人也像冬眠的蛇，喜欢躲在屋子里，把自己深藏包裹蜷缩起来。寒冷易损身体，冬天要避免风寒，不仅是表面意义上的避免伤风感冒，更有养精蓄锐的内在含义。俗语说“猫冬”也在此理。

每进入冬天，也进入了我的美食季养生季，冬季是进补、休养生息的好时机。养生要早做计划，我先是早早就托人买了些质量好的海参，每周集中水发一次，发好后，冷冻起来，每早空腹食一只，从立冬那天开食，直到打春，阳气上升时停服；冬季养生不可忽视晚上，大连地处辽南，盛产苹果，苹果营养丰富，俗称聪明果，我每天晚上要榨一杯新鲜的苹果汁喝，既补充维生素又润肠；除了这些必备的养生食品外，我还经常做一些特殊的养生补品，朋友推荐老陈醋泡黑豆，据说冬天补肾，我立马实践，味道真是不错；冬天的早餐最不可马虎，是补充能量的最佳时机，吃得好不好关乎着身体的健康状况。早餐的饭桌上必有各种自制的新鲜小菜，鱼也是早晚必不可少的一道小菜——先是到鱼市买来几十斤的新鲜鲐鱼、鲅鱼等，清洗一番，少盐腌制个把小时，拿到太阳下晾晒脱水即成，然后一条条打包封存冷冻，每天早上蒸或者煎烤，再配各种粥食之，既美味又营养。

养生的兴起并没有多久的历史，细想一下，对于大多数国人来说，真正吃饱饭吃好饭的日子并没有多久，更不用说享用美食和进补了。相比于80后90后对食物的无所谓态度，70年代之前出生的人或多或少都经历过饥饿和贫困的侵扰，更有过对美食的向往憧憬和甜美而切肤的记忆。在食物并不丰盛的少年时光里，食物的单调乏味对我的影响可以说是刻骨铭心，而如今我并不算长的美食经历中，我对味道的敏感和对美食的贪婪到了无以复加的地步，全都缘于那时的食物短缺。我喜欢美食，是个真正的“逮货”，我对吃的贪婪更多的是从味道开始，那种只闻其味而无法食其物的感觉，总会让记忆变得越发的深厚丰满。

如今人们对美食的向往可以坦然倾诉，想吃好的东西和对美食的喜欢都可以表达诉说，美食也经常被冠之以饕餮大餐、极品、盛宴之类的称号。人们普遍的共识是，喜欢和享受美食那是人的天性，天经地义，无可厚非。

除非极特殊的要求，现在人想吃什么真不是什么难事，现在的食物食材品种真是名目繁多。也很少有人对喜欢吃或者贪吃的人说三道四，而是觉得会吃好吃能吃的人那是热爱生活的人，当然过于贪恋食物另当别论。不过，你不能指望一个家庭主妇能做十几道工序的佛跳墙，更不能天天都想着吃燕窝鱼翅什么的，对于平淡日子里打滚的平常人家来说，自有对美食平凡而亲切的诠释。

我对美食的爱好由来已久，小时候我就比较贪吃，父亲出差带回来好看的衣服我自然喜欢，但如果不带好吃的，再好看的衣服也提不起我的兴趣，我总是把吃放在第一位。不过，小时候喜欢吃美食会被说成是“馋”。遇到哪个孩子特别的贪吃，就会有人说这孩子“真馋”！那时候“馋”是贬义词。如果说谁谁特别能吃苦受累，或者能干活，那是赞扬的意思。如果说谁谁特别馋，而且如果馋的又恰好是女孩子，那是要被笑话的，而且差不多这个女孩子是没有前途的。曾经有一个在乡村出生的女人就对我说过，说你这样馋的女孩子要是在农村是嫁不掉的，馋是庄户人家女孩子的大忌，馋某种意义就是败家的娘儿们。还好，我生在城里，不然恐怕真的嫁不掉也不好说。想来也是，一个娶回家过日子的女人，如果见天地想着做好吃好喝的，把钱都糟蹋进肚子里，那还不越过越穷？这样的女人再好看，恐怕也没有人愿意娶，无论城乡，勤俭持家那可是传家宝啊！

旧时，由于贫穷和物资匮乏，节俭延续下来的克制，让人们不敢坦白对美食的钟爱，就如那时人们不敢张口表达爱意一样。那时不兴叫美食，对美食只冠之以“好吃的”而已，如果一个人好吃会吃懂吃也不能得到赞许，只能被别人说三道四，那是不会过日子的表现，会在别人面前抬不起头来。记得小时候的一个邻居，每到家里发工资的时候，就会买来好多点心面包什么的来家给孩子们吃，他们的孩子们拿着好吃的点心站在院子里大吃的情景时常让我咽口水，那种香香的味道总让我夜不能寐。不过，每到月末，他们家都要靠借钱度日，就像俗话说的那样“囤尖不省囤底儿省”，就是说米仓里的粮食要从堆成尖的地方开始省，而不是要见到囤底儿的时候再省，那时省就来不及了……

如今，美食的过度消费，让许多人成了营养过剩的胖子，如此，如果要对美食说不，那是需要勇气和毅力的，尤其在美食盛行、品种各异、花样繁多的当下，拒绝美食绝对不容易。我自小就喜欢吃，可以说是非常的馋。甚至我的理想就是长大了当一个女大厨：穿着干净的白制服，围着齐膝的长围裙，戴上高高的厨师帽，在精心为别人操持美食的时候，也不忘补养自己的味蕾——毕竟是厨师嘛，应当想吃什么就做什么。于是，菜刀三下两下，嘁里喀喳地备好料，一切准备就绪开始烹制。左手掂着大炒锅，右手拎着小炒勺，守着灶台，灶台边上整齐地码着一排排油盐酱醋糖花椒大料孜然等各种调料、调味品，按顺序提前备好了——那一定是手下的徒弟们的活计，他们当然得看大师傅的脸色，所以不用担心，灶台上会打点得头头是道。这时候灶台下必是燃烧正烈的红蓝火苗，待锅烧干了后，施油，爆锅，添料，顿时油烟四起，锅里的食材由最早的陌生到搅成一团，迅速地在一起翻滚腾挪，一阵喧嚣碰撞，炒锅碰勺子叮当一番，立马满屋生香，只是瞬间而已，起锅，盛盘，走起，上桌……如果遇到可心的美食，还可以再配上美酒，想吃多少吃多少，想吃多久吃多久，啧啧，那是多么美妙的人生享受啊！

不过，想象归想象，虽然差一点儿成了大厨，但终究没有真正入行，而小时候因为太馋太贪吃挨骂遭训的情景一直记忆犹新。那时候的饭店并没有现今这样多，也没有多少人有闲钱下馆子，逢年过节时，人们更喜欢互相串门聚餐。我每到饭桌上，无论谁家，无论生熟，只要见到喜欢吃的就会忘乎所以。因为我有过饭桌上贪吃忘形的劣迹，每每会让父母大人们感觉很丢脸，所以每到逢年过节要随父母大人们去走亲访友时，大人们都很头疼。但走亲访友又不能不带上小孩子，那是绝对说不过去的。记忆深刻的是，每次要出门前，母亲都要提前把我叫到跟前专门再三反复地叮嘱教训我一番：饭桌上不能遇到好吃的东西不放筷子，眼神里更不能露出贪吃的神色，即使再喜欢吃的东西摆在眼前也不要表现出贪婪，菜上来时要等主人让过了再吃，吃饱了后要赶快出去玩，不要老守着桌子等等，这些叮嘱待我一个个郑重应诺后，才会带我出门，否则我只能在家里想象那满桌美食的味道。

当然，每到年节，是我的食之节日，虽然对大人做了好多承诺保证，真到了人家的饭桌上，我贪吃的嘴脸必会一览无余，遇到可口的饭菜低头大吃，眼神根本不和父母大人的眼神相对，才不管是不是在自己家里，早把母亲的叮嘱抛到九霄云外，更不管母亲因羞愠涨红的脸庞。为了躲避母亲经常在桌子下面对我扭掐的“暴行”，我很有经验地坐在了她的对面，让她奈何不了我，并且，在吃的时候，已经做好回家挨揍的准备，为了好吃的，受点儿苦那是必然。现在想来，我贪吃无赖的馋猫嘴脸简直不可思议，记得好像特意和父母过不去，我就连一盘再平常不过的炸花生米或者炒鸡蛋，只要是在别人家里，我都吃得津津有味，不肯停歇，感觉好吃无比。不知道别人家的炒鸡蛋是不是被施了什么魔法，让我欲罢不能，贪吃无比。

其实，小孩子喜欢吃别人家的东西是正常的反应。不是别人家的炒鸡蛋与自己家的炒鸡蛋有什么不同，而是同样的食物换了个人去做，方法和火候都不尽相同，味道肯定也不同，如果天天都吃母亲一个人做的饭菜，一旦换了别人做的同样的东西，味道也会感觉不一样。小孩子嘴刁，会不自觉地吃出差别，自然会喜欢别人家的饭菜，这是正常的心理和生理反应。但大多时候，大人们对待这样的孩子，不是粗暴地打一顿让长点儿记性，就是训斥为不懂事不听话等等。也难怪，那时候有谁会关心和在意小孩子们的感觉呢？更何况在吃这么敏感的事情上。

据说狗的嗅觉异常灵敏，正常情况下可以闻到几公里以外的味道。更有人说，早先，狗的嗅觉可以达到三十公里，听上去真是神乎其神。猫也是嗅觉发达的动物，猫的独特嗅觉，也成了馋的根源，俗话说“馋猫鼻子尖”便是佐证。

人自然不能跟猫狗相提并论，但贪吃的天性一定是一样的，那是自然的显现。

我想，我的前世一定是狗啊猫啊的，我喜食鱼肉，鼻子也异常的灵敏，对美食飘过空气的味道尤其敏感，再微小的迹象也总会及时捕捉到。我小时候还有过一种

“恶行”，经常被家人拿来作为我贪吃馋嘴赛猫狗的证据。小时候家住平房，十几户人家，一家挨着一家地用小院隔着。那时候，我只要站在院子里，谁家做了什么好吃的我立马就会闻到，不管家门关得多么密不透风，我都能灵敏地嗅到与往常不一样的味道。有一次，邻居有一户人家包饺子，虽然他们家的门关着，但还是让我闻到了包饺子的特殊味道。我特别喜欢吃饺子（当然不喜欢吃饺子的人恐怕不多），但是人家并没有请我，平时两家的关系也不是太亲近的那种，这让我颇费思量。我可能是太想吃饺子了，太想去他家了，但我又苦于找不到理由去他家。我费尽脑筋地在院子里琢磨着，后来突然想起，他家里有一个男孩子和我曾经是一个幼儿园，但是他是大班，我是小班，但这不要紧，只要是认识就行。于是我找了个理由去他家里找他。

我家住在最东头，而他家住在最西头，那么远我都能捕捉到气味。那天，我去得正是时候，看上去饺子已经包完并下锅了，他们家里人正在清理面案上的面粉，那些乱七八糟的面粉一下子就能让人看出来刚刚包过饺子，果然猜对了。这时，大锅锅盖已经盖上了，他的一个哥哥正费力地拉着风箱，火苗不时欢快地从锅灶里喷射出来，锅盖上面正在一点点往外透着热气。我对他拉风箱的哥哥眼神里的恶意视而不见，坐在屋子里和大班同学聊着天，死皮赖脸地等着，找着各种理由和他一起玩着……但是那天，邻居家不知道怎么异常的小气，他们的饺子就捂在锅里不起锅，到最后我也没有吃到饺子，因为等他们实在拗不过我，打开锅盖时，锅里的饺子因为煮的时间太长，都煮破了皮……他们脸上的表情是多么的愤怒和难受啊！平常人家平时难得吃一次饺子，我的贸然前往，还有那些劣迹斑斑吃的过往，只能让他们害怕，现在想想，当时他们该有多恨我这个馋嘴的坏丫头啊。

还有一次在别人家吃饺子的故事也时常被人提及。

母亲手巧，会织毛衣，不仅织的花样多，织工好，还织得特别快。记得有一次，父亲的朋友托母亲织了件毛衣，因为人家要赶着穿着去外地学习，母亲紧赶快赶地终于在人家临走前织完了。父母让我去给人家送毛衣。临出门时，母亲照例叮嘱我早去早回，还反复说一定一定不要在人家家里吃饭，等着我回来给我做好吃的。父母让我送毛衣的时间也选得正好，下午两三点钟。当时我家住在凌水桥，父亲的朋友家住在黑石礁，坐车加走路来回也就半个小时足够。我拿着装毛衣的包袱上路了，往汽车站走时，我突然改变了主意。爸爸每次出差前，母亲都要包饺子，“上船的饺子下船的面”嘛，我想，爸爸的朋友第二天出差，当天家里肯定会包饺子。于是，我临时改变主意，把车票钱收起来，决定步行去送毛衣，我走了好长时间，慢腾腾地走，计算着时间走，等终于到了人家家里时，正如我所料，人家正在包饺子。我递上毛衣，人家的阿姨跟我说，美丽，饺子马上就包好了，等吃完了再走吧。我拽着猫尾巴就上了炕，很痛快地答应着，坐在那里等着人家煮饺子，早把母亲的话忘在了脑后，等我痛快地吃完饺子，心满意足地回家时，把后悔不已的母亲气得几乎要哭出来。倒是父亲笑呵呵，说一个小孩子家，能吃几个饺子，不必要那么生气。母亲就把气转到了父亲身上，说都是你惯的如何如何，我就趁机脱身，隐身玩乐去了……

我对美食的偏爱由来已久，做美食从来不嫌麻烦。现在食品安全问题越来越严重，我更多的是尽量自制一些安全放心的美食以饱口福。不同的季节我对美食有不同的偏好，生在大连，尤其是生在大连的海边，自然钟爱海鲜，出差几日吃不到海鲜，会觉得馋得慌。一回来，家人都会做上满满一桌子的海鲜。海鲜之中，我最喜欢最馋的是牡蛎。小时候住在海边，每到退潮时，都会看到赶海人蹲在礁石上，手里拿着玉米饼子，拿着钩子在砸牡蛎，就着饼子吃牡蛎，那是大连人感觉最美的味道，那情景也是大连海边最生动的画面。

虽然牡蛎一年四季都可以吃到，但我最喜欢冬天的牡蛎，在海边长大的人都知道，冬天的牡蛎鲜活，夏天的牡蛎用大连话说是“返浆”，不好吃，不仅口感不好，营养也大打折扣，真正海边长大的人，一般很少吃夏天的牡蛎。

冬天的牡蛎就不同了，冬天的大海一下子有了精气神，牡蛎也长得结实，晶莹壮实。牡蛎生命力旺盛，天气越冷，牡蛎越是硕实饱满，越冷牡蛎越新鲜，越冷牡蛎越鲜亮，越冷牡蛎也越好吃。如果带壳煮着吃，大锅里不用放水，放水会冲淡了鲜美的味道，只要放在锅里干煮一会儿，热气一蒸，牡蛎开口熟了，拨开壳，里面仿佛躺着嫩嫩的胖乎乎的娃娃，鼓鼓的小肚子，穿着带飞飞边的连衣衫，腰细细的。好看又好吃。

牡蛎的肥厚与否与生长的地方有关，凡是长在礁石上的牡蛎，一般都是平板，牡蛎肉不多，里面的肉也是扁扁的，有些瘦。我记得有一次赶海，无意当中在礁石底下悬空处发现好大一片倒着长的牡蛎，好大一片，我用铲子轻轻一铲，哗啦啦掉下来一大片牡蛎，它们倒立着长在礁石上，在礁石上互相挤得紧紧的，海水如何冲刷都不会掉落，但用铲子轻轻地一铲，竟然整面子地落了下来，我仿佛一下子发现了宝藏一样。这成了我的秘密，那以后，每次退潮赶海时，我都会专门去找礁石下面有缝的地方，每每都能有格外的收获。

倒着长的牡蛎，像倒着的高脚酒杯，肉是长长地倒立着往下长的，牡蛎的肚子特别的丰满，细长肉多，俗称碗蛎子，这样的牡蛎看上去个头不大，但是肉却特别的肥厚。

现在海边大多进行了改造，自然赶海的滩涂已经没有了，再也没有小时候那样自由赶海的日子了。

喜欢吃牡蛎，自然对牡蛎有一番研究。因为纬度和地域的关系，大连的牡蛎格外鲜美，尤其是大连登沙河和杏树屯海里生长的牡蛎最鲜最有营养也最有名。许多人对牡蛎的认识有偏颇，认为牡蛎胆固醇高，其实并非如此，牡蛎的营养价值极高，俗称“海之乳”，特别是冬天食之不仅口感好，营养最佳，还有药用价值，具有平肝潜阳、镇惊安神、软坚散结、收敛故涩的功效，还能滋容养颜，提高身体的免疫力。每到冬天，从立冬时起，我每周都会专程去登沙河或者是杏树屯的海边买牡蛎吃，每次买十斤八斤，吃一周，然后下周再去买。等冬天快过去时，再多买些，在冰箱里冻上，等夏天时好解解馋。虽然每次去买牡蛎来回有一百多公里的路程，但对于好吃且馋的我一点儿也不觉得辛苦。牡蛎是可以生食的贝类。牡蛎活着时剥出肉来，最好生食，蘸上辣根或者老醋酱油等，要多鲜美就有多鲜美。牡蛎的吃法好多，生煎牡蛎，葱油牡蛎，蒜蓉牡蛎，蘸辣根生吃，蒸鸡蛋羹吃，煮面条吃，做牡蛎粥，煲牡蛎汤等等，还有酸菜牡蛎饺子，特别的好吃，那是大连人冬至那天家家饭桌上的必备。牡蛎汤特别的好喝，那是我的“保留曲目”：选用小个的牡蛎肉，加上豆腐丁、肉丁、土豆丁和少许木耳丁，待汤沸腾后，加入淀粉汁，打上鸡蛋花，一碗牡蛎汤就好了，那味道，那品相，真是活色生香，简直是人间最鲜美的美味啊。

对于一个经历过饥饿的国度，美食的记忆不会太丰富，但民间对美食的追求从没有断过。在我并不算太复杂的人生中，很早就经历过苦辣酸甜，我是家中唯一的女孩子，但并没有因为贫穷和困难日子而缺少爱的关照，特别是我对美食的过分贪婪，一定是缘于爱。母亲总是对生活充满热爱，乐观达理，她总是会想办法把最差的食料做成好吃的美食，用过日子的算计，把平常的饭菜做得有滋有味，即使困难的日子里，对美食的追求和向往也没有消退，反而会变着法儿地做美食，甚至有些极致，这也是我至今对美食格外偏爱的原因。

虽然小时候经常因为贪吃而让母亲丢丑没有面子，其实我对美食的贪婪源自母亲。我小时候家住海边，沿海一带盛行种植海带，每到夏天，是海带生长最旺盛的时期，而伴随着海带成长的除了长满海带筏子绳子的贝壳黑亮的海红以外，还有围绕在海带筏子周围的成群结队的皮匠鱼（也叫“扒皮鱼”）。皮匠鱼最喜欢吃海带周围的小鱼和海藻等，那时候，大人们经常去海带筏子周围打捞皮匠鱼，成筐成筐地捞，因为夏天鱼不好存放，皮匠鱼就格外的便宜，一块钱最多可以买七八条。每到皮匠鱼汛期，母亲就几十斤几十斤地往家里买，家里厨房的水泥地上到处都堆满了皮匠鱼，母亲坐在小板凳上，一条一条地剥鱼皮，剥鱼皮要从鱼嘴处开始，有时母亲的手指都剥脱了皮。在母亲看来，皮匠鱼身上到处都是宝，她没有像别人那样把没有用的鱼肚子（鱼鳔）丢掉，而是小心地掏出来，鱼肚子又白又嫩且滑，一不小心就容易碰碎，母亲把鱼肚子专门放在一个盆里，等地上的皮匠鱼扒完了皮后，乳白色的鱼肚子也装满一大盆，然后她会把鱼肚子倒在锅里，点上火，㸆出鱼油——慢慢不停地用铲子铲着锅里的鱼肚，火是用小火，锅里的鱼肚子在小火的烘烤下，慢慢地由白变成金黄最后变成焦黄的鱼渣，把鱼渣捞出来，剩下的就是香喷喷的皮匠鱼油了——一次能㸆出好几斤鱼油，母亲把鱼油装在陶瓷罐子里。那时候，食用油都凭票供应，平时都不舍得吃，留着过年时“走油”，平时，母亲就经常用鱼油代替食用油。母亲最喜欢用鱼油炸玉米饼片给我吃，那时候，食用油珍贵，谁会舍得用油炸饼子吃。母亲用鱼油炸出来的饼子金黄油亮，使难吃的玉米饼子立马变得又香又脆又油，别提有多好吃了，简直和点心一样好吃。

㸆鱼油只是母亲加工皮匠鱼的一个小插曲，重头戏是在对皮匠鱼肉的处理上。

母亲把脱了皮的皮匠鱼洗干净后，一条条摆在大锅的锅帘子上，在鱼上面均匀地撒上少许的盐，然后盖上锅盖，生上火，把皮匠鱼在大锅里蒸，往往要蒸好久好久，皮匠鱼蒸熟了透了以后，皮匠鱼骨和鱼肉就分开了，可以说是骨肉分离了。这时，母亲再把蒸鱼的锅帘子和鱼一起端出来，往往要两个人同时端，放在案板上，这时，蒸鱼的鱼汤在大锅里翻滚着，雪白如奶汁，这时，母亲把事先擀好的面条，下到锅里，加大火力，面快熟了时，再把事先切好的葱花、木耳、黄瓜片等通通丢在翻滚的锅里，再把几块皮匠鱼肉放进锅里，然后把打碎的鸡蛋液甩到锅里，关火，这样，一锅鲜美无比的皮匠鱼面条就做好了。

最重要的环节是对皮匠鱼肉的处理上。等蒸好的皮匠鱼肉凉透了以后，母亲再把大块大块鱼肉挑出来，把刺儿丢掉。皮匠鱼的刺儿不太尖锐，又长得稀疏，特别好挑拣，也不会对人造成伤害。母亲把鱼肉摆放在面板上、菜板上、饺子盖帘上等等，然后蹬着梯子爬到屋顶上，把一盖盖一帘帘的皮匠鱼肉摆满了屋顶，晒鱼干。这是母亲的拿手活，每到夏天，母亲都会在皮匠鱼最不值钱的时候，大量地买来蒸熟晒鱼干，最多时能晒出好几十斤鱼干，然后等鱼干晒成了以后，把鱼干分别装在几个面袋子里，缝上，平放在家里的炕头上，每当做饭时，炕头上热乎着呢，鱼干也被烘着，家里到处都是鱼干的香味。鱼干一般都是留着冬天里吃，主要是做面条吃，有时也泡松软了，包饺子吃。

虽然我贪吃，但一看到满屋顶上摆满的鱼肉，我就知道，我的苦日子又要来了，因为，每到这时，我有一个重要任务，就是要在每天太阳出来时，到屋顶上，拿着母亲用塑料绳拆开自制的长缨子，用长缨子甩来甩去地赶苍蝇，看着鱼干，直到雪白的新鲜的鱼肉晒成乳黄色的鱼干，收到袋子里为止，我的任务才算完成。

那时候，正是贪玩的年龄，晒鱼干对我是多么痛苦的事情啊，我坐在屋顶上，一手打着伞，一手拿着长缨子，有气无力地挥着，赶着那些闻腥而至的可恶的苍蝇，小朋友们在房前屋后跑来跑去，他们向我做着鬼脸，还故意表现出欢快的样子，勾引着我。那些天，我经常嘟着嘴，欲哭无泪，心痒无比，恨着满屋顶的鱼肉，这时，母亲总是恰到好处地出现在我面前，不是给我送一杯水，就是来翻翻鱼肉，还不忘鼓励我：美丽，好好看着啊，别让苍蝇叮着了，等晒干了收起来，冬天里我给你做鱼面吃，你忘了，鱼面多好吃啊！

是啊，鱼面啊，我的最爱，我太想吃了，那是我冬天里的最爱。我盯着满屋顶雪白的鱼肉，想象着吃鱼面的情景：冬天里，母亲最喜欢擀面条，母亲总是在面条快熟要起锅的时候，抓起一大把皮匠鱼干丢在面条锅里，等面条熟了时，鱼干也软了下来，正是口感最好的时候，艮就耐嚼美味无比，这时鱼锅里的面立即变得鲜美无比。经常在我上学临出门时，母亲像突然想起什么似的，抓一把鱼干放进我的衣兜里，那是我最早吃过的烤鱼片，最原始最美味的烤鱼片，那是母亲用心烘烤出来的。每每想起母亲往锅里丢鱼干的样子，就仿佛看见一个结实快乐的农妇向土地撒下成熟的种子一样，心里既崇敬又温暖，那种子种在我幼小的心里，一点点长成质朴纯粹善良的我……

因为天性里有善良和感动的因子，我便会经常被哪怕是微小的爱意感动，便会用心体味感动并愿意传递和互动，便会忽略或不屑甚至原谅理解那些哪怕极大的恶，因为那些恶之花的长成一定是缘于缺少爱和亲情的土壤……

爱是与生俱来的，更是周遭烘焙的，就如美食对我的感觉一样。

母亲已逝，但母亲的勤劳聪慧和善良却一直影响着我。每当我用心地做美食的时候，眼前就会浮现出母亲慈祥的面孔，就会想起那些晒在屋顶的鱼肉，想起那些让我百吃不厌的鱼面。我的鱼面啊，那是我今生吃过最美最美的鱼面，那鲜美的味道直抵我的内心，那是融入我生命的味道，至今，仍久久无法忘怀……

生命的航船

我喜欢热闹的码头，似乎陌生的面孔给了我哭泣的勇气。那些船总在我面前大摇大摆地归去来兮，我确切地知道每条船的去处，但我不知道乘船人未来的行程，不然，他们都有自己的去处？那些大船，装作泰然和从容，像从来不曾悲伤过一样……

天色已晚，却并不宁静，周遭仍浸泡在年的液体里，持续发酵，浓烈饱满，热度不减。远处不时传来鞭炮的炸响，天空中焰火总是出其不意地升腾燃烧绽放，此起彼伏。家的前方，是喧闹的码头，那些归来的航船，近在咫尺，落地窗外，是铅灰色的大海，从二十几层的家中落地窗前往远处看去，码头上灯火通明，因为大风，船全部停运，港湾里的泊位上依次停泊着大大小小的船只，那些归来的航船近在咫尺，用不了多久，待风平浪静后，它们就会扬帆启航。家附近的码头已经取消了货轮运输等业务，抵港的多是南来北往的游轮，过年的假日里，那些船终日载满乡愁和牵挂，来来去去，永不停歇。除了狂风巨浪，没有谁能阻挡它们，出发或者归来。

海对岸是开发区，那里的灯火比平时多了些欢天喜地的模样，隔海相望，山海被映衬得酣畅热烈，像极了邻家招摇的新娘，打扮惊艳，生怕别人忽视了她的美丽。

年的问候还在四处飘荡，似乎我的思绪也被这绵延的海岸拉伸了，飞向远方，不禁想起远在北方的一个朋友，把电话打过去，问他此时在干吗，他说今天是初七，初七管小孩，这一天在他们当地有吃面的习俗，这时候他正在给他的宝贝女儿擀面条。这样一个平常的画面，一下子在我眼里变得立体起来，让我不禁落下泪来，我突然就想起了远离我的爸爸。

那天，我告诉我的朋友，我说，如果我的爸爸活着，他也会给我做面条吃的，一定会，因为他是那么的爱我。我执拗地以为，如果爸爸活着，真的会给我做面条吃。那天，对爸爸的思念一下子充塞了我整个夜晚，使我无法入睡，思绪固执地纠结在“爸爸”两个字上，年少时那些温馨的记忆重新被点燃，那些消失许久的画面重新呈现在我的眼前。

那个冬天，爸爸不辞而别，从此，在我心里，码头上所有的航船，都载满了我的泪水。我喜欢热闹的码头，似乎陌生的面孔给了我哭泣的勇气。那些船总在我面前大摇大摆地归去来兮，我确切地知道每条船的去处，但我不知道乘船人未来的行程，不然，他们都有自己的去处？那些大船，装作泰然和从容，像从来不曾悲伤过一样。爸爸，我的呼唤你听不到，一定是一路上沿岸的风景迷住了你。我记得你离家的日子，乘坐那条船的样子。我记着你的归期，我没有想到，你归航的速度变得如此漫长，折磨着我。我欺骗自己，你走的日子，是永远的昨天，你的模样停留在我的记忆里，在我眼里，你还是老样子，离家时的老样子。我不相信你还会有别的样子，而我，已不是从前的样子，不是原来的我，除了我的思念。

爸爸，你知道吗，过年的时候，码头上那些期盼的目光中，我的眼睛最亮，我的心，也只牵挂你，每一天，每一年……

你留在码头上的行李，成了我等待你的理由……

小时候家住在凌水桥，凌水桥靠海，小时候大多数时光是在海边度过的。夏天里在那里嬉戏，奔跑，狂欢，在那里学会了踏浪，学会了游泳；冬天里，海里的牡蛎和蚬子最肥，海菜最鲜最嫩，在那里学会了赶海，那丰收的喜悦总会停留很久。我对大海有着特别深的感情。爸爸当时在单位管事，记忆中总是天南地北地出差。爸爸是个感情丰富的人，因为我是家中唯一的女孩子，他特别地疼爱我。爸爸喜欢游泳，每到夏天，几乎每天下了班，他都会到海里游一圈然后再回家吃饭，他游泳时总是喜欢带着我。经常，他把我放在海边玩，自己往大海深处游。他水性极棒，总是不一会儿就游得无影无踪。我记得很清楚，他往海里游时的姿势像海鸥一样是双臂同时摆动起落的那种，往回游时，是一左一右的两个胳膊轮流击水的姿势。

爸爸太热爱大海了，夏天的每一天对他来说，都是节日，也是我的节日。我特别喜欢看爸爸游泳，但看到他游到很远，又总是担心不已，他经常游着游着就让我看不到了，他又总是在我最害怕的时候游回来，每次他回来，我都在海边跳着鼓掌。他不管游得多累，上岸第一件事就是把我抱起来，亲亲我，有时把我扔到海里教我游泳，有时把我抱起来往家里跑。那时爸爸的单位经常举办海上游泳比赛，他肯定是冠军。他黑黑的，高高的，又瘦瘦的，五官轮廓鲜明，眉眼周正，现在想想，他真的很英俊，他属于非常有男子气概的那种样子，但是我现在感觉那时的记忆是破碎的。

那时的大连沿海的养殖业主要是海带养殖，每年冬天，作为领导的爸爸要到山东和福建等沿海购买海带苗，然后运回来，海带苗夹在海带棕绳上，再放到海里养殖。整个冬季生产用苗都是爸爸去采购完成。我记得很清楚，那一次，爸爸是十一月初走的，他走之前，在院子里挖了好大好大的一个萝卜窖，把地里的胡萝卜全起出来了。我记得非常清楚，他还给我洗了一个，我就是站在院子里边吃着胡萝卜边和爸爸说话，他那天还帮妈妈腌了酸菜，第二天，他就坐船去山东了。他走之前，答应我，要给我买一双红色的拉带鞋给我过年穿。于是我就非常听话地在家等着他给我带鞋子回来。

爸爸办完事后，本来已经购买了客船的船票，但是客船两天一班，他要在当地等一天，当时他着急回家，也许是着急看我这个宝贝女儿吧，他提前到码头上搭一条旅顺一家公司的货船回来，他认识那条船的船长，原来和人家有业务来往，就这样，我爸爸搭上了这条船提前返航。

后来我才知道，从烟台到大连旅顺的这条航线是世界上最险的一段海域之一，当时船行到半夜时，突然有人发现船走的方向不对，开船的也发现了，他们的船偏离了航线，于是开船的紧急掉头，因为船上超载，再加上不是在航道上，船最终触礁了，船瞬间成了半翻倒的状态，船上的人都吓坏了，他们全跑到甲板上，他们开始烧衣服和鞋子发出信号，边求救边等着救援。后来，天亮了又黑了，他们还是没有等到救援的船，这时船一点点下沉着，他们在船甲板上把能燃烧的东西全燃烧了，但是因为走的不是航线，没有船经过这里，而找他们的船也在海上找了三十多个小时，在这三十多个小时里，船上的人一点点绝望，一个个都用皮带绳子把自己绑在固定的位置上，以便给家里人留下一具完整的……爸爸一直没有绑，他不相信会就这样完了，但是到了第二天晚上，船上该燃烧的东西都燃烧了，还没有看到救援的船，船上加爸爸共三十六个人，只剩下爸爸和一个水手，爸爸把水手绑在了船上……

后来，水手活了下来，他告诉妈妈爸爸在最后时刻的那一幕，我一辈子都无法忘记。

那天，到了晚上，爸爸已经绝望了，这时看到远处有灯光，很小的那种灯光闪着，爸爸告别水手，他把手表摘下来给了水手，然后穿着妈妈给他织的毛衣和毛背心，一下子跳到了大海里，向远处的大船游去……

也许他知道女儿最喜欢他游泳的身姿，也许他不想让女儿看到他死后的惨样，也许他真的游走了，他想把他最好看的样子留在女儿的记忆里……

我常常骗自己，爸爸看到的远处灯光一定是一条大船，他也一定会游到那条船上，我欺骗自己他仍然活着，他游到日本了韩国了反正他是游出去了，也许他没有办法回来了，也许他被哪个女人救了，也许他失忆了也不好说，他游泳那么好，他会活着的……

有一次，我做了一个梦，梦见爸爸在外地结婚了，有了一个女儿，他不好意思见妈妈，但是他非常想念我，他当时带着另一个女儿住在沈阳的凤凰饭店里，打电话让我去看他……

我从梦中醒来，告诉妈妈说爸爸让我去看他，说他活着，结婚了有女儿了。妈妈当时就哭了，她说，傻孩子你怎么这么傻呀，那是十一月啊，冬天里的渤海湾，他能游到哪里去……

我至今后悔当时没有去凤凰饭店找爸爸，我现在每次到沈阳都到凤凰饭店门前看好久，我不知道，爸爸是否真的在这里出现过。

爸爸是十一月二十四日走失的，每年的这天，我都会一个人到大海边，看停泊在港湾里的大船，遥望远处的大海，追寻天空中飞翔的海鸥，听凭凛冽的海风吹打，固执地想念父亲。开始我每次去都痛哭失声，后来大了，懂得了节制，知道了掩饰，痛哭的时候少，默默流泪的时候多，每当我站在大海边，每次看到一条条大船，我都会泪流满面，我常常会对着大海喊：爸爸，我想你，你何时回来，我想你，我想你，想你呀，爸爸！

如今的码头上停泊了豪华的现代的各种各样的船，但是在我的心中，永远忘不了那条从我生命中走失的大船，当我站在大海边向远方眺望时，心里总是充满了忧伤和怀念。经常，我会站在大海边，想念爸爸，在心里无数次地呼喊着他。我在这样的日子里，多年里几乎走遍了大连所有的海边，从旅顺口到金石滩，从瓦房店到大黑石，三十多年了，每到这一天，我都会站在大海边茫然地望着远方，我希望看到的大海是铅灰色的，天空是铅灰色的，地是铅灰色的，世界是铅灰色的，云彩是铅灰色的，连风都希望是铅灰色，我不想在那天里看到太阳，我见不得这一天阳光灿烂，见不得任何欢快的场景在这样的日子里呈现。我已经习惯了独自出发，担心那些善意的温暖的同行会消磨我的思念，我宁愿独自坚守着这份孤独，一个人，静静地想念爸爸。

十一月二十四日，我生命中不能承受的重，我亲爱的爸爸永远地在大海里消失了，永远不再回来……

有一次朋友聚会，有一个人朗诵一首泰戈尔的诗《世界上最遥远的距离》：世界上最遥远的距离，是飞鸟与鱼的距离，一个翱翔在天空，一个深潜海底……这是一首爱情诗，但我却想到了爸爸，他和我的距离，就是一生一世都不能相逢的距离。我一直相信，他从来没有离去，他现在还活着，或者化成一只鱼儿，在大海中自由地畅游。而我，多想化成一只鸟儿，在大海上飞翔，守望着他，陪伴着他，我对爸爸的思念，千年成万也化不开……

我恨过大海，恨大海吞噬了我的爸爸，但是我现在不恨了，因为我知道，我的父亲，他的生命属于大海，属于无边无际的辽远壮阔。因为爸爸，多年来我一直拒绝坐船，怕在大海里想念爸爸，终于有一次，我坐上了烟大轮渡，那是我第一次在深夜里坐在船上，半夜一点时，我打开窗帘看外面的大海，大海静静的，海那时是黑灰色的，船在静静地跑着，偶尔会看到海面上有白色的东西在跳，波光微弱，夜真如死一样地静。我足足看了一个多小时，我就想，在这样的大海里，爸爸一个人在奋力地劈波斩浪，他会游到哪里呢，他可知道，他的女儿多么想念他！

多少次，我都梦见爸爸回来了，三十多年，我从来没有放弃我的等待， 爸爸的船是一条白色的船，那是我生命中的航船，在我十一岁的那一年走失，从那时起，我知道，今生我最破碎的记忆和永远抹不掉的悲伤是因为这条船，我最深切的怀念也是因为这条船。

风将夜的光影摇动，港湾里的船只也亮起了装饰的霓虹灯，任何痛的记忆都将成为过去。晚饭时，我给自己也煮了碗面。我叮嘱远方的朋友，一定要好好爱你的女儿，一定。他说：一定，也一并爱你，真心地爱你！那份真诚，是送给他女儿的，也因为他的女儿也一并送给了我。

我相信一切真挚的情感。

我生命的航船，因为有爱，永远扬帆！

面　孔

说到底，生活的锻造是打磨你人生阅历的锤子，没有千百万次地锤打、淬火，是成不了利器的，而利器有助于你打通通往未来的暗道……

五官像地壳一样地执拗，除非不可抗拒的震荡。上小学的时候，班级有一对双胞胎姐妹，她们像乞巧节里用模子卡出来的甜面硬果子一样，长得一模一样。像是有意混淆黑白，刁难大家，她们的父母总是给两姐妹穿一样的衣服鞋子，背一样的书包，甚至连扎在头发上的头绳都是一个颜色一样的长度，姐妹俩一前一后不差十分钟出生，却生得难以分辨，个头一样，胖瘦一样，站在那里，就好像一道清楚的谜面摆在那里，却总是让人找不到谜底。

我经常和姐妹俩玩，时间长了，我一点点找到了她俩细微的差别之处，竟然可以不费吹灰之力就分得清她们哪个是老大哪个是老二。面孔具有很强的欺骗性，要知道一个面善的人或许内心充满了阴毒，而一个外表丑陋的人，或许有一颗仁慈善良的内心。这当然是我长大以后才明了的道理，但最初我看出她俩面孔的不同，其实正是她们不同的性子暴露的。不苟言笑的姐姐总是会恶作剧地把妹妹的头绳绑到书包带上，顽皮而开朗的妹妹经常会为一只死去的蝴蝶抹眼泪。高中时姐妹俩在不同的学校，我和姐姐一个班，有一天，姐姐的文具盒落在家里，妹妹到教室来送，妹妹走进门时，老师吃惊地看着她们。姐姐热衷于和男生混在一起，成绩很差，妹妹却聪明伶俐，成绩突出，两个人像南北两极，在极夜极昼间游荡，最后，妹妹考上了大学，姐姐成绩很差，后来，复读了一年后才考上，不知道是不是妹妹替考的结果，我感觉，姐姐是复读多少年都考不上大学的。

当然分辨出两个相同的面孔并不难，不管两张面孔是多么的相像，仅就人类而言，没有任何一张面孔是与另一张面孔相同的，就像自然界中没有任何两片叶子能找到重叠的纹理。无所不能的上帝总是会别出心裁，不仅体现在造物上，对造人的精雕细刻用心良苦也到了无以复加的地步，尽管一张面孔已精减到了只有眼睛、眉毛、鼻子、耳朵、嘴巴几个器官，但上帝只会把美丽和必要的东西留在表面，把胃囊心脏血管等不甚美观或者秘密的东西包裹掩藏起来。看上去我们的面孔丰富多彩，波澜壮阔。眼睛是视觉器官，能看到周围的世界，分辨事物的大小形状和颜色。而眉毛绝不是饭后甜点一般地可有可无，虽然看上去眉毛有点儿多余，但是却是眼睛的一道天然防线，遮风挡雨，可以阻挡飞舞的灰尘和小虫，感知异物来袭，引发眨眼反应。当然口也就是嘴巴才是维持生命的功臣，不仅是食物抵达胃部的重要渠道，更能品尝出酸甜苦辣等不同的滋味，同时也能代表你的身体发声；鼻子看上去只起到装饰作用，其实担负着重要的责任，鼻子是空气进出的主要通道，又能闻到味道充当着侦探的角色；耳朵是精神升华的桥梁，美妙的音乐，甜美的耳语，还有感知外部世界的压力变化，更是面部所有神经的观感者。

上帝对每张面孔的匹配都一视同仁，而看似简单的排列组合，却因为各自的站位角度不同，功能不同，行为不同，用处不同，而使面孔看上去千姿百态，跌宕起伏。几乎没有一个人满意自己的面孔，除非自恋的人。小时候我总是觉得自己的鼻子太小，与脸形极不相配，成年了，又觉得嘴唇太过单薄，眉毛太过杂乱，耳朵不甚饱满，眼睛的神采不够，每天早晨对着镜子修饰我的面孔时，感觉镜子里的自己不尽如人意，我要一笔一画地调整到近乎完美；眉毛是经过修饰的，眼线画得要不露痕迹，以使眼睛看上去充满魅力，嘴唇的颜色也不正，要用唇膏进行修饰，还有我的泛黄的面颊需要腮红弥补。这种对面孔不依不饶的管辖，其实是内心的驱动，有种无形的榜样已然游走于内心，我们看到的面孔和给人看到的面孔，其实是代表着我们的内心。我们外表注重的东西，其实是我们内心的渴望。看似简单的五官背后，都有深藏不露的内涵，它们躲在五官的后面，无形地指挥着你，掩饰也好，坦荡也罢，面孔呈现的其实是内心，用于取悦或者用于伪装或者用于表达用于与这个世界交流。无论欢笑喜悦还是哭泣悲伤，都是听从内心声音而开始的强烈的外在表达，面孔的斑驳丰富其实昭示着没有一种事物是单独存在的，那种不动声色，或许正是声色在动，是我们生命的呈现。

愤怒的呐喊令人惊奇，汹涌的眼泪总是不可阻挡，而鼻子有时表现的轻蔑会让人不寒而栗，每一种面孔上面的构成元素都有一种力量，就如手的力量来自人的身体的力，而这种力无法抓住，但这种力又无形存在。

儿时简单的头脑还尚待开发，如果一个盒子里没有装进太多的东西，就会显得空荡荡，就会放些无端的东西进来。没有一种记忆会像童年那么深刻，懒惰和馋嘴一直被认为是可耻的，人们普遍认为这样的人长大后根本不会有出息，大人们教育孩子的方式也是从劳动开始的，上学时候老师会表扬那些能干的学生。那时候不知道喜欢吃是一种享受美食的过程，而懒散正是一种值得追求的休闲状态。一个骨子里就想着怎么玩的人，会享受人生，懂得生活，这些都颠覆了儿时的概念。

天性的压抑是妨碍我们进步的元凶，小时候记忆深刻的就是经常为吃东西挨打。我特别的馋嘴，同样的东西，到了别人家里就觉得比自己家里做得好吃，就吃个没完。在母亲眼里，一个女孩子馋嘴是致命的，是缺点，会嫁不出去。每到逢年过节串门走亲戚之前，我都会被母亲单独教导一番：看到好吃的东西不能总吃个没完，要有节制，眼睛也不能盯着好吃的东西不放，吃饱了就赶快出去玩，不要流连于饭桌前等等。我当然会满口答应，不然只能留在家里想象，等我真坐到了人家的饭桌前，就像狼看到了羊，无法抑制追赶的欲望，早把那些教导丢在九霄云外，吃东西时我根本不会也不敢看大人们的面孔，那上面充满了气愤和尴尬，我的馋嘴到了让人丢脸的地步，吃饱了不但不会轻易跑出去玩，我甚至惦念盘子里剩余的任何食物，甚至一盘炸花生米或一盘炒鸡蛋，我都会趁大人不注意跟踪到厨房直到把它们全部干掉。有一次，母亲为了教训我，回家后炒了一大盘子的花生米摁着我的头让我吃，可是对我，已经没有了强烈的吃的愿望了，全然不是那般的美味。每次挨打我都无比委屈，为自己的不能自制而羞愧。

睡懒觉也是我的又一个令人不齿的毛病，从记事起，我感觉每天早晨好像都是屁股挨了巴掌才会不情愿地起床。我特别愿意睡懒觉，现在想想，睡懒觉其实是一种享受的过程，我总是喜欢躺在温暖的被窝儿里，半睁着眼，懒懒的，有时候天马行空，有时候什么也不想，就那么懒懒地躺着，仿佛肉体和灵魂都不属于自己，是一堆拆除的机器零件堆放在那里。有时候睡懒觉是有一定理由的，或许是一个甜蜜的梦的缠绕，想延续那份美妙的感觉；或者是一个要去面对的活计甚至麻烦而无从下手，躲在被窝儿里试图淡忘；也或许是夜里床上的温存的爱还在延绵；或是睡意并没走远……

据说世界上许多重要的发明都是懒人的功劳，洗衣机、洗碗机、自动控制的拖把等等，每一项能减轻劳动的工具我都尽早享用，心中的理想其实是不劳而获，好吃懒做，只是不敢说出口，现在想想，大人对孩子们的教化大多出于面子，其实勤快的人并没有占多少便宜，他们的教化有时候就是习惯使然。他们用自己的意识形态去教育的孩子最终是要孩子成为他们想要成为的人，说到底是他们为了自己的面子而活。没有任何办法，每个人的童年其实都是一个被欺骗的过程，这种欺骗驱使你在懵懂中成长，却好像是用一种恶去抑制另一种恶，然而却繁殖了更多的恶。

多次说到牛奶，这成了我小时候最纠结的事，因为每次到奶牛场“打牛奶”都是我的事，每一个早晨，我的懒觉都被牛奶占据了，牛奶是我们家早餐的必备，我必须在大人们上班前把牛奶打回来。有时我特意拖延时间，在大街上晃荡着，让大人们在家里着急，回来晚了，他们就喝不到牛奶，我撒谎说牛奶还没有挤出来，显然我的话不足以让他们相信，他们知道奶牛场里的工人早早就上班了。牛奶在我小时候不是什么美味。

我经常屁股撅得高高地蹲在奶牛的身子下面，看着工人挤奶，有几次我因为太专注而耽误了时间。奶牛们三五成群地站在那里，而工人们把水桶放在奶牛的身子底下，用力地用手挤牛奶，这样人工的动作在我看来充满了野蛮的气味，他们边说话边用力地往下拽着拉扯着奶牛的乳房靠近水桶，用力地挤着，奶水像装满水的塑料袋破了洞一样从奶头喷射出来，在奶桶里打着湍急的漩涡，我看着奶牛，在我看来，那是多么的疼痛，它们眼睛是闭着的，木木的表情，看不出是在忍受痛苦还是享受幸福，那时还是原始的干净牛奶，装大桶里，等傍晚送到一个个奶站，再有人分给那些手持奶票订奶的人。

有天晚上，我试着在妈妈熟睡的时候拉扯着她的乳房，把她想象成奶牛的样子，可能用力过大，有几次她从梦中醒来吃惊地看着我，我装作在梦中一样无意翻身睡过去，但几次之后，引起了她的警觉，我终于说出，如果把你的奶水挤出来，你会不会痛？我看到她月光下痛苦的面孔，她看着我，说你长大了自己有了以后自己试试就知道了。

有一次我试着把手伸向一个壮实的花奶牛，手上的感觉是硬邦邦的并不柔软，花奶牛不动声色，扭过头来看我，它满脸污渍，眼睛却异常的明亮，仿佛我的手太过温柔，而它们生来就是给人折磨似的，牛的表情那一刻显得特别温顺，我胆子大起来，哈下腰，靠近奶牛，试图去吃一口奶，结果不小心滑倒了，碰倒了半桶牛奶，被挤奶的工人赶了出来。

现在的牛奶都是机器挤奶，这让我头都大了，曾经对奶牛的亲近使我对人类产生了厌恶的心理，每喝一口牛奶我的眼前就晃动着奶牛的面孔。

如今，奶牛场的原址早已被某高校扩建占用了，那里修建了大楼，像纽约大都会博物馆一样的气势夺人，坐在里面的那些年轻的学子们，哪里会知道，多年以前，每天早晨，都有一个扎着羊角小辫的胖丫头，嘟着嘴，怒气冲冲地走在通往奶牛场的小路上……

一个作家说，如果你没有一个苦难的童年，就不会成为大作家；又说，如果没有苦难的童年，那也要有一次生死攸关的初恋，或者还可能结几次婚。总之，一个生活平平的人，不会有大的发展，也不会成为大作家……这其实是在肯定记忆之痛对人尤其是对作家的影响力。一个失去记忆力的民族是一个没有前途的民族，一个没有自己记忆面孔的作家生命也是苍白的。

任何一种生活任何一段经历任何一个生命任何一副面孔都不可复制，

说到底，生活的经历是打磨你人生阅历的锤子，没有千百万次地锤打、淬火，是成不了利器的，而利器有助于你打通通往未来的暗道……

心的沦陷

如今，我们同学中成为大作家大编剧大诗人的真不少，“喜欢孤独”的流行语已然成为历史。文学院这个洗涤心灵的殿堂，最终让孤独的人尽尝孤独，让快乐的人尽享快乐……

我在文学院读书的那几年，正是文学繁盛的时期，文学青年是和当下的网络红人或者标新立异的 90 后一样的潮人。那时候大家看上去都是个性十足，写小说的才子们看人的目光里透着不屑，写诗的佳人们语不惊人死不休，搞评论的玩深沉，写散文的玩浪漫。还有一些“专事活动”的文学活动家，作品不见得发表多少，但是却不会影响他们不断地扩大知名度，同学中就有在文学院里没正经上几天课也没有发表几篇作品的学员，竟然把系列文学讲座、诗歌朗诵节什么的办到了高校和外省，明星一般四处走穴，惹得爱好文学的“粉丝们”如醉如痴。

了得！

记得刚开学的时候，班主任老师让我们每个人介绍自己，顺便要说明一下平时最喜欢做什么，喜欢哪位作家或作品以及有什么样的人生理想等等。大家的回答五花八门，有的说喜欢看书喜欢尼采巴金崇拜林肯拿破仑等大同小异的人物，人生理想也无非成为作家或者诗人，胆子大的想得个诺贝尔文学奖什么的。但我印象深刻的是有许多同学都不约而同地“喜欢孤独”。像我这样人生信条“不劳而获”，喜欢睡懒觉喜欢吃喜欢逛街喜欢什么也不干的人干脆闭上嘴巴，一个字：“俗”！与喜欢孤独的同学相比，我是多么的让人不齿。一个作家，灵魂的工程师，怎么会如此的低俗?

喜欢孤独！着实给了我当头一棒。

不过，班主任老师好像没有我这样脆弱，他并不买账，听到同学们的自我介绍后，他说了一句让我记忆深刻的话：孤独的人是可耻的！他说，文学院是学习交流切磋长进的地方，你却一个人在那里孤独，你那么喜欢孤独就在家孤独好了，干吗要不辞辛苦地到文学院里孤独?

老师的话虽是冷水，但并没有浇醒那些喜欢孤独的人，一段时间里，“喜欢孤独”成了同学中的最流行用语。仔细看去，有的人孤独是附庸风雅，有的人真就喜欢孤独，或者不得不孤独。有一次我们全班到沈阳音乐厅去欣赏一个美国交响乐团的演出，那时候同学中没有几个真正有机会欣赏这种交响乐团的演出，同学中最最最最喜欢孤独的J同学，竟然在剧场里当着观众的面听得泪流满面。我坐在他的不远处，看着他的目光里充满了无助和忧伤。我有些惊诧，是什么拨动了他的心弦？他孤独的内心里与舞台上哪一曲凝重的乐曲有了共鸣吗？不然他何以那样伤心落泪？多年以后，有一次，我在欣赏冬奥会花样滑冰比赛，当略有些发福的陈露出现在冰场上时，我看到了她的眼睛，那是一种孤独的眼神。我喜欢花样滑冰，尤其喜欢陈露，一直在关注她，我知道，那场比赛是她冰上生涯最后一次的搏杀，她是带着一颗倔强的心参加冬奥会的，但是她略略发胖的身子骨还是让我担心不已。随着《化蝶》的音乐响起，陈露开始翩翩起舞。没有了不必要的担心，没有人在意她长得胖瘦，观众都被她优美的舞姿和坚定的目光深深地吸引了，我深深地沉醉在她的舞蹈中，她内心强大而孤独的冰上表演，深深地震撼着我的心，不知不觉我已是泪流满面。那一刻我似乎懂得了并真实地感觉到了当年J同学那一份内心的孤独感……

我相信，那种孤独至哭的情感是真实的。

不过，也有不得已孤独的。有一个同学大军，到附近西瓦窑子村村民菜地里偷大头菜，还顺便偷了人家鸡窝里的几只鸡蛋，这之前经常有人去偷东西，但是一直没有人被抓住，大军被村民堵了个正着，几个人把他一顿胖揍，还被揪着送到了派出所。这事本来低调处理了，但是不知道怎么被别人知道了，平日里大军特别的侠义，常常会给家境不好的同学以帮助，有好吃的也与大家分享，这次为了一棵大头菜威风扫地，颜面尽失，从此以后好长时间他都处于孤独之中，越来越不苟言笑了。

文学院操场上有一个巨大的花坛，一到夏天，花坛里开满了地瓜花、狗尾巴花等各种各样的鲜花，记得我们寝室走廊尽头住着一位年轻的老师，她是在我读书的第二年结婚的，她出嫁的那天，我们几个同学就是到花坛里摘了一大捧的鲜花送给她的，她在鲜花里微笑的样子今天想来既甜蜜又美丽。秋天一过，花坛里的花就都枯萎了，花坛也变得破败不堪，一片衰亡的末日降临的景象。有一阵子，不知是谁突发奇想，也许是自发的，一些喜欢写诗的同学，经常在晚上，围着花坛边开篝火晚会，朗诵诗，放声歌唱。反正花坛里的干草应有尽有，永远也烧不完，只是他们天天晚上点火弄得校园里有些乌烟瘴气，而且有时候诗朗诵到后半夜，影响了周边的村民休息。有一天，院长来到他们跟前，说你们这些伟大的诗人，有没有诗歌上过《诗刊》的？结果大家一下子无语了。院长说，等你们哪位诗人诗歌登上《诗刊》，我给他专门召开一个盛大的诗歌朗诵会……

那以后，院子里狼烟一样的篝火不见了。

不过，有一个真正孤独的人——小 H 同学至今想起来也让人难忘，她不是真喜欢孤独，而是不得不孤独。

小 H 的老家在江西的贫困山区，生活在大山皱褶里的小 H 却狂热地追逐着文学梦想，一个人提着简单的行李从老家走出来。她平时几乎不和任何人说话，除了上课去图书馆，其余所有的时间她都在读书写作。她是同学中最刻苦的。因为她家里穷，路费和学费是卖了家里的东西再东拼西凑的。我记忆中，三年的学生生活中，她没有去过几次食堂，每次吃饭她都躲起来，等大家吃完饭她也回来了。那时流行三鲜伊面，我们都买了一个电热杯，买些挂面和菠菜，煮面时再打个鸡蛋，香喷喷的。伊面里的调料包大多丢掉，后来才知道，我们丢掉的伊面调料包，小 H 都偷偷地捡起来，然后等我们去食堂吃饭的时候，小 H 就自己把调料放在碗里用开水冲一下，就着馒头吃。而她吃的馒头也大多是同学吃剩下或者丢掉的。

有一天，很晚了她还没有回寝室，大家四处找她，最后发现她晕倒在西瓦窑子村一个玉米垛前，她的母亲得了重病，再也不可能供她读书了，而她也不能回家看望母亲。她离婚后，她的女儿一直由母亲照料，而我们从来都不知道她结过婚，还有一个孩子。更要命的是，她文学之路的前景还一片渺茫，三年时间里，她却从没有发表过一篇像样的作品，也没有一点儿要出人头地的苗头，而家里的困境又在纠缠着她，她一个人躲在玉米垛上痛哭……

后来，她在大家的共同帮助下，终于完成了学业，毕业后我们各奔东西，没有听到她的任何消息，也不知道她后来是怎么撑过来的。有一年文学院院庆，学院之前对许多特殊的同学进行了回访。那天我坐在学院的礼堂里，听院长在做工作报告，报告中竟然多次提到了小H，这个让我们揪心的同学，当我们跟随时代大潮随波逐流远离文学阵营的时候，她却执拗地坚守着，最终用坚强和奋斗打开了人生的大门，如今已经成为著名的作家，而且还被评选为当地的十大杰出青年。文学改变了她的命运，她不屈的孤独奋斗的事迹成为当地青年们励志的故事。

如今，虽然科技的发达会让你足不出户完成所有与生活相关的事宜，互联网也改变了人们的交往方式，仿佛一切都更加的容易和快捷，但人与人之间仿佛被屏蔽，人与人之间也从来没有像现在这样的陌生，人与人之间越来越冷漠，人们也从来没有像今天这样的陷入孤独。

网络流行语中有一句话特别耐人寻味：哥吃的不是面，哥吃的是寂寞。

什么时候我们开始寂寞了？

小时候，如果你想寂寞都寂寞不成，大家住在一个大院里，没有秘密，一家主人打呼噜，整个大院的人都睡不安生……那时候的寂寞是病，孤独是苦。如今的寂寞是毒，孤独是罪。

寂寞和孤独已经成为新的城市病，甚至正在一点点长成城市的顽疾，这些心理上的精神上的孤独和寂寞正在蚕食着人类最后的温情。前几天有一则新闻令人震惊，北京郊区一户富裕的人家，男主人因为自小受到母亲严格的管教，再加上婚后妻子的苛刻严厉，导致他心理失衡，难以承受生命之重，竟然杀死了自己的父母、妻子和妹妹，后来觉得两个年幼的儿子以后将没有人照料，也一并杀掉了。

想来这个男人孤独的病症已经患了好久，心理的孤独已然成病，没有人知道，没有倾诉的人，没有打开心锁的钥匙，所以没有人能救得了他。这个杀了一家六口的男人外表不知道有多忠厚，但他的目光中却满是孤独和绝望。

儿童孤独症是一种很难治愈的病，属于心理发育障碍范畴。如果说孤独是一种病，恐怕没有人说喜欢有病，做一个享受孤独而又内心充实而强大的人，一定很难。如果成年人热衷于孤独，并不很酷，那其实是一种心的沦陷。

不由得想起张楚曾经唱过的一首歌《孤独的人是可耻的》：

这是一个恋爱的季节
空气里都是情侣的味道

生命像鲜花一样绽开
我们不能让自己枯萎
孤独的人是可耻的……

如今，我们同学中成为大作家大编剧大诗人的真不少，“喜欢孤独”的流行语已然成为历史。文学院这个洗涤心灵的殿堂，最终让孤独的人尽尝孤独，让快乐的人尽享快乐。

自由奔跑的力量

每一个人内心深处都有别人看不到的伤痛，而文学，是一场充满意志的旅程，作家在这样漫长的岁月里，应当勇敢地面对那些自己的和别人的伤疤，给人性更多的观照，以文学的力量，为岁月疗伤。

那天下午，本来和波波约好了去印刷厂，下午一点钟我的新书开印，印刷厂的技术人员、印刷工、排版等一应人等在那里，我带着相机准备停当，准备把我新书的诞生过程拍摄下来，我要给自己做一个接生婆，把自己的文学宝贝接生出来。约好十二点半出发，波波先给我打电话，约好马上出发，放下电话，准备出发，波波却又来了电话，怎么回事，不是说好在楼下见吗？正疑惑，电话里传来了波波痛苦的声音，波波在关电脑时顺手去拔 U 盘，一不小心，把腰给扭了，波波多年的腰疾这时候突然犯了……

印刷厂自然不能去了，印刷的事只好停摆，波波是著名的版画家，也是我新书的策划，她对色彩的把握和对图画的感觉绝对是一流的，没有她在现场督办，我绝对不放心把书印出来……接下来送波波去医院，腰病还挺重，必须卧床，而且必须天天治疗，书的事只好不提，慢慢等波波的腰好了再说。

上周四那天“过冬”，同事告知“交九”要吃饺子，一年才不会挨冻受饿，于是到超市采购，挑挑拣拣了一车推到结账口，心里想，每次都是着急，总是挑人少的结账口结账却总是出这样那样的差错，这次选个人多的，慢慢地等，保持平和的心态去等待。结果排到我时，刷卡机突然坏了，我说怎么会呢，什么原因呢？收款员说刷卡机使用时间过长，停机了。好容易等机器修好了，我把要买的东西一件件地搬到传送带上，然后出去在那里准备装货，传送带却坏了，我再回去，帮着把东西一件件往收款机前搬……

无论事大事小，我遇事必有小波折，好事多磨，不过，许多事情最终的结果都非常好，凡事最后都会成功，总体上说我还是心想事成的时候多一点儿，我自认自己也是个心想事成的人，所以，遇到让我有些“小磨”的一些事，我也当锤炼或者自省，并不放在心上，跟朋友说起，也当玩笑而已，并不认真。

记得去泰国礼佛的经历（去泰国一定要去寺院，不然等于没去），我去的时候正值春节，国人大多喜欢年节里烧香拜佛，博个好彩头，导游何等精明，第一站就带我们到寺院。这是一家有名的皇家寺院，寺院里金佛闪耀，众生膜拜。寺院里还有一个偌大的四方形许愿池，许愿池很深，看上去似乎深不可测。许愿池里是十几个相等的方块图形，池子底部四方佛祖的画像和荷花等吉祥图案错落排列，相互衬托，佛像画得很小，游人在导游的指导下，向许愿池里抛硬币，目标是方块图形里的四方佛祖画像。导游说，投到哪方神圣，哪方神圣就是你的保护神，投不中，对不起，那就是与佛祖无缘，还要继续修炼才行。一应人等纷纷将硬币投入池中，十几个人竟然没有一个投中。我眼近视，看不清深不可测的许愿池里的图案哪一个图案是荷花哪一个图案是佛祖，担心投不中。站在池子上面往下扔硬币，大多数的人都投不准，等大家都投完了，导游说，该你了，你没有投啊。众人目光之下，我靠近许愿池，随手一投，准确地落在了佛像画框内，大家一阵欢叫，导游的声音更是惊喜：噢！天啊，你投到四面佛了，四面佛就是心想事成佛啊！你真是与佛祖有缘啊……

真投中了？还是四面佛？好吧，那就让我心想事成吧！

我虽然凡事好遇波折，但相比之下，我还是心想事成的时候多，身上总会发生一些心想事成的事情，只要我想的事情基本上都会实现。身边的朋友经常开玩笑说我是个有磁场有感应的人，有时候还会一点儿料事如神的小功夫，舅舅更是说我是外星人转世，身上总是会出现莫名其妙的事情：记得很小的时候有一次坐车路过斯大林广场，我看见政府大楼，我问妈妈这里是干什么的，妈妈说这里是市政府，我说真的吗？那将来我要到市政府工作。后来东拐西拐，我真就到市政府工作了，家里人每每想起，都觉得不可思议；经常有时会去办什么事情，遇到了瓶颈时，心里就想，要是我遇到什么什么人就好了，会帮助我的，不出几天，我定会遇到那个我想找到的人，事情必定会得到解决……我自己也感觉有时候好像有了特异功能一样，长此以往，家人或者熟悉的朋友们都会拿我的“特异功能”说事，比如有时候亲戚朋友中哪个人遇到了好久不见的邻居或者朋友，就会打电话给我，考验似的问我：“猜猜今天又遇到了谁了？”我基本上一猜准中，很少失手，如果哪一次猜错了，考问我的人会高兴一番，觉得我总算失手了一回。

朋友陈先生很久前曾经向我推荐阎连科的《发现小说》一书，我一直没有买，那天突然想起这本书，就在网上淘了一本回来，下午刚收到书，第二天早晨，朋友张先生就来电话说阎连科老师到大连了，约我晚上一起与阎老师吃晚餐。见到阎老师，我说昨天才买了你的书，今天你就来了，怎么这么巧啊！阎老师看着我笑着，似乎有些不相信。还有一次，我白天看着报纸，突然来了灵感，觉得一个做官的朋友特别适合到某个位置做某件事，就忙打电话给他，把我的想法告诉了他，没过多久，他真去了那个地方，不知道是他自己本来就想去还是我给了他灵感，反正半年前我想到的事，竟然在半年后实现了，精准得令人难以置信……

经常我想什么是什么，心想事成的事情真是数不胜数，有时想想，并不是我运气有多么的好，而是我是个心里懂得感恩和快乐生活的人。我有一个随身携带的厚厚的小本子，我给小本子取名“鹤蜚·灵感小屋”，是我平时记录创作灵感用的，有时也记朋友聊天时的一些精华的句子和有趣的事，这个小本子的扉页上写着“爱，自由，快乐，欢笑”几个字，这是我对生活的态度，有了这样快乐吉祥的心情，凡事有点儿小波折又会怎样，总会在我快乐的心情下最终达成心愿的。

在发表作品还比较难的80年代，我的第一篇一万多字的短篇小说，第一次投稿就被采用了，几乎没有费多少劲就发表了，让我的一些一起搞文学的好朋友们羡慕不已。自那以后，我所写的小说等，几乎没有什么废稿，虽然有的稿件几经周折，但最后都能成功发表。

在我不太丰富也不太成功的写作生涯中，经历过许多顺利的心想事成的第一次。我的第一首长诗，就发表在《诗刊》上，第一篇散文就发表在《散文》杂志上，去年，我人生的第一部长篇小说《他时光》发表在《中国作家》的头题，而且还获得了第四届剑门关文学奖，成为全国五位获奖者中的一员，同时获奖的好几位都是国内名家大家，真让我欣喜无比。

说到心想事成，必然是和努力与辛苦联系在一起的，虽然经历过无数次幸运，但是我知道，尤其是对我这样的写作者而言，每一份成功都浸透着汗水，那份艰难寂寞或许只有自己知道。

成功当然需要努力和运气，但有时候，成功就是要和自己过不去，就是说，要自己和自己闹别扭。在创作我的第一部长篇小说《他时光》时，我就是本着和自己过不去的心态完成的。

在我看来，对于每一个作家而言，无论从事什么类别的创作，几乎都有一个创作长篇小说的心结。对我，更是如此，我曾经发表过大量的中短篇小说，但是，心底下，总在惦记着要写一部长篇小说。长篇小说于我，就像是一个旧式大家庭的女子，不生下个儿子仿佛没有完成一个女人的使命一样地不可原谅。即使有朋友拿鲁迅这样从没写过长篇的大家来做比喻，也无法抹去长篇小说对我的诱惑。这是自己和自己过不去，而如果没有这个劲，二十多万字的长篇小说也很难完成。

当然，对于作家而言，除了运气好，还要眼光和眼界，这是成功必备的因素。

20世纪80年代，三产盛行，我曾经在一家刚成立的旅社工作过一段时间，那时，正值改革开放的初期，人的观念和行为都深深受着过去时代的影响，信息还相对封闭，通往外面世界的窗口才刚刚打开。我们四十几个花样年华般的女孩子天天聚集在一起，生活在一起，而我所在的旅社，就是一群从没有走出过我们这个城市的女孩子们了解外面世界的窗口。

那些来自四面八方的客人，一下子带来了新鲜的气息，他们为我们这些正值情窦初开年龄的女孩子们打开了不同的世界，让我们比同龄人更快地知道了外面世界的些许动人之处。80年代社会上的女孩子们找对象，还是要找听诊器方向盘绿军装大盖帽等等，谁要是找到了这样的男朋友那真是牛气。我们旅社一个叫敬的女孩子曾经偷偷地跟我说，她要找一个读大学本科的人。我们周围当时根本还没有几个本科生。她的话让我有些吃惊，私下里甚至觉得她有些可笑，暗想，她的眼光也太高了，本科大学生，那是时代的天之骄子，怎么会把目光低下来，看一眼旅社的小服务员？真是异想天开啊。

当然，那些住店的南来北往的客人，他们也踏着改革开放的步伐，开始了风尘仆仆的奔走，他们带着梦想，开始走进了外面的世界，开始了追梦的征程。那时候，人们开始有了新的追求和目标，而旅社的女孩子们，一群什么也不懂的刚踏入社会年轻美丽的女孩子们，也在这些外面气息的吹拂下，开始有了新的追求和梦想，为了更好地生活，她们开始向往外面的世界，有了抗争和期望。她们有的走出去，有的幸运成功，有的伤痕累累。许多人陆续离开了小小的旅社，那些天真漂亮的女孩子，最终都在岁月的打磨下，开始了不同的人生。

我也是在这样的追寻中离开了旅社，那时候，我不知道是不是那些南来北往的客人影响了我，我也不知道，我从小热爱的文学会不会带给我想要的生活，反正我离开了旅社，开始追寻我的文学梦。几经周折，我还在继续我的文学梦。而随着写作的深入，我写作长篇小说的梦想，也开始时时萦绕在脑海里，不肯隐退。

2013 年年底，我开始创作我的第一部长篇小说《他时光》。其实早在 2010 年鲁院学习的时候，我就想写一部长篇小说，但是我一直没有动笔。那时候，最想写父亲和船的故事。我十岁时父亲不幸去世，他乘坐的那条船在海上遇难，也留给了我无尽的怀念。记得我曾经和我的一位尊敬的老师说起过父亲的故事，也说了我想写写父亲的想法。他听了以后，沉默了好长时间，最后他对我说：学丽，我认为你不要匆忙写你父亲和他的船，我想，你至少要读懂一百条船看过一百条船知道一百条船的故事，你才可以动笔写你父亲和他的船。于是，父亲和他的船的故事，我至今也没有写。

每一个人内心深处都有别人看不到的伤痛，而文学，是一场充满意志的旅程，作家在这样漫长的岁月里，应当勇敢地面对那些自己的和别人的伤疤，给人性更多的观照，以文学的力量，为岁月疗伤。

因为要完成我的长篇报告文学《大机车》，我曾经多次到大连机车厂采访。我记得采访过一个曾经在车间里开天吊的女干部，她说，她年轻时长得漂亮，又开天吊，那个工作可以居高临下地俯视整个车间，人也有种高高在上的感觉，每次看到有人来到她所在的车间，特别是那些领导视察，他们到车间里时总是先抬头看看开天吊的年轻漂亮的她，那时，她颇为自豪，一直沾沾自喜。后来，她读书学习提干，离开了车间，当了领导干部。很久以后，有一天她重回车间，一进车间，她下意识地抬头看了看悬吊在空中的天车，那一瞬间突然明白，那些经常看她的人不只是欣赏她，而更多的是担心，害怕天吊上的东西掉下来砸到自己，那是一种下意识的行为，她还一直以为……

如果我们一味地封闭自己，孤芳自赏，在狭小的圈子里，玩一些小情小调小波澜的文字游戏，对于写作的人来说是致命的。

交流和学习是多么的重要！而眼界和机缘也非常的重要。

我觉得好的作品写作前需要发酵，需要积聚一定的力量，才可以一气呵成地去完成。虽然我一直没有动笔写父亲的故事，但是我的心里一直在想着父亲的故事，经常与那些往事做伴，走路，睡觉，出差，看书，散步，都在想。

2013年，我参加了省作协组织的长篇小说创作班，二十天里听了来自省内外的十七位大家的课程，其中有好几位是茅盾文学奖的获得者。那些天，我的思路和观念在改变，不再纠结自己暂时无法完成的写作，而是有了新的想法。思路一旦打开，构思就有了明确的方向，那些勃勃的野心也在大家的解惑中重回冷静与淡定，有了熨帖的出处，安静了，自醒了，不再盲目膨胀，不再好高骛远。自那些天开始，我感觉我的小说的人物在我的心里一个个鲜活起来，从一个胚胎，再一点点长成有了五官的婴儿，我进入了孕育的过程，我感觉到他们在我的体内开始成长，越长越大，我再也无法不去关注他们，不可以无视他们的存在，于是我做好了生产的准备，准备好了一切，集中精力迎接我第一个孩子的诞生。

终于我完成了我的第一部长篇，我不知道我有没有勇气再生个二胎三胎。在我们大连有一句土话，“老大彪，老二孬，老三精得满场跑”。这篇小说就是我的老大，盲目，甚至有些傻，但他是我的第一个儿子，带有冲动的色彩，带有浓浓的爱意，如果可能，我还会生，有了经验，有了这种写作过程，我也许还会生个孬歪的老二、精明的老三甚至美丽无比的女儿也说不好，我希望我的作品通过长篇的历练，有更多的积累、更娴熟的手法，更从容地写作，不可悲地重复自己，不自视清高地故步自封，不再眼高手低，不再好高骛远，开始脚踏实地走在文学的路上。如果我身体足够好，我的储备足够丰富，我的阅读和眼光足够开放，我心灵的声音足够强大，我还会生。努力写出更加满意的作品。

是的，长篇是我最亲爱的儿子，就像一个女人有了自己的儿子，完成了使命一样。但是，我想，我有了第一个，我对他的种种期待，没有经验，不懂得优育，现在政策允许，身体的营养和思想的滋养如果够好，如果我看世界的眼光更好，如果我有了再生的打算，我还会再生一个儿子，为了保证他的成长，我想，有了优育的体验，我必须优生。

当然，无论何时，那些对我们有益的精神滋养，对文学的热爱，对生活的关注，对生命的观照，爱和温暖，等等，都如清水洗尘一般，清洁并活化我身体里的每一个细胞。似乎有一只温暖的手在打通我内心律动的筋脉，解开我暗存已久的内心暗结：个人写作的局限和瓶颈，个体遭遇的小我困惑，未来写作的走向，等等。在文学的天地里，纷扰的生活退至远处，创作的冲动格外强烈，思路和观念在改变，已有的长篇小说构思有了明确的方向，那些勃勃的野心也在岁月的磨砺中，重回冷静与淡定，有了熨帖的出处，安静了，自醒了，不再盲目膨胀，不再好高骛远。

因为有了文学的相伴，人生便没有了碌碌无为的恐慌。文学给了我好运气，这样的好运气，无法不让我心想事成，因为那是一种自由奔跑的力量，坚实而有力！

原 罪

学院教学楼的小广场上有一个高大的伟人雕塑，我们经常以那里为起点，做藏猫猫的游戏，经常来不及跑远的我，就躲在伟人高大的身后，他高大的身影在阳光下笔直地延伸着，在我，在所有人，那种高度都永不可及，即使他倒下……

基督教教义认为，原罪的存在，将人类与完美的神隔绝。在我看来，原罪的根由，为所有的过错找到了挣脱的理由，如此，便容易理解那些经常犯错的人。面对神，平凡的人谁又有理由过度追究过错的始末？人毕竟不是神，这样便可以原谅所有的错，这是上帝给人的启示，神的无所不能区别了人的无所能，如果不犯错，哪里还会显现神的万能？如此，这个世界不断地有对和错，不断地生出绵绵不断的亲与仇，爱与恨。

亲人间最重要的特征，是犯错时彼此间的互相原谅；还有一个重要的特征，就是彼此间的相互承担和分享，喜怒哀乐统统包容。

一切成年的喜好大抵上都逃不过儿时的经历。我是个性急的孩子，性急的孩子没有理由慢下来，长此以往，那些我想要的东西都会在第一时间属于我，所以没有慢条斯理的理由。如果我们心里想得到的东西立即就想要也能得到的话，我们还有什么理由什么必要想办法掩饰这样的心思，这些都是由迅速而简单且幸福的生活锻造自然流淌出来的。在我看来，其实所有的不动声色正是声色所动，也许胆怯或者自卑会成就沉稳的孩子，只是那孩子其实身体里有太多压抑的成分，不要被那些早熟的假象所迷惑，过于自制也许正是内心极不自信潜在内核的外在表象。

如果一个人能平静地面对你渴望已久的东西，那需要经过多少内心的挣扎与疼痛的磨砺？让人止步不前的或许正是胆怯和曾经的挫败感，不然就像神的万能一样无法解释。

在我看来，母亲最让我佩服的是能把平常的食材做成精美的食物，她巧妇般的本事总会让我们那么容易心满意足。虽然有过饥饿年代的痛苦经历，她却能生出好多与周遭不相干的闲情逸致，这让她显得格外与众不同。比如我跌破了裤子的膝盖处，她会绣上一朵美丽的莲花；各种剩线织成的毛衣，会在她的手里长成各种形状的小树；掏空的萝卜心里面，装上白米鸡蛋和肉末儿，蒸出香喷喷的萝卜肉饭等等。

母亲的巧与用心都令我着迷，平常的日子也让她过得有滋有味。小时候的记忆总停留在吃的事情上，每到傍晚，最期待母亲会做出什么让我意想不到的美食，灶间里总有我胖墩墩的身影。我总是对吃格外的专注与用心，美食的诱惑像夜晚才会出现的嫦娥，不仅是为了果腹。对吃的期待使我格外的性急，每个傍晚我都会挤在母亲身边，等着品尝刚出锅的热得烫嘴的食物。母亲对我的好吃表面上不满意，经常训斥我女孩子家要稳当点儿性子不能太急等等，但她在心里并没有半点儿不耐烦，反而享受我等在她身边，一起期待美食诞生的过程。那些滚烫的饺子、飘满香气的菜丸子、油汪汪的肉饼、鲜美无比的鱼肉面等等，都会迅速蹿进我的喉咙，爬进我贪婪的胃囊，至今我的手和嘴都是极其抗烫抗热，那是小时候“童子功”的底子。

除了家人，如果傍晚时分有人急忙走进我家院门，是我最不想见到的，他们会坏了我吃的兴致。不用猜测，这些不请自到的客人，一定是调皮的哥哥在外面惹是生非了，招来了告状的邻居或者同学的家长，告状的人时常把母亲堵在灶台前，告诉母亲，哥哥又和谁打架了，又把皮球踢到了谁家的玻璃上或是谁的脑门上，又去扯掉哪个漂亮女生的头绳了……反正哥哥总是会惹祸，这成了母亲经常要应对的事情。母亲总是面容和气耐心地听着，表面上对哥哥很生气，最后会在告状的客人快要走了时笑着赔不是。母亲从来不和来人申辩，她懂得那是少年鲁莽的男孩子们的顽皮和发泄，只等告状的前脚走，母亲后脚就会对我说，胖丫头，快去找哥哥回来吃饭了，然后拍拍我的脑袋瓜子，笑眯眯地说，可别把我们宝贝女儿饿坏了。

哥哥并不害怕，早就躲在门外听我召唤。母亲背地里总说，一个巴掌拍不响，还不知道怎么回事呢，小孩子的事何必那么动气？时间长了，告状的人都懒得上门了，知道我们家有一个护犊子的家长，告了也白告。告状的人于是会找我的父亲，但他们注定找不到，父亲早就得到了我的报信儿，常常躲在车站附近的热闹处看街上的人下象棋，有时还抱着我一起看，我下象棋的技艺就是那时练就的，楚河汉界，飞沙走石，奔跑厮杀，荡气回肠，一场好棋会融入我多少儿女豪情啊！

父母的理论是好孩子是惯出来的，这和女儿富养同理，一个从来没有见识过什么是好东西的女孩子，一点儿小的诱惑恐怕就会误转了方向，同样一个斤斤计较小家子气十足的男孩子，也成就不了什么大事，走不了多远。父母相爱的家庭，孩子们也会生出自然的幸福感和胆量，父母懂得爱，那么对待自己的孩子犹如对待自己的身体发肤，谁会对自己的身体下手？大胆的孩子往往有一个无法无天快乐的童年，这种童年的自我成就是那些自卑的孩子不可抵达的高度。天性城府深的人几乎不存在，心事重的孩子大多生活在复杂而伤感或者贫穷的家庭里。那些看上去沉稳的孩子，内心里的渴望掩藏得很深，那是长久自制练就的本事，敏感和压抑会走向极端，要么充满仇恨，要么萎靡不振，放眼望去，那些发着狠劲往上爬的人，内心极度自卑的不在少数。

相对于父母的护短，邻居宋芸父母的严厉会让我的神经和味觉有种窒息的感觉，每每看到挨了打的宋芸兄妹几个，我就像自己得了大病一般地虚脱。宋芸是我的同学也是邻居，她的父亲在一所中学里教书，瘦瘦高高的样子，平时爱好喝茶，喝的是没有什么品质的茉莉花茶。宋芸的父母常常会半夜里打起来，一个惊天动地地号叫，一个悲伤无比地恸哭，到了白天，兄妹几个也会时常挨打，一块不经意打碎的玻璃，一道算错的算术题，一支不知去向的铅笔，没有洗干净的脸等等，都会成为兄妹几个挨打的理由。更要命的是，她的父亲一旦开打，就不想停下来，他总会把兄妹几个打得皮开肉绽，打到他再也无力举起皮带为止，那种压抑和发泄让人心惊。说是管教其实那是他泄愤的方式，她的母亲从来都不会阻止父亲，更让人揪心的是，每次等父亲打完了，她的母亲再接着打他们，直到打累。

父母对我们的纵容和宠惯，使我对邻家的怒骂充满了蔑视，我多爱我的父母，他们用别人不屑的方式教育我们，但他们懂得尺度和节奏，他们使我们更加宽容，放大我们的自由，快乐，温暖，健康，自信。

没有温暖的家好比地狱，即使你没有抵达到那里，也会被惊恐占据了全部的身心，世上本没有无法原谅的错，而那些不断重复的错，终将会铸成大错。有几次，我看到宋芸用嘴去吮吸胳膊上的伤口，每一次毒打和每一个伤口，都会长成仇恨的翅膀，扇动愤怒的羽翼。那是个痛苦得没有尽头的家庭，家里的老大在十七八岁时强奸了一个女同学，他被送到了工读学校。另一个儿子，因为想得到女同学的爱而没有得到，疯掉了。我的同学宋芸，我一直关注，因为她身上有过早的伤痕，她的心硬如石，她的坏，像生了蛆的身体，肉体活着，却要忍受着侵蚀，她的早熟和恶作剧都那么离谱。她把从父母那里积攒的仇恨用于对身边人的报复中。

记得小学课本里有一篇文章写到某某是溺水而死，我十岁的时候父亲因为海难而离去了。家里最小的哥哥也长我八岁，母亲和哥哥格外地心疼我，对我永远都是给予无私的爱和悉心的呵护，虽然没有了父爱，我却在娇宠中长大。平常的时光里，这份爱会让人妒忌。宋芸就会常常在我面前大声朗读“他终于溺水而死，溺水而死”，然后哈哈大笑，这大笑形成了我对她最初的仇恨。高中毕业时，我在她家附近的电线杆上看到贴着一个小告示，很多人都聚集在那里看，小告示是一个女人写的，说宋芸勾引她的丈夫，勾引有妇之夫如何如何。这当属意料之中的事，宋芸的内心里没有善良和道德的标准，一个骨子里缺少爱和温暖的人，是个没有痛感的人，心灵有时是扭曲的，这样的人怎么会在意别人的痛苦？后来，这张小告示给了我启示，所有我小说里的坏女人甚至坏男人都用宋芸的名字，那些早期的作品里经常会出现宋芸的名字。后来，渐熟的心灵和文笔使我不再纠结，明白了那种儿时的不幸正是造成她成年不幸的根源，岁月的沉淀也无法阻止，只会更加无限地隐藏与生长，有一天会形成压缩文件，恶的起源是失败的元凶，里面却有无限的容量。所有的罪和过都有根源，愤怒奔跑的时候，空气里就会滑翔着怒气的味道，危险降临的前提是那些支离破碎的小事，像不经意被风刮到各处的树的种子，你找不到，却都在四处无声无息地生根发芽，甚至长成大树的模样。

终于有一天，我把她从我的文字里清除掉了，她是个心理遭遇过重创的病人，我要让原罪里的她得到谅解。不管我在小说里怎么写她，终究她不会幸福的。决定一个人能走多远的不是有多么好的运气，而是他的心胸和他生长的土壤。不要指望一个天天挨打心里充满仇恨的孩子有多么美的内心，他们要么软弱敏感，要么坏到极致。

有一篇报道称，湖南某市一个外表风光的局长，每天晚上都去接妻子下班，他有个毛病，经常忍不住去抢女人的包，终于有一天失手落网了。不要把他当成坏人去看，他其实是个病人，他得了严重的心理疾病。病人需要的是医治而不是责骂。

喜欢炫耀的人大多是心里没有底气的人，就如喜欢占有的人一定曾经贫穷过一样。我一听说谁谁像“表哥”那样有几十款不尽相同的名表，或者谁谁买了几十套房子等等，我就感觉心痛，他们的病已然很重。这样贪婪的人，其实就是曾经极度的不自信，那种占有的欲望恰是一个人的心结所在。要么就是曾经格外的贫穷，要么就是自卑过甚，好像唯有现在拥有了多少个什么什么的，心里才有了底气，那正是缺乏安全感的一种表现，是一种曾经极度缺少而带来的心理上的疾病。 所以不能指望一个小气的人会做出什么大气的事，做怎样的事情，做到什么程度，那是他的环境和见识决定的。追根溯源，一个外表风光的人或许有一个极度扭曲的内心。记得一位心理学家说过，外表不苟言笑的人大多比较色，那些台上一本正经的人，私下里可能正在意淫着哪个漂亮的女人，一个喜欢猎艳的男人，或许正是性的饥渴者，要不就是为了升官娶了一个极丑陋的老婆，或者是有一个貌美如花却如花瓶一样空洞乏味的女人。暴发户喜欢征服一切，他们从来不懂得内敛的真谛，认为钱就是一切的敲门砖。一个穷小子突然走了运得到了意想不到的东西，因为从来没有得到得那么痛快，所以要靠征服来达到内心的平衡，这是另一种原罪的衍生。或许是一个自卑而饥饿的童年，或许是一个自卑而不甘的出身。启蒙时的困顿缠绕着他，挥之不去，多大的官多大的成就再多的钱都无法摆脱，那是命运赋予人的短板。

有一个犹太人的故事给人启发，这个犹太人家里突遭磨难，母亲派两兄弟去找朋友相助，让哥哥去找他们家曾经帮助过的那个人，让弟弟去找曾经帮助过他们家的那个人。结果哥哥无功而返，而那个曾经帮助过他们的人，又一次无私地帮助了他们。

千万不要去怪罪一个人的冷漠无情，那或许正是他蒙受了太多的恶的根由，心里种下过恶的种子，怎么会长出善良的苗？

周末经常去李官洗温泉，开车大约一个多小时。车一上高速，我就会催促先生加快点儿速度，我说那么远的路啊，什么时候才能跑到呀？先生总笑话我性子急。去年休假时，我和先生开车去西安等地游玩，感觉车上了高速不长时间就过了李官，我说怎么觉得今天的路那么短呀，这么快就经过了李官？先生说，平时你的目标是李官，所以你就会感觉李官很远；今天你的目标是西安，目标设定得远，就会感觉到李官很近。如果你目标设得远，到李官这点儿路又算得了什么？

是啊，目标是多么的重要啊！

小时候家就住在学院区，小学时在海运学院附属小学上学，那时海运学院还不叫海事大学，那时候大连理工大学叫大连工学院，大连工学院就在海运学院的山脚下。夏天的时候，我经常和小朋友们从海运学院的山坡上，用一个破纸袋子做垫子，从山坡上滑到山脚下，山脚下就是理工大学的铁栅栏围着。栅栏上的铁棍总是断胳膊少腿的，小朋友们一下子就钻了进去，在那里玩乐。大连工学院里四处冷清，教室的玻璃有一块没一块地闪着洞。学院教学楼的小广场上有一个高大的伟人雕塑，我们经常以那里为起点，做藏猫猫的游戏，经常来不及跑远的我，就躲在伟人高大的身后，他高大的身影在阳光下笔直地延伸着，在我，在所有人，那种高度都是永不可及，即使他倒下……

最终，我总是会在第一时间被小朋友们找出来，因为，与伟岸相比，平凡的我终究是会露出破绽……

王的果实

看过的越多，你会发现知道的越有限；走得越远，你会发现未来的路越长。

没有谁敢说自己握在手里的东西是世界上最大的。

只要，你是你自己的王，就好！

第一次走进苹果园是在金秋，阳光浓烈的烟火味扑面而来，一棵棵苹果树像被点燃的串串火把，在天空下燃烧，灿烂，嫣红。

苹果红了！

树下，果农们正在摘苹果，也许是侍候得太久，期待的日子太长，反而磨砺了他们的性子。他们并不急躁，站在丰满的果树前，对待一个个熟透的苹果，犹如对待自己即将出嫁如花般的女儿，既万般不舍又满怀喜悦。

有一句话说得好，如果你爱万物，万物必将爱你；如果你心怀万物，万物必将归属于你。村书记远近闻名，既会当领导，又多才多艺，他从一户农家领出来一个矮个子精干的妇女，书记边叫她大姐边用他的大手重重地拍着她的肩膀，告知她我们这一伙人是作家，来参观她的果园，体验生活顺便帮她摘摘苹果。书记的大手过重，拍起的灰尘荡起在大姐肩头，力气大得仿佛要把大姐拍倒一般。我说书记你手别太重了，别把人家大姐的肩膀拍坏了。大姐并无半点儿不悦，反而满面笑容看着书记，忙不迭地说不要紧不要紧啊俺们要支持书记工作，她纯朴的笑容不见丝毫的假意。邻居们远远地围着，羡慕的目光跟着我们一行人，那苹果树累累的硕果渗透着辛勤汗水，满屯满山的农家只选了这一家，那是一份荣耀，无法不让人羡慕。

大姐家的果园好大，占了村路西侧小半个山坡。面对旺盛的果园，我无法用淡定的目光扫视一番再去行动，密密匝匝的苹果树上挂满串串红红的苹果，我刚走近果园的边缘就迫不及待在一棵苹果树下摘下了第一个苹果。这是我平生摘过的第一个苹果，我的寡闻和心急注定了无法得到最好最大的果实，就像是职场上少了心机，注定走不了多远一样。因为我没有倾听果农关于摘苹果技巧的指导，使我的第一个苹果，摘下时就断了苹果把儿，而苹果拿到手里时，我才发现，新鲜透亮的苹果上有一个深深的小洞，那是一个新鲜的伤痕，这是被鸟叨过的苹果，大姐说，你有福气了，这是最好的苹果，这个苹果很甜，因为鸟儿专挑甜的苹果下手。

好像男人专门挑选漂亮的女人下手一样，听上去我中了彩一般。这是我第一次摘苹果，而平生我摘的第一个苹果并不完整。

说起小时候，大家共同的记忆一定离不开苹果。每到秋菜上市时，家家开始储存大白菜的同时，有条件的人家就会同时储存苹果。那时候的苹果品种单一，主要是国光苹果。记得我家的苹果都是爸爸扛回来的，记得他总是用右肩扛苹果筐，歪着头把脖子耳朵和脸的一侧紧贴在苹果筐上，左手越过头顶抓着苹果筐的边沿，他吃力而坚定地走进厅堂，弯腰侧着身重重地放下苹果筐，犹如放下缴获的敌军俘虏，看我的眼神里透着欢喜，似乎告诉我，胖丫头，一切都属于你了。厅堂的角落里立刻变得明亮而饱满起来，不知道是苹果还是筐的原因，四处都是露水和果园的气息。那是个不讲包装的时代，苹果筐有些粗陋，是用柳树枝条编制而成，粗细不一的柳条用最简单的条理扭成圆桶又略显梯形的大筐，有时柳条太过新鲜以至于柳条里面的青色的肉体破裂开来，像拔了牙的孩子疼痛得张牙舞爪，可以猜想筐的速成，编筐的人一定在想，谁又会在意苹果筐的精美与否，它只是一个筐而已，筐子再美丽如果不装满苹果便毫无意义，苹果吃光的那一天，筐的命运就会交给炉膛或者扔在哪个角落。大筐暴露无遗的实用主义模样并没有令人生厌。苹果筐上面盖着盖子，盖子用更细一些的柳条编制，盖子下面苹果上方铺满了稻草，整个筐用粗陋的绳子缠绕着，像个被五花大绑的犯人，看上去十分老实。绳子是怕苹果掉出来，稻草是为了保护苹果不破还有避免水分的流失。

苹果是我儿时认识的第一种水果，对苹果的熟稔和对其他水果的无知，使我自作聪明地把苹果想象成水果之王，就像前街的二虎子哥在我眼里是厉害的战神，有一天，二虎子哥被人打倒在地，他跌落的门牙，流血的大鼻子，在我看来，就是英雄末路，也是世界的末日。长大后才知道，我对苹果的赞美之情，不过是无知和糊弄自己的托词，然而，认识的水果多了，我还是更加喜欢苹果。据说苹果也叫记忆之果，不是具有多么神奇的功效，而是苹果有着丰富的糖分和维生素以及人体所需的矿物质和微量元素，对心脏病也对精神类疾病具有明显的疗效，从这点看，苹果被我称为水果之王还真不是浪得虚名。

大道边上停着卖大白菜的货车，冬季储存大白菜的主力是老人，你别指望一个90后会买一堆白菜存在家里，即使知道明天一切都不复存在，年轻人也不会去抢购，那些热衷于储存和抢购的人一定有过缺衣少食的不幸遭遇。小时候我最怕分东西，我是最不会过日子的那种人，不管是分糖块还是分鸡蛋抑或是分苹果等等，我总是会一口气干掉分到手的所有美味，才不管吃过后会长时间纠结在别人延绵不断的美味诱惑之中。如果你要长时间拥有一样东西，那就要学会忍，等待，坚持，吃同样的东西，去感觉漫长的幸福。

一个人热衷于什么，一定是年轻时缺少什么。好一定与少有关，记忆的深刻大多与痛有关，哥哥们曾经因为偷吃苹果而遭了打。苹果刚拿回家的时候，一开始都由大人们分给我们吃，什么时候吃什么吃多少都由大人们决定，如果你有什么异议也没用，就像水电要涨价了，有关部门组织大家在一起听证，听证完了还是一样，该涨还得涨。但在孩子看来，大人们总是那么精于算计，总是过于刻薄，总是感觉不到孩子们的渴望。苹果留在唇齿间的甘甜不时地撕扯着我们的欲望，那一次，不知道是特意为之还是爸妈太过忙碌，好长时间我们没有分到苹果吃了，放在角落里的苹果成了我和哥哥惦念的美味，于是就有了偷拿的冲动。兄弟姐妹中无论是做好事还是做坏事带头的一定是大哥，他在我们的央求下，先从苹果筐的绳子上下手，因为苹果筐已经打开过，上面捆绑的绳子便没有以前那么牢固，像挣扎累了的犯人放弃了挣扎，让大哥没费多少力气就打开了绳子，第一次，我们每人分了一个，大哥拿了个小的。偷或者拿其实是考验人的智慧和胆量，凡事开了头，便不会轻易停下，后来绳子越来越松，于是以后多次当我想吃苹果的时候便会毫不犹豫伸出手，那也是我早就有的冲动。

父母永远都是最后发现问题，当一筐的苹果已经见底时，挨揍的首先是大哥，但我知道吃得最少的是大哥，他总是那么有节制地拿，而二哥是吃得最多的，二哥挨打的时候先是会分辩说是大哥带的头，这并不能免于胖揍，然后他便也会出卖我，说我吃得最多如何如何，这样的揭发对我没有任何威胁，父亲不但不听反而会更狠地揍他，说他不但自己坏还带坏了妹妹。恶的微小像丢掉的垃圾，好像不见了踪迹，却污染了环境。从我记事起，那是他们第一次因为偷拿了苹果挨打，以后他们再也不敢偷拿苹果吃了，反而我的胆量却增加了，有几次我试着让哥哥偷拿苹果吃，二哥总是最先反对，他说反正最后挨打的不会是你。

人类最早的情感故事也与苹果有关。伊甸园里苹果不是最抢眼的果实，蛇的邪恶是骗夏娃偷吃了苹果，苹果成了上帝送给人最早的礼物，也成就了亚当和夏娃，蛇其实是人类最早的红娘。亚当和夏娃偷食了禁果然后有了爱情，有了人类，小时候听过这个故事后就格外地喜欢吃苹果，只是有些不解：我吃了那么多的苹果，怎么还没有遇到心目中的那个心爱的王子？

回忆是一张害羞的脸，纯真可爱又让人回味。相伴的是那些陈年往事，虽没有了新鲜的汁液，却因为曾经的美丽，仍然会散发着甜蜜的味道。一个参加过抗美援朝的长者，给我讲过一个他和苹果的故事。抗美援朝时，他正年轻，给首长当秘书，房东是个年轻的女子，彼此间几乎是朝夕相处，相互间渐生爱慕，但从来没有说破，就那么维持着暧昧的状态，在她是羞于表达，在他更多的是胆怯。有一天晚上，他在被窝儿里发现了一个苹果，他当然知道苹果的来源，于是他偷偷地把苹果藏了起来。第二天，被窝儿里又有了一个苹果，连着两天他收到了两个苹果。那时候苹果十分金贵，他舍不得吃，他知道那苹果的分量和寓意，也知道年轻女子的想法，但是他又不敢有任何行动，白天再看到年轻女子时，他甚至不敢抬头看她。这样过了几天，他的被窝儿里又有了一个苹果……

那天晚上，他躲在被窝儿里一口一口慢慢地咬着苹果。他吃了苹果，像吃了禁果一样，苹果迷惑着他，他边吃边思忖着，心里开始纠结，与自己斗争着，结果那天半夜里，成排的炮弹轰下来，瞬间他就被埋在了瓦砾中，只露出一个头，而部队接到命令必须立即撤退，他的首长边指挥部队撤退边不时地看着他，如果救他，就会拖延时间影响撤退，如果不救他又有些狠不下心来，最后，首长还是指挥大家把他救了出来。他说，他绝望的时候想到的是那个苹果还有那个年轻的女子。

那以后，他再也没有看到那个年轻的女子。

了解摘苹果的技巧后，我再摘苹果时就格外的认真，这种劳动是自觉的也是快乐的，所有的劳动大多是为了追求生命的美好。

如今的苹果已经不再是原来的样子，就像我们已经不再是原来的样子，朋友送来的苹果装在精致的盒子里，包上漂亮的包装纸，假扮成精美的礼物，有点儿虚张声势的感觉。其实苹果就是苹果，就如一个纯朴的乡下姑娘，被那些粗粝的风侵蚀过，被那些笨拙的鸟儿打扰过，风里雨里黑天白夜地挺立过，可以长成坚强能干的娘子，却不会装扮为千娇百媚的贵妃。

我们后来又换了一家果园采摘，这时见多了苹果，我便不似刚到果园时的激动，摘苹果时就有了淡定和自如，这一次，我认真地走进果园，仔细地挑选，最后我挑选了一个大而圆颜色纯正的苹果，我说我找到了苹果之王。我拿给同伴们看，看上去我摘的苹果确实是最大的，但一会儿，另一个同伴给我看了一个更大更红的苹果：品相端正，颜色红艳，没有丝毫的瑕疵……

看过的越多，你会发现知道的越有限；走得越远，你会发现未来的路越长。

没有谁敢说自己握在手里的东西是世界上最大的。

只要，你是你自己的王，就好！

丢 失

时光像金碧辉煌的赌场，总会用筹码吞噬你黄金般的年华。

无论是爱情还是友情，大凡涉及用情，初始都会埋下心愿的种子，美好的期望，付出和回报都相对模糊少有界限，然而时间和功利像无所不能的 X 射线，总会穿透身体中最隐秘的角落，打量人们真实的内心，面对功利、得失等等，能否拿捏得当，从容应对，才是检验情感的标尺，毕竟漫长的岁月才能考验情感的纯度。情字好比树的种子，埋下了什么样的种子，就会长成什么样的树木。情感生长的过程，毕竟需要适宜的环境，一粒好的种子，加上良好成长的土壤，后天的培育和浇灌得当，种子自然生根发芽，就会在阳光雨露滋润下，一点点长大成材，直至长成参天大树，不在意风吹日晒，不在意冰霜雨雪。而令人失望的是，由爱生恨的事就好比大树的叶子，从繁花似锦到满目衰败，像叶的轮回总是层出不穷。

没有资格评价鲁迅先生思想深邃的究竟，反正《祥林嫂》的故事早已深入人心，书中的人物至今仍然活着，像不死的灵魂。与男人们大醉假死般的躲避不同，女人最无助的表现就是找相干的不相干的女人倾吐忧伤和不幸，而这些不幸或许正是由那些无处不在的爱和情所致。

儿时的玩伴小念从报上看到我的消息，辗转找到我，电话里约好了时间在一家咖啡屋见面聊天。本来是明媚的下午时光，却被咖啡屋老板打造成忧郁的场景，倾诉或者期待，都充满了引诱的味道，纱幔低垂的玻璃窗，貌似小资的男女们坐在角落里，三三两两，或孤独一个，甲壳虫一样美丽而安静。久石让的《天空之城》若有若无地陪伴着，像典雅而端庄的贵妃。善变其实是人的常态，甚至有时可以说成是优点，只有不满足，才能有更大的进步，难道不是吗？有段时间我特别迷恋奥利佛·香提的《阳光舞者》，早把曾经喜欢的班德瑞忘在了脑后。两个都好，没有必要死抱着哪一个不放。换一个心态，反而觉得别有意韵。

按照小念的短信提示，我鬼子进村般地爬上二楼，看到坐在角落里的小念在向我招手，她站起来的一刹那，恍若时光倒流，小念竟然一点儿也没变，还是那么年轻漂亮，年轻不是外表的靓丽和衣衫的缤纷，年轻是由内而外的感觉。都说两种女人永远不老，一种是没有心计的女人，而另一种是风花雪月的女人。

本来以为与小念见面会有些生疏，毕竟是二十多年未见了，谁知道没有任何的隔膜，仿佛昨天才分别。聊起那些小时候共同的经历，一起回想那些街巷里奔跑嬉戏的时光，一起踢毽子一起捉迷藏一起坐着小板凳在树荫下写作业的情景，仿佛彼此间从来没有分开过，也从来没有远离过一样，彼此间容易不设防地交流，没有任何的生疏感。小念约我，是鼓起了很大的勇气，因为要和我谈她有些疼痛的婚姻，那是她新增的内伤。多年不见，如果一个几十年没有相见的朋友，如果又恰好是儿时最亲密的伙伴，敞开内心那是需要足够勇气的，毕竟，时间的隔离使我们更愿意让彼此看到阳光炫彩的一面，希望给予对方的是自己最值得称耀的东西。

小念的故事听上去有些落俗套，就像眼前的咖啡厅似曾相识，不过是另一间店，克隆得彼此相像而已，不值得再述。但让小念后悔的不是她老公的背叛，而是她自己冲动带来的后悔，她为了逼迫老公和小三从酒店里出来，跟踪到老公和小三的住处，然后打电话报了假警，称发现有人卖淫嫖娼。等警察破门而入的时候，小念的老公已经想好了对策。他并没有为自己的行为而羞愧，反而小念的行为使他有了撕破脸皮弃她而去的理由，他直截了当地告诉小念，离婚！马上！“离婚”两个字，他从来没有说过，一旦说了，就像泼出的水，再也收不回来了。

这是小念始料不及的结果，离婚一个月后，小念的老公和小三结婚了。有一段时间小念总是在悔恨、煎熬和思念中痛苦着，净身出户的老公没有带走一丁点儿东西，但家里每一个角落都是老公的影子，甚至空气里都是老公的呼吸，挥之不去，驱赶不尽，爱还在，人已去，情何以堪。小念说，离婚以后，她重新反思自己的过往，发现在婚姻中，她没有认真地学习相处之道，更没有尝试去改变自己，任性和自负。好在她重新地审视和认识了自己，这一点很难得，对生命的认知和对生活的认识，有时需要经历和时间去打磨，不经历过不会有那么深的感触，使人成熟的是丰富的经历而不是平淡的时光。失去的永不再来，重要的是要重新快乐而自信阳光地生活下去。小念的年轻和美丽实在让我不解，都说岁月有痕，她没有像我想象的那样祥林嫂般地倾诉，也没有怨天尤人，这一点让我惊讶。我本来提前准备好的作为排解的良药话语全无用场，她既楚楚可怜又快乐开朗的样子格外的让人怜爱，如果我是男人我想我会立刻拥她入怀。细想想，每一份情感的发生都有着不可抗拒的理由，对和错从来都是鲁莽而无知的判断。小念说，最近她已经和十几个小时候的同学联系上了，她说她正在策划搞一个小学同学聚会，大家在一起回忆分享那些童年时光。

同学会这种追风的事情勾不起我的兴趣，但是从小念的语气和表情里，我仿佛看到了那种相见时的惊喜和感慨，这些都会打动我，吸引我。回忆唯一能做的事就是使时光的流逝变得甜美，如今，日渐麻木的世界又有多少真的东西让我们那么容易感动？

我对女人之间的友谊始终不抱过高的期望，听过也经历过闺蜜反目的落俗套的故事，尤其是成功女人之间更难有什么友谊，女人之间妒忌之心始终在身体的角落里躲藏着，一旦发现身边强于自己的女人，躲藏在角落里的妒忌就再也不会装聋作哑了，这是女人友谊链条被切断的常态。细想想，这个世界上，轻易相信友谊的大多是女人，而让友谊变得长久的却是男人。女人的友谊来得快去得也快，甚至有些浅薄，从风景如画到千疮百孔用不了多久，有点儿像飓风前后的村庄；男人的友谊一般很难确立，一旦建立，多是生死同盟，很难攻破。女人们喜欢聚堆，喜欢家长里短，看上去推心置腹一般地诚心。人在情感上赖以生存的方式也与倾诉息息相关，其实，没有质量毫无节制的交流，恰恰把友谊的大门悄悄关上了，女人间从亲密无间无话不谈到相见如陌生人一般，跟女人的天性也有关系。女人的言语多于行动。而男人们嘴的笨拙却成就了他们，这样就可以堂而皇之地用沉默掩饰着他们的不善言辞，避免了许多女人才会有的友情中的硬伤。

如果说女人之间没有真正的友谊肯定有些偏颇。

因为家里只有我一个女孩子，所以能有一个姐姐是我从小的梦想，我对姐姐满怀憧憬。有姐姐多好，姐姐的衣服可以偷着穿，姐姐的东西可以随便拿着用，甚至姐姐的男朋友的钱最好“骗”了，总之有姐姐有很多好处，小时候特别羡慕别人家的女孩子有姐姐，我常常埋怨妈妈为什么不能像别人家那样给我生个姐姐。对姐姐的渴望使我对左邻右舍的所有姐姐们都是一副讨好巴结的面孔，如果哪个好心的姐姐拉着我的手去看露天电影，或者带我去一回澡堂子洗一次澡，还经常带我去公园，每到那时，我的心里都会美美地高兴好久。对姐姐的渴望，使我珍视女人之间的友谊，对每一个性情相投的女性朋友，都当成自己的亲人。十八岁那年，机缘巧合，我拜了凤菲菲为干姐姐，已经好多年过去了，至今我们仍然姐妹情深，让当初见证我们友情开始的朋友们都非常的惊讶。如果好久不见的朋友们见我们俩任何一个人，几乎见面的第一句话就会问：你和凤菲菲，你们俩现在还那么好吗？想当年，你们俩多好啊，好得像一个人一样！

虽然我和菲菲姐，我们没有约定，但我们都会自豪地说：我们好啊，我们好一辈子，一辈子好！

杯里的咖啡已经面目全非，加了糖和牛奶，使咖啡似乎不再纯粹。味蕾有时具有很强的欺骗性，即使微小的忧伤都会紊乱脆弱的情感，咖啡在我的口腔里试图作恶，不然我怎么尝不到一点儿香醇的感觉？

夜总是要来，不管午后的阳光多么的妩媚。久石让如果站在面前，难说我不会心旌摇荡。所有的爱和恨都事出有因，那些壁垒具有很强的欺骗性，再坚固也无法抵挡内心的狂飙。

仇恨就像幽灵，有时会招来许多委屈的亡魂，还可以招致一些不三不四的假想敌，或许，这时的魔鬼正在潜入你的内心，迷了心魔的躯体像失了脑袋的蛇般扭曲，正试图把你卷入其中，情绪的机关像坏掉了按钮，会信马由缰地愤怒爬行。先人们说，冲动是魔鬼，或许一切平静下来以后，失了脑袋的蛇终将死去，理智才是你安身立命的根本，一切都将过去，一切都将丢失，爱、恨、情、仇、功利、疼痛、岁月乃至生命……

如果一个人的内心足够强大，那他一定会有许多痛苦的过往。而面对情感无动于衷的人，一定是有过情感创伤的人，不敢，其实正是得了怕的后遗症。

时光像金碧辉煌的赌场，总会用筹码吞噬你黄金般的年华。好在，身为女人，我和小念，我们都懂得珍惜与爱，不管是经历过怎样的挫折，不管是哪一种方式让我们重新认识生活，只要成长，我们就不再遗憾，我们庆幸，缠绕我们的不是那些琐碎而放大的痛苦，而是明天窗外那让我们充满希望的阳光。

男人的质感

一个真正的好男人需要有质感。男人的质感是一种修炼，那是岁月磨砺的功夫，是经风见雨的从容。宠辱不惊，坐怀不乱，目标坚定，勇往直前……

那时我还在政府部门工作，从事的工作与城市建设以及房地产开发密切相关，接触的人也多与此有关，对地产行业的精英大佬也就比较多地关注。记得有一位领导曾经送我一本某地产大亨写的书，当时，除了演艺界的名人，其他行当里出书的不是太多，他的书出版了，还曾经带动了一大波地产界精英出书的热潮。那本书图文并茂，行文流畅，也有些文采，是不是他找人操刀我不得而知，不过，以他数以亿计的财富和上市公司的大佬身份，恐怕一字一字地打磨一本畅销书，感觉也不大可能。不过，书还是相当不错的，尤其是书里他那些特立独行的做派和硬汉形象，还是让我这个曾经的文青多了些喜欢，在当下物欲膨胀的时代，他那种职业商人少有的文气和艺术范儿还是蛮招人欣赏。

这之后，因为工作接触过，一点点开始关注他的新闻，他的新闻也越来越多，大多是正能量，出书，演讲，拍摄励志广告，逐渐地摆脱了地产大亨给人的土豪气，俨然一儒雅名士的模样，做派也全然改变，不再佯装低调，不再安心生意，开始有了负面的新闻，各种各样的高调秀场，电视广告，街头屏显，图书市场，到处都是他的影子，大有替代明星的架势，后来，虽然他的登顶、拒捐、广告代言等等正负新闻不断，但他在我眼里是条汉子的形象，智慧，洒脱，不羁，自由，有股子敢作敢为又不染世俗的清高劲。

那时候我还有一点特别佩服他，就是他几乎从不染绯闻。以他的身份和圈子，他的洁身自好不得不让人佩服，与之相对应的是，每一次听到某某地产大亨有了私生子，又某某大亨连夜“私奔”等绯闻时，就想再不济也得有人朝他扔一把鞋子吧，但是都没有，他给人的都是正面的阳光自如淡定的形象。有了更多的比较，我就会暗暗地敬佩他的成熟和自持，以他的相貌和地位，以他的财富和智慧，以他的性情和从容，简直可以说是极品好男人了，我甚至把他和可爱的比尔·盖茨先生相比：一个富可敌国的男人，忠于爱情，忠于家庭，没有绯闻……面对本土的这位特立独行的真汉子，对他我真有了种“生子当如孙仲谋”的感叹！

不过，我喜欢的大师毛姆先生早就有先见之明，他说过：很多人对会见名流抱有热情。我曾一度对此迷惑不解，靠跟朋友说你认识名人来获取声望，只能证明你自己微不足道，名人们琢磨出一种手段来见他们遇到的人，他们戴着面具示人，面具往往令人印象深刻，而他们却小心地隐藏起真正的自我，他们扮演着人们所期望的角色，不过，要是你以为他们的公众形象同他们内在真实的自我是一回事的话，那你，就太傻了……

想想毛姆大师说得太有道理了。这样一个我几近崇拜的人，竟然也不能免俗地离婚了，原因也是俗不可耐的“二奶”风波，更不能免俗的是也搭了个女明星。也许是为了表现自己的与众不同，也许是忧虑二流明星对他形象的降低，也许是为他曾经的清高遮羞，刻意编造了此女的事业成功案例……

在我，听到这一消息，比听到他死了还要震惊。如果可能，我宁愿听到他的死讯。

在我心里，他已经死了。

养小和包二奶的习气，古已有之，近代繁盛于香港、澳门和台湾地区。改革开放后，国门大开，许多海外华人回国创业发展，他们远离亲人，在外打拼，打拼成功了，升官发财了，也开始了猎艳。人有时候需要纪律约束，而一旦这种约束松动了，男人心底的恶就有了生长的土壤，许多男人想换换老婆，与那些天天围绕身边的年轻貌美的女子相比，家里的黄脸婆实在是拿不出手，虽然相夫教子的功劳很大，但新欢旧爱总是无法平衡。不过，细想想，男人升官发财多是老婆旺夫的结果，看看有多少不起眼的傻小子穷小子们，结婚生子后，官运财运开始亨通，那是老婆相旺的结果，所以，如果换了老婆那就等于换掉了好运气，只有傻子才会那么干，所以折中的办法就是包二奶三奶甚至五奶八奶的，反正不管包几奶，就是不会换下原配，他们知道自己从小树苗长成参天大树全是因为老婆，老婆才是他们的根，拔掉了根，再高大的树都会枯死，再茂盛的叶都会泛黄。有一种说法，在港澳台等地区，只有没有本事的男人才会换老婆：两口子命相不合，升官发财无望，甚至穷困潦倒，按卦师的迷信说法，多是命里八字不合，既然夫妻相克，那就忍痛割爱吧，两口子一商量，拜拜吧，各奔前程吧。失败的男人换老婆那是爱的表现，自己活不起了，放老婆一条生路，那才是一条汉子。这种换或许让人还有些敬佩的理由。

而成功的男人换老婆，那是没本事的表现，财富和权力在增长的同时，心里的恶也在渐次生长，直到那恶开花结果，不可收拾。

换老婆当然有各种各样的理由，这里我只炮轰那些富贵之后翻脸的男人。当然换也有各种各样不尽相同的原因，那些另当别论……其实，换不一定都罪不可赦，凡是想换掉的东西一定是坏了或者是不喜欢了，然而，如果这东西是你自己亲自选的，如果坏了，要尽力地维修，除非彻底不能用了。如果没有坏，只是你不喜欢了，想换掉，扔掉，那是说明你当初挑选的眼光不行，或者是喜新厌旧的心理作祟。男人要为自己的行为负责到底，就如要求女人从一而终一样。

一直以为，只有愚蠢的男人才会换老婆，长了本事就换老婆的人最让人瞧不起。如果是你的地位和钱财让你有了以新换旧的想法，放弃糟糠之妻，把持不住，乱花迷眼，那是太稚嫩，经历太少，没有成熟男人的从容和淡定。

想起了几年前流行的一个段子：炒股不成，成了股东；倒房不成，成了房东；找小姐不成，成了老公……

或许有人会认为，如果不离婚却包个二奶三奶的更不道德，离婚结婚那是对感情的尊重，但是，那得在你的爱的成色挤得没有水分的前提下。你如果敢净身出户到手无寸铁、重新白手起家寻找爱情，试试，哪个女人会爱这样的人，有，那才叫人服气……

当下的世界越来越疯狂，不要指责以物质获取为前提的“二奶”们的行为，其实，究其根源，世界上最有野心的是女人，女人的野心造就了男人的成功，只是，这世界美人美景实在是多，一个从一而终的男人才更让人敬佩。用与糟糠之妻一道打拼的第一桶金打造自己，装作成熟的酷劲去年轻的女人堆里混，才会让人觉得行为低级。那些在女人温暖的怀抱里长了翅膀、被女人的灵魂洗涤过、用女人的苦心修炼而成就了得的男人们，时光的磨砺才是考验你们质感的成色的试金石，那些修炼不够的男人，是顶不住岁月检验的。

大导演希区柯克的爱情故事许多人都知道，他认识自己的另一半时，她还只是一个剪辑师，他们相伴一生。有人说，导演的激情源于女演员的爱，希区柯克一生遇见过数不清的美女，但他自始至终心爱的女人只有他的夫人。有一次，美国电影研究院颁发给希区柯克终身成就奖，在颁奖礼上，希区柯克提到了四个人，第一位是一个电影剪辑师，第二位是编剧，第三位是他女儿帕特的母亲，第四位是喜欢在厨房里忙碌的优秀厨师。她们都是一个人——阿尔玛·雷维尔，希区柯克的夫人。

回顾一生，阿尔玛·雷维尔说：“在一起这么多年，我的丈夫从未让我觉得无聊，我相信不会有很多女人会这样说。”

男人爱女人的方式，就是不会让女人无聊。这是男人的质感成就的。

一个真正的好男人需要有质感。男人的质感是一种修炼，那是岁月磨砺的功夫，是经风见雨的从容。宠辱不惊，坐怀不乱，目标坚定，勇往直前……

男人的品质比身价更有价值。

在我看来，被诱惑的男人都是没有质感的男人。

“剩女”的悲欢

卡梅隆此次彻底栽在了前妻毕格罗手上，但他却并不沮丧，评奖前的一段时间里，他在接受媒体采访时，还颇为大度地祝愿他的前妻能获奖，以此来证明自己是多么的优秀，有这么成功的前妻……

记得第八十二届奥斯卡奖最佳导演给了女导演凯瑟琳·毕格罗，之所以记得格外清楚，是因为获奖者是女性，更有意思的是她的对手是她曾经的丈夫，在奥斯卡颁奖礼上，她带领她的《拆弹部队》团队，毫不客气地 PK 掉她前夫的《阿凡达》团队，成为奥斯卡史上首位最佳女导演，还捧走了最佳影片的殊荣，开创了新的奥斯卡历史。共获得九项奥斯卡奖提名的《拆弹部队》捧走了包括奥斯卡最佳影片、最佳导演、最佳原创剧本、最佳剪辑、最佳音效剪辑和最佳音响效果在内的六项大奖！得奖那天，正是女性们引以为自豪的“三八”妇女节，也许是巧合，但是全世界多少人把掌声给了这位才华横溢的了不起的女性导演。

卡梅隆此次彻底栽在了前妻毕格罗手上，但他却并不沮丧，评奖前的一段时间里，他在接受媒体采访时，还颇为大度地祝愿他的前妻能获奖，以此来证明自己是多么的优秀，有这么成功的前妻，其实他们在一起生活的时间不过才三年时间而已。而中外媒体在赞叹凯瑟琳·毕格罗时，总是会时不时地提起她的前夫卡梅隆。难道优秀的女性都要依附于男性才能体现出自身的价值？相信凯瑟琳也不会同意的，当初她就是因为受不了先生的霸道，不甘心做听话的小女人才离开他的。

男性的这种自大有时真让人无法忍受。

想起好友汪小姐和我聊天时经常喜欢谈起的话题：剩女问题。她的手里有好几个非常优秀的女孩，她们大多受过很好的教育，有很高的学历，相貌姣好，多数是白领，拥有体面的工作，还有一份养活自己绰绰有余的工资。她们素质高，有爱心，关心社会热点，也对时尚资讯了若指掌，但这些女孩子有一个共同的困境，都到了适婚的年龄却都没有找到属于自己的另一半。而我一位男性公务员小朋友，虽然早已经过了适婚年龄，却并不急着找对象，因为他还没有“玩够”。有时开玩笑说，要帮他介绍女朋友，好好管管他。他就会说：不急，等两年再说。在他眼里，根本不会为找对象发愁，他不仅有稳定的工作，长相英俊，家境优越，有房有车，更因为他即使过了三十五岁，也可以有上下十几岁的年龄段的女孩子可以选择。

现在的男人也不知道都怎么了，一个个都那么自我感觉良好。有一天看电视台一个访谈节目，其中一个六十五岁的老头儿，老伴儿去世多年，长得五短三粗的，但是很有钱，人也不错，看上去挺厚道，两个儿子和儿媳都鼓励他找个老伴儿。按理说，要按过去年代的标准，他找一个知冷知热、温柔体贴、长相稍好一点儿的老伴儿应当挺好的，年龄相差个十岁八岁的都行，但是让人大跌眼镜的是，他竟然非常执拗地想找一个四十岁以下、有学历、懂一门外语、长相漂亮、没有牵挂的年轻女性为伴侣，用他的话说，他要让老婆能拿得出手，因为他要在“面儿上混”，交往的都是政界有头有脸的人，而且还要带着老婆出国旅游，不会外语无法出行。他其实就是一地道的农民，据说在老家的村子里有一个工厂，虽然是乡镇企业，但并不影响他挣钱，他确实有“俩钱儿”，与他打交道的所谓“场面上”的人其实也就是科级以下的干部，找“拿得出手”的夫人不过是为了吃饭喝酒时可以显摆一下而已。

他的要求在我看来有些过分，但是随着采访的深入，我才知道，这老头儿并非新手，他曾经在北京电视台做过一档征婚节目，据说前来应征的最小的是二十五岁的大学生，而且四十岁以内的有文凭、会外语、长相好的美女也有过许多，有的还打听到他家，上门应征，而他竟然一个也没有看上。本次访谈节目，其实是他第二次在电视上征婚。天啊，就这一个糟老头子，穿刺眼的大红西服配白色旅游鞋，肚子鼓鼓的系不上扣，金黄色的手表格外晃眼，一身打扮真是土到掉渣，满口乡下土话，竟然还口口声声非要找有“品位”的人，要求还挺高，真不知他是不是喝了八十度的烧酒后上的节目。不过，连他这样的男人选择的余地都这么大，怎么不让优秀的女孩子们心意寒冷？

再说那位卡梅隆先生，虽然没有在奥斯卡上大出风头，但是这丝毫不影响他继续地享受生活，目前的婚姻已经维持了十年，但是夫人却是第五任了。这家伙虽然年龄在不断地增长，但是一生中却不停地换老婆，一个比一个年轻一个比一个漂亮，就连大名在外的凯瑟琳都没有放在眼里，更何况一部《阿凡达》如今让他的账户上一下子多了八千万美元，有多少美女见天儿地想做他的枕边人。眼下他的现任夫人据说以温柔和顺从著称，已经在他身边驻扎了十年之久，不过，随着账户余额的上升，她从此恐怕要开始过起提心吊胆的日子了。

也难怪，连乡下的老农有了几个钱都想找一个有“品位”的老婆，人家卡梅隆大导演想换老婆那就是小菜一碟，随心情的事。男人的优越感真是无处不在。也难怪，看看男人的口号吧：男人靠征服世界去征服女人。再听听女人的口号：女人靠征服男人去征服世界。看男人的心胸和目标，再看看女人的目标和心胸，女人不仅视野狭小连焦距都那么短，机会当然是少之又少了。无怪乎，男人会在不同年龄段的女人里上蹿下跳地选择，硬把女孩子们逼成了剩女。

如今的现实是，女孩子如果过了三十岁，选择的面会越来越窄，大多数男性都已经成家立业，而没有结婚又拿得出手的男性，要不是优秀的事业型，就是贪玩享受型，对女性挑肥拣瘦，剩女们根本不入这类人的法眼。虽然普遍认为，剩男们大多条件差点儿，他们也不会轻易入姑娘们的法眼，但他们少啊，物以稀为贵啊，久而久之，名花无主的优剩女就越来越多了，越来越沉不住气了，退而求其次的小悲剧时有发生。

剩女的出现究其原因非常复杂，大多数的剩女都非常优秀，而优秀往往是经年累月的刻苦和奋斗换来的，优秀需要的是寂寞是坚守是努力，而且剩女大多数是听话的乖乖女，当发现身边的男士一个个都已被“抢”，于是在挑挑拣拣中，一点点错过了择偶的黄金年华。

我在政府工作多年，身边的许多女孩子非常优秀，却有许多人都是单身，有好几个都已经放弃了找对象的打算，准备将单身进行到底，这里既有无奈，也有不甘。这些女孩子经济基础也不错，在物质和精神上也很独立。而她们在政府里接触的男性大多数都非常的优秀，他们要么有着美好的前途，要么位高权重，而女孩子们天天跟这些优秀的男性在一起工作，耳濡目染，挑选先生的目光就有了尺度和高度，一般人根本看不上。而身边的男性又多属事业型，他们寻找伴侣大多数喜欢娴雅温顺漂亮的女性，不希望再找事业型的女性。这些优秀的女孩子们也由于天天忙于事业或者学业，再加上接触的人也大多数是固定的圈子，比较狭窄，而她们对感情生活有着更理想化的期待，在爱情面前不愿意轻易妥协，所以，虽然已到适婚、晚婚、被催婚等年龄，但不愿意为了结婚而找一个对象。而现今困扰人的不仅仅是感情问题，还有房子、车子、位子等等摆在眼前的现实问题，不是“感情”二字就可以了结的。

我的一位同事的女儿才刚刚二十六七岁，而她这个当母亲的却急得不行，见天儿地让同事帮着找对象，良苦之心让人感动。她女儿有房有车，教育界白领，工作没有压力，身材高挑，长相甜美，家境也非常好，但执教的单位男性同事少，平时上班下班回家三点一线，没有什么交际，始终没有找到另一半。

汪小姐的宝贝女儿在美国西雅图读大学，我们经常在 QQ 上聊天，我除了关心她的学习生活、关注美国的一切外，还经常“三八”地问她有没有男朋友，发现她照片里出现男性同学，也会“三八”地问她是不是男朋友，还不停地打听有没有美国男孩子喜欢她，总之，我经常鼓动她遇到好男孩不要放过。其实她不过才刚十九岁，脸上还满是稚气，单纯得除了学习就是做美食，而我却先于她妈妈有了危机感，经常地鼓励她快找男朋友，告诉她有男朋友的N种好处，还教唆她毕业了也不要回来，要读研究生读博士博士后，当大学教授，做一个有学问的人，还要拿绿卡做美国人，将来我也可以去探亲什么的，也算是提前给我打前站。而她在她妈妈眼里永远是一个长不大的小屁孩儿，她妈妈一天到晚担心女儿将来会找一个什么样的男朋友，所以，我一和汪小姐说将来女儿出嫁什么的，她立即捂住耳朵，说一听到女儿出嫁就感觉头老大，一副痛不欲生的样子。呵呵，真是好笑。难道她女儿会永远不出嫁？真想当剩女？

有意思！

那天受人之托打电话给那位男性单身公务员朋友，想帮他介绍一个女孩，结果他正在练歌房里唱得正酣，电话根本听不清，还没有说完话就挂掉了，本来想等晚一些再给他打电话，但一想到他那个玩起来乐不思蜀的样子，就打消了念头。也许人家心里早有定数，也许追他的女孩子一大把也说不定，也许他根本还没长大。

谁知道呢。有时想想也颇为感慨，幸亏自己早生几年，不然长相平平姿色平平才气平平收入平平一切平平的我，不成剩女才怪呢。

没有爱情发生

你阻止不了自己走入花丛，更怨不得花的美丽和景致的跌宕，那些迷乱你眼的不是美丽的花朵和风景，恰是你的内心。

许多人骨子里都渴望一段艳遇，不管性格里有多少刻板的成分。奇怪的是，对艳遇的渴望多是在行进的过程中才会生出的念头。并不是受拍浪漫片导演的影响，我总是觉得浪漫的事情就应当发生在旅途中。比如机场等待起飞的那一段时光，因为太过按部就班，广播里的声音没有一点儿感情的色彩，空乘人员也面无表情，即使微笑也是模式化的和僵硬的，似乎真挚的笑容会引发不可收拾的情感，候机厅里的天花板高得离谱，摆明了要把人往渺小里逼，现代的建筑材料给人一种冷若冰霜的感觉，空气里永远都散发着离情别绪，如果恰好是一个人远行，孤独而惆怅感会格外强烈，那时，对目的地的渴望超越了飞行的时速，如果因故没有及时起飞，那么找个人聊聊是最强烈的冲动。

还有最可能发生艳遇的地方是火车上，不是吗，一切都是可利用的条件：嘈杂而晃动不停的车体，窘迫而逼仄的空间，陌生人相坐而对时的无可逃逸，身体间的那种无法躲避的密切接触，长时间的彼此不时碰撞的张望……时间久了，探寻的念头就生发出来，目光一点点温和，身体不再维持僵硬的姿势，彼此试探着靠近，凡此种种，所有的景象，似乎都为暧昧提供了迅速滋生繁殖的温床。即使装作冷若冰霜也维持不了多久，时间总会把人伪装的面具撕扯下来。

还有可能发生艳遇的地方或许会是不经意路过的一个城市，也许是在一家不起眼的小店，也许是咖啡馆里一段寂寥无事的时光，也许是一个人索然无味地在景点闲逛，或者是一段不期而至的重逢，一条并无特别意义的短信……人处于孤独的时候情感也容易脆弱。并不是生离死别才考量人情感的担当能力，有时候一件微不足道的小事，就会引发惊天动地的爱情。

说来有趣，许多感动人心的故事大多发生在行走中，这也符合人类历史迁徙挺进的规律，不然《两个人的车站》《卡萨布兰卡》无法成为经典。难以想象死水般的生活里会有什么激荡人心的情感发生，那些漫不经心的生活里，相遇的也是些漫不经心的人和事，如果你变了，一定是在特定的时候，发生了特别的事，这符合小说的定律：特定条件下特定的人和事。

说爱情是年轻人的专利肯定会被人拍砖，现在许多中老年人也成为“疯狂”寻爱的敏感人群。某晚报曾经登过一个故事，说两个小学同桌的男女在同学聚会上重逢，两个人都是沉默寡言的那种人，都过着平静如水的生活，同学聚会时，他们没有看似夸张的彼此拥抱，也没有借酒示爱的临时起意，两个人像小时候同桌上课时一样，默默地喝酒，默默地看着同学们嬉笑开心，但是让人大跌眼镜的是，聚会过去二十天后，两个人结婚了，他们分别离开了自己的另一半和不知所措的孩子们。听上去似乎有些不可思议，不过，细想想也没有什么不能理解的，其实人生就是一个找寻的过程，只是那个找寻的目光一直处于休眠的状态，像一条冬眠的蛇，一直处于假死的状态，一旦苏醒自然无法阻挡奔跑的脚步。

年轻人更容易为爱情而疯狂，2013 年 1 月 4 日，即 201314，意为爱你一生一世的好日子，那天早起排队登记结婚的年轻人总是成为新闻报道的热点。那天，在我们城市的一对青年男女早早地就到婚姻登记处排队登记，这对青年男女他们其实起初素不相识，他们都是提前来排队登记的，他们各自的另一半都还没有到。队伍很长，一男一女两个人边排队边聊天边等着自己的恋人，他们聊了三个多小时，等排到窗口时，才发现，两个人各自的另一半已经被他们遗忘好久了，面对各自愤怒的另一半，两个人一拍即合，干脆利落地登记了。三个多小时就决定了一生的爱，或许有人觉得草率，但是爱情就是在不经意间发生了，或许他们并不在意是不是一生一世的拥有。

你阻止不了自己走入花丛，更怨不得花的美丽和景致的跌宕，那些迷乱你眼的不是美丽的花朵和风景，恰是你的内心。

爱情是一件蛮不讲理的事情，大多在不相知不相熟的情况下发生，像突然燃起的大火，来不及扑救。新鲜感和陌生感有时更能吸引异性的探究，正如久处于庸常的日子，便会感觉日子索然无味一样，如果一切都熟稔有余，没有了激情的火星，就点燃不起爱情的大火。悲观的人会在意某些冰冷的数字，据说以人的生理细胞来看，爱情的保鲜度不过是三五年时间而已，所以就会有七年之痒十年之痛之说，或许很多人会相信这样的解释。还曾经听过一个朋友感慨，说两个人没有了爱情还要在一起生活是多么痛苦的事情啊。说这种话的人单身的居多，他们无法进入爱情归于平淡之后的平常生活，对爱情这种转瞬即逝的感情投入过多的期待。其实，也许归于平淡的爱情，庸常日子里的漫长时光，正是惊心动魄的爱情的最好归宿，生命中有过那种惊心动魄的爱情，爱之火焰已经在恰当的时光里绚烂过，开放过，余下的正是两个人慢慢用一生去品读回味的过程，那是漫长的活计，需要慢工细作才能打磨好的时光，如果恰好你遇到的爱情对象是个懂得和你一起珍惜品读的人，就会用这种爱把平常不过的水，精心地酿造成丰厚醇香回味无穷的酒。爱情一触即发，但要保持长久的爱情，就需要下功夫做好时时保鲜或者更进一步的防腐处理。有多少爱情是经得起岁月的打磨？那需要智慧和持久的耐心，还有恒久不变的爱。

那天，因为天气原因，我恰好被滞留在机场。没有办法，我们的城市吞咽了太多的废物，使大雾久久不散，我坐在机场大厅里，这给了我胡思乱想的空间和理由。本来随身带来了一本小说，这本书在家里断断续续一直在看，却一直没有看完，但却又非常想看完，想知道后面的结果，于是找一个角落，专心地看，这一看竟然看下去了。有些书开始看时很难进入，耐着性子看下去，却发现越来越好看。读书好比登山，要欣赏到好的景致，就要走过难走的路，爬过难爬的坡，一眼看到底的风景又有多少意韵？书终于看完了，故事的结尾出人意料，我仿佛从长时间行走的暗道里，突然看到了阳光，重重吐了口气，真正感觉到好书的意犹未尽。这时，冰冷的广播里有人通知，飞机还无法起飞，请大家去领盒饭。一想到盖着锡纸的温暾的盒饭就让人倒胃口，便到二楼候机区的别致咖啡屋，随便找一个角落坐下，点了一份拿铁，一份意大利面，再打开电脑，无线信号满满的，速度超级快，听广播预告飞机大约还要两个小时才能起飞，想在网上找一部电影来看，打开电影网，片子太多，而且大多没有看过。世界上竟然有这么多热爱电影的人在折腾，拍了这么多电影，而我竟然不知道，这真说不过去。片子太多，不知道看哪个好，这时一个声音在旁边说，看《幸福终点站》吧，汤姆·汉克斯主演，讲一个捷克人在纽约机场被困的故事，特别适合在机场等飞机时看。

我抬头，一个男人从桌旁走过，坐到了我的对面，戴着眼镜，目光温和，听他的口音是湖南人，和我的一个湖南同学口音一模一样。他似乎想做出轻松的样子，但脸上明摆着有些心事重重，看上去一点儿调侃和挑逗的痕迹都没有。我当然得道谢，继而开始搜索，但我还没有打开电影，意大利面和咖啡就来了，一切美好的愿望都是在温饱的基础上开始的。我挺不解，他为何选择坐在我对面，环顾四周，才发现，咖啡厅里已经坐满了人。我开始专心吃饭，不经意间抬头，见他也恰好在看我，两人相视一笑，空气里有了温暖的味道。

你是D城的吧。他看出了我的不解，他说在D城乘机的候机区看到我在专心地看书。

我说你怎么知道我一定是D城的。

他说一看就知道，D城的女孩都长得漂亮。

初时的恭维都是这样的，看似不露痕迹，其实处处用心。不过，看上去他又不像是会专门调侃女人的人。他不像是跑业务的，我猜想他是到D城开会，他告诉我，他参加D城的一个面向全国的副局级招聘考试，他已经进了一个职位的三甲，要赶着去面试。他向我打听考试的地点附近有没有好一点儿的宾馆，一是要好好复习考试，再是如果离考场近就不用打车了，走着去就行。

我向他推荐了一家宾馆。他掏出小本，很认真地记下了。

对“公开竞争”这个词怎么看？他突然不着边际地问我。

我把拿铁放下，脑子在飞快地旋转，对于“竞争”这个词，我是非常讨厌的，我的许多朋友也是这个词的受害者。我顺口而出：我怎么那么讨厌“竞争”这个词，发明这个词的人应当被杀掉。“竞争”两个字，无非是你干掉我，我再干掉你，活生生地把人与人推到了利益的悬崖边，人性的恶也随之极大地被开凿掘进。

他看着我，一时无法理解我的愤怒和激动。

这是一项改革。他轻声地说。

总有一天，所谓人事制度改革中竞争上岗什么的乱七八糟的规定，什么让人津津乐道的公开竞争这一拙劣办法会被取消，这实际上是给那些无能、不敢担当的领导暗箱操作的机会……而众多的参与者，为了多拉几个选票，同事间、上下级间、朋友间的关系变得微妙，大家互相猜忌、不信任、使坏……而且有多少真正的公正在里面?

广播里终于传来了通知乘客登机的声音，再一看落地玻璃窗外不知何时已经开始变得晴朗了……我们来不及深谈，拿起包，开始登机……

他说，你把电话号码给我，我考上了请你吃饭。

我把电话号码给了他。

回来后，我把《幸福终点站》看完了，真如他所说，那部电影适合在机场看的，因为看完了，我就有了想去机场再次飞行的冲动。

我还专门注意了那次竞争考试的消息，他真的考上了某单位的副局长，而考题中竟然有关于对竞争的理解，让我惊愕不已。

他说过考上了请我吃饭，但我的手机在出国的时候丢失了，虽然我知道他在哪里，但是我没有去找过他。只是后来听说，他工作了两年以后又调回湖南了。

没有几个人能听懂他的话。一次与朋友聚会时，听到一个熟悉他的朋友说，大家还一直拿他的话开玩笑。据说，他不远万里到北方城市做官，也是因为关系使然……

“从此王子和公主在一起过上了幸福的生活……”

这是属于童话里的爱情，而我，没有什么爱情故事发生，有的却是无端的担心，为一个几近陌生的人。

不过，据说，组织人事部门已经明确取消了所谓公平并风靡一时的公推遴选……

但愿我们的人性回归正常。

这似乎在说另外一个话题，与开头有些风马牛。

我为自己的跑题而汗颜……

相见不如怀念

相见不如怀念，就算你不了解；我那冷漠的眼，你为何视而不见；对你不是不眷恋，也许心情已改变；被你拥抱的感觉，开始像个冬天；我才发现你我已活在不同的世界；相见不如怀念，就算你不了解，我只能对你说声再见。

有一个故事，一个当了十几年火车司机的男人，常常会被一个特别的画面所感动，每次当他开着火车经过一个不知名的小山村里，就会看到在山村高高的山冈上，有一个美丽的女孩向他挥舞着红色的头巾，有时她还会边挥着红头巾边远远地跟着火车奔跑，这个画面让司机特别感动，也成为他寂寞旅程里期待的风景。多年以后，火车司机退休了，但他时常怀念起一条挥舞的红头巾，把红头巾的主人想象成美丽的女孩，眼前不时浮现出她美丽的样子。终于有一天，他想办法到了那个不知名的小山村，去找那个向他挥舞红头巾的女孩。但是让他失望不已的是，那个在山冈上的挥舞红头巾的漂亮女孩，其实是一个满脸沧桑的妇女，她天天对着飞驰而过的火车挥舞着红头巾，只不过是一种习惯而已，那摆动的红头巾其实是她深居大山深处的心情释放。火车司机真后悔去看红头巾的主人，也更后悔打破了留存在心底深处的那一份想象的美丽。

他一定满是遗憾，如果不能得到那份美丽，为什么要去打破这份美丽呢？

年后上班的第一天，打电话给好友江小姐，一是想请她一起吃吃饭聊聊天，再是想把我春节在台湾旅游时给她买的小礼物送给她，也想让她与我分享台湾之旅的快乐心情。但没有想到她已经提前约了人，而她相约的客人竟然是四个“老太太”。她匆匆地挂了电话，说是不能让老人家等她，她要提前去饭店。真有意思，她在正月里上班的第一天，与老太太一起吃饭、喝茶、聊天？

有意思。

知道我充满了疑惑，晚上她就打电话过来。原来，那几个老太太是她刚进入社会时在某区政府工作时的老同事，那时她刚参加工作，对什么事都是懵懂无知，这些老同事都在不同的时期给予过她真心的帮助，让她至今都满怀感激。如今，她也人模人样地升了官，但她时常会想起她们，也总是想看看她们。那天，在食堂吃饭时，她一下看到了其中一个老同事的女儿，现在老同事的女儿成了她不同部门的同事，她连忙打听那个老同事的情况，并从那个老同事那里知道了另外几个老同事的电话，年后，她一个个打电话，给她们约出来，还给她们买了礼物。

那天的饭吃到很晚，差点耽误了下午的会，那位女儿和她成为同事的老太太，还一个劲儿拜托她照顾一下自己的女儿。这让朋友愧疚不已，她说根本不需要说拜托这样的话，她想起自己刚参加工作时的情景，仿佛就在昨天，那些亲切的关照一直让她感激不尽。

末了她说，没见到她们之前，她们的样子还停留在十几二十几年前，而现在看到她们，一个个已经是白发苍苍了，再看看老同事的女儿，正如自己当年一样的年轻，让她心生无限的感慨。“没见到她们挺想她们，怀念不如相见；而见面能表达一下感恩，见面能看到自己的未来，见面能体会到她们对我真实的想法……但是见到她们又让我感叹岁月的无情，也有点儿相见不如怀念的感觉啊！”她说。

但是她还是非常珍惜这次见面，因为有了这次的见面，表达了她的心情：如果再过几年几位老同事中有的不在了，那种内疚是永远的。她也通过和她们见面，知道了当时她们对她的看法，比照了现在她对下属的看法。而且她感觉，现在的职位也得益于她们当年对她的培养和关爱。

她这样心境的人真是不多，让人感动。

前几年特别时兴搞同学聚会，要是同学中出几个有钱的老板或者做了官的人，他们就会主动张罗着搞这种聚会；有的同学聚会搞 AA 制，这种情况大多是同学们混得都差不多，没有什么太突出的人物。当然也有升了官也发了财的人，但也有人行事低调。总之，没有什么特别的原因，就是流行同学聚会，可能是怀旧的风气流行的缘故吧。但是参加了几次同学聚会后，我就再也不想参加了，因为许多当年在我心中美丽的女孩，如今已经让岁月揉搓得不成样子，有一些当年暗中喜欢的男孩子，俗气地腆起了啤酒肚，真是太让人失望了。还有那些当年傻呵呵的丫头竟然时尚得让人发呆，而有一些同学困顿地下了岗，有的同学还离了婚，有的同学去世了……有些美好，已经成为遥远的往事，有些美好，已经不堪回首……

人心似海，需要填满、充塞、补给的东西又太多。平凡的幸福又很难让人满足，经过风雨洗礼，经过贫穷和富贵的打磨，始终会刻下深深的印记，美好的面容自然无法保持，而年轻时的那份执着与真情，似乎更难坚守。

我想起那英唱的那首歌曲《相见不如怀念》：

相见不如怀念，

就算你不了解；
我那冷漠的眼，
你为何视而不见。
对你不是不眷恋，
也许心情已改变；
被你拥抱的感觉，
开始像个冬天；
我才发现你我已活在不同的世界……
相见不如怀念，
就算你不了解，
我只能对你说声再见。

我每周在“作家森林”里组织一次人气很旺的文学艺术讲座类节目——文学下午茶活动，举办活动的前后，都会在朋友圈里发微信，广而告之。一位全国知名的女老生曾经受邀请做下午茶的茶主，她精彩绝伦的讲座吸引了众多的戏迷前来，现场互动热烈，没有到现场的许多朋友，也通过我不断刷新的微信圈以饱眼福。有一位远在日本的文友通过微信，说他非常喜欢这位女老生，觉得她在中国女老生中长得最美，唱得最好。我说等哪天你回来，我们和她一起聊天。

算了吧，他说，相见不如怀念。

时下网恋已经平常，人与人的交往有了更多的渠道，宅男宅女有了相互联络的媒介，对于那些性格羞涩的男女，网上的联络会免除一些尴尬，有些认识了好多年的人，有的甚至成为相当要好的朋友，相互间可能还未曾谋面。如果只是做朋友还好说，如果是男女发展为恋爱关系，见面是迟早的事。有一对网恋了好长时间的男女，女的较胖，长得也不好看，但与男的交往了好长时间，彼此感觉也好，双方觉得感情已经很成熟了，于是相约见面，结果，女的相貌让男的大失所望，当即拜拜，才不管说过多少情话。

不是所有的见面都不如怀念，但很多时候，我们心底里留存着许多曾经的美丽，还有那些已经逝去的美好往事，让我们不想见面，只想怀念。

点亮心灯

施恩于人，必有那善的因子在体内流淌过，哪怕一瞬间也是有纯度的，微小和博大都无关紧要。

人的一生中总会遇到许多老师，而我对教育和启蒙我心智的老师总是怀抱着特殊的情感，在我看来，说老师是一生中最重要的恩人也不为过。当然，每个人生命中都会遇到几个恩人，而许多施恩于人的人并不要求回报，比如给我们生命的父母，彼此相互温暖的兄弟姐妹，人生舞台上引领我们行进的朋友至交等等，他们给予我们帮助时都是在无私不觉不加掩饰的状态下，是情感和心灵的自然流淌，让受恩的人在没有压力的感知下，体会着恩情的滋养。倘若他们都会惦记着你将来怎么样地回报他们，那他们给予你帮助时，也会带给受施人无形的压力，那样的成长注定会变形扭曲。

我读小学的时候，父亲不在了，搬家后，我从海运小学转学了，原来的班主任老师姓杨，就住在学校的旁边。我刚上学的时候，因为贪玩，回家后经常玩得忘记了写作业，所以经常完不成作业，她没有像别的老师那样，动不动就找家长，也没有当众批评我，而是连续好长时间，下课了她把我留下来，等我把作业做完了才放我回家，硬是把我懒散贪玩的毛病扳回来了，直到我能够自觉地完成作业了，她才不再放学留下我写作业。现在想想，她很喜欢我，我转学了，她有些不放心，告诉我如果想她了，就去找她，还告诉我，放学回家了一定要先写完作业再出去玩，对我百般的不舍。

新学校的班主任老师姓周，是个上海人，跟随到大连工学院（现在的大连理工大学）当老师的丈夫，一起调来我们这个城市。老师是典型的南方人的样子，长得瘦瘦的，单眼皮，小眼睛，模样很耐看，面相和善，说话慢声细语，一笑还有俩酒窝。记得我刚转学的时候是父亲刚去世不久，母亲是个被父亲宠惯了的人，平时都是衣来伸手饭来张口的人，在我最初的记忆里，除了会织毛衣好像不会做任何事，花钱也从不会计算着花，经常会把一个月的工资拿去买一件好看的衣服穿，所以父亲去世以后，母亲一下子垮掉了。她当时的状态很糟糕，无心管我，只一味地悲伤，自父亲去世后，她就病倒了，躺在床上几个月了，体重也掉了四十斤，只有姥姥陪着她。我呢，因为刚到一个新学校，暂时还没有要好的朋友，而放学了，一想到家里母亲病歪歪的样子，我也不愿意回家，我就经常一个人坐在教室里或者到操场上，等坐到天黑了才回家。为了在教室里多待一些时间，我还经常留下来值日。有一天，我在教室里趴在课桌上睡着了，听到有人轻轻地喊我，我一睁眼，是周老师，她问我为什么不回家，为什么一个人待在教室里？我不知道说什么好，好像心里装了太多的委屈，就哭了。周老师没有再问下去，那天，老师陪着我，走了半个多小时的路，她把我送回了家。

到家后，姥姥告诉躺在床上的母亲说，咱们美丽的老师来了，母亲勉强地坐了起来，看了看周老师，然后她又看了看我，她已经好久好久没有这样认真地看我了，还以为我闯祸了。她摸了摸我的头，我的眼泪一下子下来了，扑在母亲的怀里，呜呜地哭了起来……

那天，周老师陪着妈妈坐了好久，很晚了才回去。我拉着老师的手，送她走了好远好远，周老师说明天还会再来看妈妈的。果然，接着连续一个礼拜，周老师每天放学批完作业后，就和我一起回家。那些天，老师拉着我的手，我们边走边唠，我和她唠父亲，唠父亲给我买的好看的衣服，唠我喜欢的课文，等等。周老师也和我讲她的爸爸，老师的爸爸也不在了，她告诉我，每个人将来都会失去自己的爸爸，只是有的人会早一些，有一些人会晚一些，爸爸会知道我们想念他的，但是爸爸一定不会让我们太伤心，他希望我们不要太想他，要好好活着……

我们说着说着就到家了，而妈妈也不再总是躺在床上，心情也渐渐好多了，老师每天都来，妈妈就天天等着老师来，她甚至起床简单把自己打扮打扮，有一天还换了件好看的衣服……

一年后，周老师调到了别的学校，我就再也没有见到她。多年以后，我已经参加工作有些年头了，有一次，我在一家商店里看到了周老师，周老师头发已经花白了，但还是那么面善……我当时非常激动，跑过去，一把拉住周老师的手，我说，周老师你记不记得我？我报上大名，还讲了她陪着我回家的经历，不管我怎么提醒，周老师还是摇了摇头，她说，我教过太多的学生了，到过无数的学生家里走访过，真的记不起来了……

尽管她记不起来我，但我时常会想起她，想起她的小眼睛和善良的笑容。虽然那是很小时候的经历，但是周老师对我的影响真的很大，我经常会想起她，也经常会去帮助那些需要帮助的人，重视任何微小的感情，珍藏任何微小的感动。

我有一个住在外省的老师，曾经在我最困难的时候无私帮助我，多少年了，我一直感念他的恩情。老师的姐姐和我在一个城市，每次老师来了，我只要知道了，一定请老师和他的姐姐全家一起吃饭，或者想办法送些礼物等等，开始时老师还参加我组织的饭局，也不好意思拒绝我的礼物，后来，他再到我们这个城市时，就不再告诉我。有一次，老师又来了，没有通知我，我是无意中知道了，觉得老师有些不通情理。我找到老师的姐姐家，我觉得学生请老师吃饭很正常，而且老师当年是帮了我一个大忙。那天，在老师的一再坚持下，我们没有去饭店吃饭，而是一起喝茶聊天。

记得那天的阳光很好，我们坐在市中心的一个三十层的临海茶室里喝茶，我们随便聊着天。记得老师给我讲了一个故事：有一次，某地发洪水，整个村庄瞬间被淹没了，正在田地里劳作的兄弟三人一下子被冲进了洪水之中，他们眼看着要被洪水吞没了，就在这生死关头，从上游飞速下来一条小船，他们兄弟三个人奋力爬上了船，他们活了下来，是这条船救了他们。

他们三个人能活下来真是奇迹，他们三兄弟对这条船真是感恩戴德，从此，三兄弟把这条船奉为救命恩人。洪水过后，他们的村庄已经不见了，他们只能去外地谋生，但无论走到哪里，无论多艰难的路途，三兄弟都一起扛着这条船，久而久之，这条船像沉重的负担压迫着他们，也影响着他们，使他们无心做任何事情，他们多少次想丢掉这条船，但是一想到这条船曾经救过他们的命，他们就不舍得丢下，就这样，他们一生扛着这条救命的船，四处奔波，直到他们老死，什么事也没有做成。

老师的意思我明白，他当初的行为不是想要回报，自然也不会在意是否有人会记得。如果老师的帮助成了负担，那帮助又有什么意义呢？老师的话让我顿悟，也为自己的庸俗脸红。是啊，很少听说哪个老师抱怨说哪个学生忘恩负义不知回报，除非行为不端的庸俗之人。他们教给学生知识的时候，只想把所知道的全部知识毫无保留地贡献出来，他们帮助学生时，也是希望学生将来有出息回报社会而不是回报老师，无论何时，如果需要，老师对学生仍然都会无私地帮助。

我想起一句话，施恩于人，莫记于心。这是好心人的自律，而受恩的人当然不可忘记。一个人在遇到困难时有人相助拉上一把，可能就会渡过难关，而那些手拉你一把的时候，是希望你在战胜困难以后，重新鼓足勇气，走出更好的一片天地，有更好的人生。

善和爱一样，是一盏灯，一旦点燃，必将会照亮一生。

资料显示，一只老鼠的寿命短则只有一年时间，短暂的一生不仅要躲避猫这个最大的天敌，还要跟无法躲避的人、无所不能的蛇、置其于死地的捕鼠器和毒鼠药等进行周旋，过的是时时提心吊胆的日子，避免飞来横祸。在这短短的一年时间里，老鼠总是处于惊恐的状态之中，同时要寻食生存、建造房屋、结婚生子，躲避不可避免的自然灾害，匆忙局促地过完无比灰暗的一生。

与之相比，人不知道要幸运多少倍，因为有了漫长的时间可以规划，可以有浪漫的生活，可以寻找自己的幸福，可以做任何想做的事。但再长的时光，也有走到尽头的时候，如果浪费了这时光，做些无谓的事，又怎么对得起这份光阴？人应当某种意义上向老鼠学习，只争朝夕，充实而丰盈。带着感恩的心，铭记真情，放开手脚，去努力实现心中的目标，这才是你对施恩于你的人最好的报答。

这样说不是要忘记恩情，而是让恩情放射出更健康阳光的能量，惠及更多的心灵。有时候，接受与传递同样重要，传递出爱，让心中的那盏灯闪耀，照亮那些困惑的心。

当然，不是每一个施恩于人的人都是那么纯粹和干净的，甚至有的施恩于人的人，让人有种负罪感，也许是出于某种自己不宜告人的目的也不得而知，外表看似施恩，其实另有缘由。两种可能，有一种施恩附加了某种条件，有的不明示，却暗藏沉重，这就是许多人宁肯吃苦明知道有人可以帮他也不会去张口的原因。那些做了施恩于人的事又计较你是否回报的人，当初的用意也一定不是纯粹的，许多人做了施恩于人的事没有得到应当得到的东西，就会后悔曾经的行为，这种施恩染了杂质。这样的有条件的施恩莫不如说就是有条件的索取，其实是另有企图，又有何理由怨别人的忘情？

当然，在我心里，无论施恩者怀有什么样的心境，施恩之人是永远都值得敬重。我认为，施恩于人，必有那善的因子在体内流淌过，哪怕一瞬间也是有纯度的，微小和博大都无关紧要。

有一个关于放下的故事：一老一少两个和尚在河边遇一年轻女子过河，老和尚把女子背过河，小和尚却耿耿于怀，指责老和尚不应当近女色，老和尚说："我已经放下了，而你为什么还放不下呢？"

施恩于人，不记于心，处之泰然，是一种放下；受恩于人，铭记于心，不为所缚，勇往直前，是另一种放下。

去年"五一"期间，与先生一起自驾车到五台山旅游，一路上听着某位著名歌星的歌，想到她如今到五台山出家已经有十几个年头了。她现在唱的大多是梵歌，歌声比她从前的歌不知道要美妙多少倍……

听着她高亢又美妙的歌声，我问先生：你说她是不是真的想开了呢？不然她不会出家的。

先生叹道：如果她真的想开了，她还用得着出家吗？她的出家，恰是她想不开……

嗯？好有哲理！

其实，这种放下与放不下，是另外一个话题。

时间的针脚

一个人对生命的认知需要时间经历的反复打磨，所有的经历都是不可复制的财富，拥有它就会拥有不同的人生。

时光终究会用细密的针脚，将我们曾经的过往，细细地缝进我们的记忆里，悄悄地偷走我们永不再回归的光阴。

鲁院进修的那些日子，大家最喜欢串门聊天，来自全国各地的作家们总是有事无事地聚在一起神侃，不同地域的文化气息和风土人情，在彼此不设防的交流碰撞中，形成畅通的气流，看似随意的谈天说地，不知道给多少聪明写手平添了妙不可言的灵感。

临近毕业的某一天，住在隔壁的曹谁和一大帮人出去喝酒，回来时已近夜半，他酒兴未息，留在走廊里与人聊天，声音很大。

曹谁属于正宗夜猫子型，经常半夜里听到他放音乐，喜欢的还多是摇滚或者“青藏高原”之类的辽远壮阔的歌曲，让我这个住在隔壁的邻居，时常在音乐声中入梦和惊醒。那天，我因为要帮一个朋友四十万字的小说写书评，白天躲在房里看了一整天的书，正看得头晕，毫无睡意，于是，循着声音走出来，加入他们，一起聊天。聊着聊着，只剩下我和曹谁两个人，而我们此时聊得越发的精神，于是，我们回到508和509室——我们两个人房间外面的走廊上，倚靠在走廊栏杆上，对着文学院空旷而幽深的天井和寂静的走廊——

继续聊天！

曹操是谁？这是曹谁名字的由来？最初以为是，后来听了他的解释才知道缘由："曹"是具有东方传统文化色彩的姓，而"谁"字是取自西方文化，按曹谁的解释，西方文化的精髓是追问。不管曹操是谁，这个鲁院学员中年龄最小的曹谁，让我永远记住了，并且非常欣赏他的才华和诗情。作为80后代表作家之一，曹谁已经是中国当代著名诗人、青年作家和青年评论家，大诗主义发起人，《大诗刊》主编，2010中国十佳年度青年诗人。这个主张大诗主义的充满才华的年轻诗人，虽然与我非同时代人，生活工作在不同环境背景中，但是我们竟然有一个共同的感受，就是我们同时都非常喜欢北京，都说北京真好！

我在北京待了小半年，没有走过多少地方，好像天天都在文学院里待着，上课、写作、看书、发呆、聊天、睡觉，却无时无刻不感觉到北京的气息，这些气息在包围着我，影响着我。而曹谁呢，他说，他喜欢北京甚于喜欢老家，他喜欢漫无目的走在北京街头，喜欢北京熙攘热闹的人流，喜欢北京的大气和从容，喜欢北京车水马龙的街道和高耸入云的建筑。

看来，虽然住在北京时间不长，但北京真的影响到了我们。

鲁院四个月时光转瞬即逝，离开北京的日子就在眼前，我竟然有些恋恋不舍。曾经因为学习工作进修等等，到一些国家和城市居住和生活过，长则三五年，短则十天半个月，没有哪个城市像北京这样让我喜爱。我并不是不热爱自己出生成长和工作的城市，但是说心里话，我真是又爱上北京了。像同时爱上了两个男人的女子，内心纠结，感情无法割裂。

离开北京的日子越来越近，我竟然伤感起来，竟然梦想着要调来北京工作，一旦动了这样的念头，思想就会不切实际地飞翔。我对曹谁说，如果将来有机会我一定要到北京工作。搞不懂我还有没有将来，更搞不懂我将来到北京要做一份什么样的工作，过怎样的生活，但是莫名地有了那种想来北京参与其中的冲动。

而曹谁呢，他更有意思，他的话让我找到了立马在北京工作的理由，他说，他一开始看到我以为我是北京人，他感觉我本来就应当是一个北京人，他说我外表看上去像北京人。他说有一天开学员作品研讨会，请来的一位客人看到我走进教室的时候，那位客人问曹谁，这个女生是不是北京的？

真的？连北京人都把我当成北京人了？北京人是我这样的吗？我哪里像北京人？北京人应当是什么样的感觉？

不知道，感觉你就是一个北京人，我开始也把你当成北京人。这话听着绝对不是假话。

我笑，看来我找到了当北京人的理由。

不过，说心里话，我真的想把自己变成北京人。

而曹谁呢，他喜欢北京的理由也不是一下子就能说清楚的，他生活和工作在青海，一个在高原上奔跑的年轻人，竟然喜欢北京？他说，他喜欢北京的大气，北京的机会，北京人的眼界，北京的人文气息还有北京对称的感觉。出生在山西的曹谁小时候是在四合院里长大的，他感觉，北京城就是一个大大的四合院。

我来自大连，曹谁来自青海，南辕北辙，如果不是同时走进鲁院，我和曹谁，我们也许永远不会相识。

所有的相识都充满缘由，而我们相识的这份机缘是因为文学。曹谁曾经在西藏和新疆等地游历过，他是文学院最年轻的学员，这个最小的诗人作家，却是文学院最勤奋的人，到鲁院后，他坚持每天都记日记，我看到他博客更新也是“鲁十四”学员中最快的。那天徐坤老师来文学院讲课，还问哪位是曹谁，她因为经常看“鲁十四”的博客，觉得这个叫曹谁的学员真是太勤奋了，感觉他的博客总是在不停地更新。你不睡觉吗？徐坤老师问他。他憨厚地笑笑。1999年才开始写诗的曹谁，已经出版长篇小说、诗集、散文集十余部，真是勤奋的作家。

而我，说来很惭愧，刚开始来到鲁院时，我每天必记日记，等写到鲁院日记之二十七时，不知什么原因竟然中断了，中断了之后，只是偶尔写写，不再严格地要求自己天天写。文学需要勤奋，而我的懒惰简直不可救药。

不知怎么我们又聊起了少数民族班，我说我要是能到少数民族班就好了，我一个汉族，面对五十多个少数民族，一下子和各个民族都交上了朋友，多带劲！我说我的目标是在每个民族交一个男朋友，他被我的想法逗得大笑，问我已经交了几个民族。我想了想，已经交了蒙古族、土家族、苗族、壮族、满族、维吾尔族、哈萨克族，还有汉族的……哈哈哈，我们同时开心地笑起来，因为是在夜晚的走廊，才笑得有所节制。

年轻时人人仿佛都有一份写诗做一个诗人的豪情，那天，聊起诗歌，一下子想起自己年轻时也写过诗，处女作是一首长诗，发表在《诗刊》上，那是90年代初，当时拿着《诗刊》激动了好久。写诗真是年轻人的事，再让我写诗，我没有了那份激情，我对曹谁说你要把握年轻时的激情和才华，因为年轻过去了就永不再来。

什么都可以留住，只有岁月是留不住的。

我喜欢与80后交流，做朋友，想了解他们的想法和内心。而在我看来，80后大都是理想主义者，在他们身上仿佛能找到我们上一代人奋斗的激情和印记。曹谁是文学院最小的学员，刚来文学院的时候，几乎是在他发第一份博客的时候，我就把他加为好友，而今，在文学院已经四个月了，五十多个学员中，我竟然只加了他一个好友。他的诗我非常欣赏，也想让年轻人的感觉感染我，影响我。而作为大诗主义的践行者，曹谁不是在创作，而是在奋力地掘进。

年轻是财富，是宝藏。年轻可以实现很多理想，年轻可以享受一切。

年轻真好！

其实，80后一代，他们担当的心态越来越明显，有思想，有才华，有责任感，有理想，而且懂得把握和积极地践行，这是曹谁给我的印象，也是许多80后给我的印象。那天，我看到他博客里关于大诗主义的文章，有些惊异。他的诗充满才华，文章也写得相当的好，有点儿鲁迅先生的犀利和锋芒，又有诗人的激情和韧性。

他来自青海，而我喜欢青海。我心目中的青海苍凉，辽阔，大气，旷远。

我们又聊了许多，天南地北，后来我们又同时想起什么，互相问，今天是几号？

十二月十七日。

一个普通得不能再普通的日子，可我们同时都记下了这个日子。这样的日子是因为我们都怀着一份对文学的挚爱和理想而发生，才使一个普通的日子变得有意义，让人想记住。这样的日子也因为我们都对未来有一份不错的期许而成为记忆中最重要的一天。

十年以后，但愿我们能记起这个日子。

十年以后，我们会是什么样子？肯定不再年轻，肯定对今天充满了回忆。但是十年以后，会干什么真的无法预知。

无论十年以后，我们在干什么，但是十年里，我们肯定会做许多事，平常的，惊人的，可能都会去做。

我说十年以后，但愿能在北京见到你。

他说十年以后，希望能和你在北京做邻居。

哈哈，多好的想法。

我私下里想，我还有奔波的动力吗？我怀疑自己是否还有奔波的激情和迁徙的勇气。

你有你的大诗主义和文学理想，而我是享乐主义的践行者，梦想是不劳而获，享受生活，这样的人生梦想注定没有奋斗的动力。

不过，十年以后？我期待！十年以后，我和曹谁，我们还会有共同的话题。

我们相约，十年以后的这一天，我们见面、通话或者写信，互相问候，互相告知那时各自都在做什么。

十年以前，我们做过的现在都成为回忆，十年以后的事情，我们都是十年十年十年这样走过来的。

也许人生就是因为这样的迷茫和不明确，才充满了神奇和魅惑。

那天我们聊到很晚，可能是未来的十年给了我点儿压力，一向不肯熬夜的我，当晚竟然写作到了凌晨，有种战胜自己的感觉，感觉自己一下子成了意志坚强的人。

离开电脑，已近天明，我狠狠地伸了伸懒腰，打开窗帘，鲁院的窗外静悄悄，夜晚不似想象的那么暗淡，竟然有了少有的黑夜里的明亮，风纠结起来，密谋好了似的带着得意，一团团从窗外逃过，一如我永远不再的过往，时间就在这样一个又一个夜晚渐渐地消逝，而我在鲁院已经度过了四个月的时光。

一个人对生命的认知需要时间经历的反复打磨，所有的经历都是不可复制的财富，拥有它就会拥有不同的人生。

时光终究会用细密的针脚，将我们曾经的过往，细细地缝进我们的记忆里，悄悄地偷走我们永不再回归的光阴。

毒药广场

时间是一个不露痕迹、不动声色的坏家伙。多少美好的回忆被时间消磨殆尽，多少衷情的诉说被时间遗忘，多少海誓山盟被时间侵蚀，多少心中的憧憬被时间埋葬。

熟悉的女播音员戴了假发，不管她的理由有多么冠冕堂皇，都无法掩饰岁月的无情。发际线上的乌黑看上去有些唐突，像注了胶做了假的额头，总是无法与松垮的脖颈对话，执拗得不近情理。

年轻与否必定与心态有关，面孔上的风云一定与善恶为伴，不是动了刀拉了皮去了骨刮了肉就可以改变，没有善良做基因的面孔，即使再锋利的刀斧，也砍凿不出年轻平和的脸孔，上了年岁，善良和祥和才是年轻的根由。一个天天愁容满面、刻薄无常、心怀妒忌的人，怎么拾掇也年轻不到哪里去。

保持年轻，必是善和爱的心态才会达到的境界。

而衰老，与时间这个毒药，必定脱不了干系。

时下似乎什么都不够用，不仅仅是钱，更重要的是时间。时间总是匆匆而过，时间总是少之又少，时间总是不肯通融，时间总是义无反顾。

在时间面前，似乎阅读也成了奢侈的事。

某家出版社曾经在网上搞了个“死活读不下去排行榜”，在对近三千名读者的意见进行统计之后，得出了一个令人瞠目结舌的结论：《红楼梦》高居该榜榜首，是读者们吐槽最多的“读不下去”的书。不仅如此，在这份榜单前十名中，中国古典四大名著尽数在列。

我相信这个排行榜结果是真实的，但调查的对象和代表的层面却有一定的局限性。如果这个调查在20世纪80年代，其结果可能正好相反。即使现在的美国，我想也不一定会有人喜欢读康拉德、塞林格，甚至是畅销书大王史蒂芬·金所写的大部头作品。

喜欢读名著的大多是70年代以前出生的人，虽然排行榜中的书是不同时代和不同国界公认的名著，但毫无疑问，名著的盛行和大量地被阅读与认知是在文学爆炸的80年代前后，可能是国人长期对书籍阅读的贫乏造成了读者对文字的阅读的那种饥渴吧，那时没有什么文化娱乐活动，可读的书也很少，读书成为认知世界的一种途径。而现在喜欢阅读名著的人，除了少部分人是纯粹的热爱以外，阅读最多的或许是专业从事文学和文字工作的人。

毫无疑问，这些名著是经过时代洗礼和大浪淘沙积淀下来的文学瑰宝，读者读不下去并不仅仅是冗长和难读这么简单，读名著需要耐着性子，更需要大把的时间，而现代人缺少的正是时间，在竞争日渐激烈的当下，让一个为生活和学业奔波的人拿出大把的时间去沉浸在名著中，恐怕不太现实。不可否认，读书时代的消退正暗合了现代人的浮躁心理，而读者的阅读方式和需要也呈现了多元化。如今是电子时代，阅读方式已经发生变化，互联网的方便快捷、手机的快速阅读、微信的短而精的文字，让那些厚厚的名著乏人问津也很正常，传媒的力量正在消解读书对人们的吸引力，市场上热销的书不再是文学而是励志等快餐式的书，连读史都掺杂了现代气息。

如今已经是读图时代，一本书，如果没有图片的支撑，可能很难吸引读者。作家和出版人应当正视这样的现实，找到适合现代人阅读和接受的方式，让更多的人喜欢名著。作为一个作家，我还是呼吁更多人多阅读，尤其是名著，如果不去阅读，很难体味书中的那些婉转曲折、精致细腻、扣人心弦而又回味无穷的文学世界带给你的愉悦和欢畅，这正是文学的魅力所在。

不读书，与爱好关联不大，与时间一定有关。

年轻与否，看上去也与时间有关，事实也的确如此，无论采取什么办法，什么都可以留下，爱恨情仇等等，在时间面前，都不算什么，只有时间不可以留下。很久以来，人们对时间的描绘过于美好，都满怀赞美之情，其辞藻也极尽讨好，比如说时间是公正的，时间是良药，时间能证明一切，时间能让人忘记忧伤；不幸可以用时间去化解，困扰可以用时间去排除，时间能融化坚冰，时间能改变一切……殊不知，时间是多么无情啊。在我看来，时间是恶魔，时间是毒药，时间能毒死很多东西，美好的和丑恶的。每个人都不可躲避地在时间的毒药广场里挣扎。

时间其实非常的无耻，打着公正和平等的旗号，剥夺了多少人的幸福与欢畅。

时间面前似乎人人平等，人人都拥有一样的时间，但时间忽略了人的本质的差别，给予不同的人以同样的东西。

时间被利用了，所谓人人遵守的标准：多少时间内必须完成某件事，股市到点必须停盘，才不管你正牛到何种程度，时间这时多么冷酷；你正在打扑克，时间到了，要上班了下班了回家了吃饭了等等，时间是催命鬼；你正在往机场赶，时间到了，飞机起飞了，时间变得蛮不讲理……

时间会剥夺希望，消磨美好。

时间让你生，你就生；时间让你死，你就得死。时间无情，脆弱了你的生命和成长；时间有情，只会让你觉得幸福和快乐的短暂。

时间是魔鬼，不能重复，不能再生，不可储存，不能随心所欲。

时间又是吝啬的，丢掉了再也回不来，不能后悔，不许犯错，只能让人们在懊恼中悔过，不可挽回。

时间是压力，多少人在时间的重压下，不得安生；多少人在想假如一切可以重来，但冷酷的时间不答应。

时间是一个不露痕迹、不动声色的坏家伙。多少美好的回忆被时间消磨殆尽，多少衷情的诉说被时间遗忘，多少海誓山盟被时间侵蚀，多少心中的憧憬被时间埋葬。

时间是魔鬼，在我看来，与其珍惜时间，不如浪费时间，消耗时间，放怀时间，纵情时间，享受时间，糟蹋时间，蹂躏时间，打击时间，利用时间，打倒时间，把时间踩在脚下，让时间听命于你……

时间算个什么东西！

忘却时间吧！不要在意时间！

一切美好和一切苦难都与时间有关，再痛的伤和再幸福的甜，都会被时间磨灭掉。

不必挣扎，没有谁能对抗得了时间。

时间，像毒药一样地无所不能……

天意难违

岁月走过的痕迹并不一定会让你看得清，但却在一点点消磨你的光阴，等你发现时，早已夺去了你所有的时光……

晚上和好友阿岩网聊，到很晚才睡，把第二天早晨陪两个姐姐出远门的事忘记得一干二净。

时下我们这个城市的地铁建设正酣，其实，早在90年代中期，我们城市就有了地铁办。当时在地铁办工作的阿岩，后来做了我的同事，我们也是铁杆的好姐妹，阿岩人长得漂亮，有气质。90年代中期，我们的城市要建地铁时，当时，北京一家地铁设计院的工程技术人员来做勘探设计，阿岩负责做配合工作，设计院里有一个白净秀气的小伙子被阿岩迷住了，两个人把时空和距离抛在了脑后，谈起了恋爱。结果，当时我们城市的地铁没有建成，却成就了一段姻缘：经过了漫长的恋爱，阿岩嫁到了北京。

一晃阿岩嫁到北京十年了，儿子也上小学了。平日里我们都是在网上见面，北京这边发生了什么事，我也能第一时间知道，比见面还快。网络世界真是充满神奇的魔力，虽然远在天涯，却又近在咫尺。

有一年我到北京进修，想着要和阿岩见面，想到阿岩同样白净漂亮的儿子，我就提前到远洋商店给他买了海鲜小食品大礼盒，里面烤鱼片、鱿鱼丝等海鲜小吃应有尽有。那时我进修的学校还在八里庄没有搬到新址，她大老远地跑过来看我。我们拿出大连姑娘的豪气，直接到东坡饭店喝上了。只是依然漂亮的阿岩让我心痛。那段时间她的心情特别的糟糕，夏天时，宝贝儿子不小心让开水烫了，平日里让她最为骄傲的就是儿子细腻而白皙的皮肤，现在完了，儿子身上结上了疤痕，好在是后背和胳膊上，要是在脸上……真的不敢想，难怪她痛不欲生。不过，更让她闹心的事还在后面，儿子无缘无故患上了近视眼，而且非常的严重，查遍家里至亲，并没有一个有近视眼病史，不可能遗传，可究竟是怎么得的近视眼让她全家人不解，眼睁睁地看着双眼皮大眼睛的儿子要戴上厚厚的眼镜，那双曾经有神的大眼睛也是她最为得意的，现在，才一年级的儿子从此将终生与眼镜为伴。

好几天没有看到她上线，昨天晚上一上线忙问她最近怎么样了，她说，前几天去北京的一家寺院为儿子许愿请安了，希望佛祖保佑儿子平安。

我说你现在是不是特别闹心，心情不好，是不是非常憔悴，要好好休息，多多保重。虽是安慰，但心里也替她担心，想起她过去总是笑眯眯的样子，不知道她现在怎么样，就和她聊起了过去的一些有趣的事，想让她分一下心，不至于老是停留在那些不开心的事上。还想让她发张照片给我看，她却发给了我一些她儿子的照片，她儿子和她长得十分相像，大脑门，大眼睛，皮肤白净。而她不肯把自己的照片发给我，说怕我失望，“因为我现在太老了，我自己都不敢看自己了。”怎么会呢，我说你面相本来就少相，怎么会老呢？她说，不是面相的问题，是岁月的问题。经历过太多的痛苦，你就会不由自主地老掉的。

“人是一事一事变老的，不是一点一点变老的。”她郑重地说。

人是一事一事变老的，不是一点一点变老的。这话让人听了感叹，也让人悲凉。无怪乎有人说，使人成熟的是经历而非岁月。经历，尤其是那些痛苦的经历，使人的生命增长了厚度，也使人的生命消磨了快乐。一个快乐的女孩，当她的生命里开始有了岁月的痕迹，她的心态也会改变的，一点点成熟，一点点变老，一点点退化。岁月走过的痕迹并不一定会让你看得清，而却在一点点消磨你的光阴，等你发现时，早已夺去了你所有的时光……

前几天我到省城开会，看到我大学时的院长，他握着我的手好久好久不肯放下，一别二十年了，听起来只是个数字而已，而二十年后重逢，却仿佛告别的日子就在昨天。那时候院长不过中年而已，现在院长已经有孙子了，时光飞逝，岁月无痕，怎能不感叹时光的残酷？虽然老院长看上去没有太大的变化，院长也说我没怎么变，但是其实我们心里都明白，我们都变了，变大气了，变开阔了，变老了，变松散了，变大意了，变无所谓了……都是岁月的缘故，因为，时光已经销蚀掉了我们曾经的朝气，向上的动力已经开始消退，看淡了云烟，泯灭了斗志，因为年轻已经是久远久远的往事了。

阿岩虽然经常会偷偷地为儿子身上的烫伤流泪，但是追求完美的阿岩已经开始正视现实了，儿子放假的时候，阿岩开始领着儿子四处求医，争取治好儿子的眼疾，实在不行，阿岩决定给儿子配一副眼镜。想来，她的儿子戴上眼镜一定也是非常的漂亮斯文。

一切都是天意，她说。

晚上在和阿岩聊过天后，便无法入睡，感觉好容易刚刚睡着，闹钟就响起来了，一看表，才五点，打开窗帘，天地一片黑暗，南面山影不甚清晰，毕竟还太早，天还未亮。来到大厅，北面的海港，夜的霓虹被水雾弥漫着，路边一个个灯盏被雾气环抱着，像戴了金色面纱待嫁的新娘，羞涩地静静地等待着新郎的手，打开那一脸的美艳……

看样子雾气也和我一样，正在醒来，一点点地伸展腰肢，用不了多久，大雾会将天地遮掩，让一切都暂时的美好……

不知道高速开通没有，听说昨天下午已经封闭了，脑子里翻腾出一串数字，手指敏捷地拨出去，一长串的语音留言信息，都是过去几天的消息，信息时代的高速公路竟然在播放过期的信息。

按部就班吧，因为一个承诺，不重，但毕竟是承诺，是承诺就要履行。

两个姐姐几周前相约，找个时间陪她俩一起到一个地方，去买她俩喜欢许久的皮草。这地方我去过多次，但姐姐们一次也没有去过，当时并没有喝酒，也许是她俩善意的赞誉填满了我的脑壳，竟然答应她俩哪天去都行，偏偏她们选了周一。

周一？成心跟我作对吗？除了服从，不好拒绝，她们可是等了好久，策划了好久，口袋里也装了大把的钱，只等着届时和我一起去挥霍一番。然而，我上周参加市里的女界代表大会，好几天没有回到办公室。不是多么想念那里，而是有太多杂七杂八非办不可的算不上大事也绝不是小事的一应事宜纠缠在那里，等着我一一解决。

早晨的水格外的烫，洗澡时被热气腾腾的雾气围绕着，困倦和慵懒越发的强烈，无奈时间紧张，舒适的感觉哪容品读，像偷情的男人听到了情敌皮鞋迫近的踢踏声，再美的床第之欢也只好暂且丢弃，时间像兵临城下的大军，任谁也阻挡不了地挺进……

匆匆地梳妆打扮，施了粉黛的面孔在灯光下格外妖曼，似乎忘记了外面是天寒地冻的冬天，为了显现虚荣的瘦，强迫自己穿着单薄，打起精神，闪亮登场。

姐姐们果然不在意大雾，早早地等在街角，似乎什么狂风暴雨也无法阻止她们准备了好久的狂欢。硬着头皮往高速去，一路上好几起事故。雾气太过任性，像雨一样打湿了路面，好几起事故，都是这湿气太重的地面所害，离高速还有一里多地，远远地就看着排着长队的车灯，清一色的橘红映照着微亮的天空。不等犹豫，姐姐们就说，走国道走国道高速封闭走国道……像两只刚刚饱食的喜鹊，跳跃着，欢闹着……

国道上车满为患，不知不觉过去了一个多小时，又过去了一个小时，天早已大亮，但就是不肯撕下面具，雾霾越来越重，再看看长长的队伍，还是望不到尽头。还好，路两旁的树上银白色的一片，挂着晶莹的树挂，第一次看到这么大片大片美丽的雾凇，车慢慢地行进，边行进，边拍摄，新买的苹果6派上了用场，再美丽的景致也无处遁形，一路拍下去，一路慢行着，雾小的地段速度快一点儿，雾浓重的路段，就开着车散步，迎面而来的汽车上的人，咧着嘴，嬉笑着，仿佛儿时住平房时的邻家哥哥，厚着脸皮地冲着你笑，伸手就可以触到对方……

一路上姐姐们既担心，又不甘，我心里几次想放弃这次她们蓄谋已久的旅行，但看姐姐们的脸上没有丝毫退缩的表情。但是大雾依旧执着，到了普兰店时，再也走不动了，见路边一个茶室，几个人一商量，进去喝茶，打牌，一局牌下来，已是晌午时分，太阳开始露脸，但是今天的行程已经无法完成，此时上高速，快马加鞭地赶路，也只能在傍晚时分到达，那时，姐姐们喜欢的皮草已经开始酣睡，像松了装的嫔妃，早没了期待临幸的念头。

于是，再一次打道回府。

想起早晨出发时还在心里想着，要偷偷地给岩岩、岭岭、珠珠、困困、波波、辉辉等一众好友们买皮手套皮拖鞋皮这个皮那个的，想着到时候给她们个惊喜……

上一次是临出发时，突然大早晨地下起了雪，高速封闭。这一次雪没有了，雾却执拗……

我说，这已经是你俩第二次半路折返了，看来你们与那里无缘啊！

天意难违！姐姐说。

不过是出游而已，怎么也不能算作天意难违。

我想起了阿岩。谁又知道下一步会发生什么？

也许真是天意难违！

我说。

有故事的人如我

想起早晨在酒店里，我特意穿上从家里带来的红内衣和红袜子，又想起出发那天早晨做的那个关于狼被困于笼中的梦，我多像那头困在屋子里的小狼，四处寻找着逃跑的路……

早晨被闹钟叫醒的时候，我正纠结于梦境之中：一条浑身金毛闪闪的小狼崽子，正困在我的屋子里，它先是瞪着闪亮而惶恐的眼睛看着我，继而又在屋子里四处乱窜，找不到逃走的出路……这时醒来，想想梦里的情节，不由得想到了一个词“引狼入室”。先生调侃，你这哪是引狼入室，分明是已经把狼带到家里来了。真是的，解不开这梦境的究竟，下意识地打开窗帘，却发现外面什么也看不见，往日小区里温馨的街灯不见踪影，正纳闷儿，忽然察觉到，原来是天地间被大雾包围了。

怎么回事？今天明明要跑长途的，这大雾茫茫的天地……

六点半从家里准时出发，能见度不足十米，七点钟准时到达集合地点，不敢迟到，下午要赶到沈阳参加面签会，明天上午要到美国使馆见签证官，即使大雾也不能耽搁。

车载收音机里告知，大雾造成沈海、丹大、土羊等高速路全线封闭。真是奇怪，天天都天气晴朗，偏偏要去沈阳的这天大雾弥漫，不会又要跟我闹别扭吧，想起了藏于暗处的那只无形的推手，那只推手此时藏在哪里呢?

硬着头皮往沈海高速方向去，在路上心里默念：阿弥陀佛，一切顺利！结果到了高速入口处，见一路绿灯，也没有收音机里广播的长长的车队，再看天空，也开始放晴，甚至看到了太阳正一点点露出笑脸，直到上了高速，心里才暗暗地舒了口气。

还好，好的开始是成功的一半。

我凡事必遇波折，虽然结果不错，但其中的波折也时常折磨我，家人经常开玩笑说我是个有故事的人。

的确，有故事的人如我。

小时候，家里的东西几乎都是被我弄坏的，比如不小心拉断了灯绳，不小心把钥匙头留在了锁芯里，不小心把收音机的按钮扭裂了，不小心把筷子掉进了下水管里，不小心把妈妈的手表掉脸盆里……妈妈常常为我发愁，说你一个姑娘家，干什么不能轻点儿吗，手那么重，不像一个女孩子。我于是辩解，灯绳本来就快断了，恰巧我拉灯绳时就断了；钥匙本来就快坏了，正好我用时坏掉了；收音机的按钮本来质量就不好，不然怎么还会扭裂了？还有手表放在水池的边上，不掉盆里还能掉床上不成……

妈妈好像说不过我，其实是不想和我辩驳，反正按她的话说，把我扣在水缸下面，我也照样有话说。

我是个丢三落四的人，经常，放学回家时才发现手套剩下一只了；经常，背回家同学的书包；经常，去买酱油时却拎回来白醋；经常，放学坐公交车坐过了站；经常，把四条腿的椅子坐成了三条腿……还有，坐在小板凳上削土豆皮，不小心削破了哥哥新皮鞋的鞋尖；雨停了，雨伞却不见了；睡觉时，不知道怎么把妈妈快织好的毛衣拆了，毛线缠满了胳膊还浑然不觉……

而且，我还有个毛病，有时候想什么来什么，怕什么有什么，想着头别碰到墙就真碰到了墙，想着别把墨水弄衣服上了，生生地就把墨水弄到了白衬衫上，想着钱包别丢了，真就把钱包弄丢了……好事不灵，坏事一想就灵，经常气得自己咬自己的手指头……

到超市买东西，排队交款时只要有一个同伴在，我就不敢排队，我如果排队了，选择的队列即使人最少，到后来收款速度也是最慢的，不是收银员动作笨拙，就是眼看着排到跟前了，收款机坏了，不然就是交款的人同时用几张卡刷来刷去，一张一张的没完没了，再不然就是刷卡机坏了，再再不然就是收款机缺纸了；在高速路过关卡时，我选择的进出口经常杆竖立不起来……凡此种种，我甚至恐惧排队，因为从来我排的队都有这样那样的问题……

似乎我遇到的事情也总是那么巧。

有一年国庆小长假去韩国旅游，大家一起在免税店里购物，每购一物，都要将护照呈给营业员，他们根据航班号确定提货的地点和时间，然后等临回国前到机场的免税店提货登机即可……结果那天大家一起去提货，独独不见我的东西，几番周折，终于查清，我的商品要第二天下午的航班才能送达机场，而彼时我已经回国。经过一番忙乎，又是填表，又是找经理以及相关人员签名，终于搞定，我买的商品要一周以后再送货上门。总算圆满解决了，只是让免税店的老板和旅行社的导游不解的是，我的信息他们怎么竟然能弄错呢，而且是电子扫码？他们说开业多年，从来就没有遇到过这样的事情，真是让人费解。

记得上一次见签证官是在90年代末期，到北京美国使馆，早晨在酒店用过饭后，时间还早，大家坐在酒店里喝茶聊天，其中一个人不小心把茶水洒到了地板上，恰在此时，我起身去拿东西，脚下一滑，虽未摔倒，脚上一只皮鞋的鞋跟却掉了，这下完了，一大早到哪里去找地方钉鞋跟？新买一双吧，商店又不开门，面签的时间快到了，我只好拔掉另一只鞋子的鞋跟，穿着一双没有鞋跟的皮鞋，配一身正装，前去面试……

但愿这一次能顺利签证。想到我过往的种种，一路上我不敢思索，因为一停下来，大脑里就浮现出签证官拒签的情景，怎么赶也赶不走，真是奇怪了，我怕这样的情景真的灵验了，只好变换话题与同行的人聊天，终于看到了路边堆积的白雪，沈阳已经到了。吃过沈阳老菜后，已是下午，找到了旅行社安排的面签会地点，两点钟准时开会，会议结束时，负责开会的小姐提醒我们，你们三个没有什么问题，你恐怕有点儿麻烦。好在她说的不是我，但是我心里却在打鼓，因为我知道，每回遇到麻烦的不会是别人，肯定都是我。

晚上沈阳的朋友请客，但是因为第二天要面签，大家在酒桌上无心恋战，早早地辞谢地主，到了酒店，大家各自回房休息，出发时我带了一本小说，很沉闷的那种，八点钟早早地上床，给总台打电话，提醒他们早晨叫醒，然后看小说，不知不觉困意缠绕，看到床头柜上的闹钟，正是晚上八点钟，灭了灯，酣睡……

早晨的叫醒电话响的时候，我一看床头柜上的闹钟，才不过五点半，心想怎么叫得这么早，又倒头睡去……不知过了多长时间，突然觉得不对，爬起来一看手机和茶几上的手表，已经六点四十了，天呀，这宾馆里都是些什么破钟表啊！

匆忙爬起来洗澡更衣早餐，八点钟准时出发赶往使馆，使馆门前已经排起了长队，一个武警战士在一个个地喊名字，喊了好久，也没有喊我，我自己上前，说刚才喊人了，我没有听见，结果很顺利地就让我过去排队。沈阳的冬天真冷啊，好在我准备充分，厚长大衣毛围巾棉手套高筒靴样样俱全，半个多小时后，终于进到了使馆里面，在登记小姐那里登记，领号，号码是5063，又是半小时，广播里喊号去按手印，六人一组一起进去，然后按完手印又领回来一个号0066，这是面签号，同行的其他三人是0063，0065和0067，我心里窃喜：0066，多好啊，六六大顺！

终于排到了我们的人了，先进去陈先生，他是0063号，不过，进去不久就出来了，他被拒签了，还没问清楚为什么，这时候就听到广播里又开始喊号了，喊的是0065和0067。嗯？怎么越过了我的0066，可能是还没有轮到我？只好等待，结果不一会儿，两个同行的出来了，他们都顺利获签。这时，号码一直往下喊过去，唯独没有喊我的号，我忙去问执勤的保安，保安说你自己去窗口问一下吧，我大着胆子进去了，看到一个窗口的签证官正在喝水，于是我小心地拿出我的号码问他，为什么还没有叫我的号码？他看了一眼我的号码，大声地说，还没有叫到你，你先等着叫你。于是出来，回到座位上等。不一会儿，已经叫到0082号了，我想他们肯定是把我忘记了，于是我找到收我护照给我登记的中国小姐，她说，他们把你忘记了，你到6号窗口再领一张新号。

天啊，果然出错了，于是我再进去，这次领到了0102号，这下好了，一下子甩到了100号以外了，等吧……同行的朋友就笑话我，说你一个大活人号码还那么好，怎么会单单地把你落下？你真是个怪人啊。我想起上次在北京签证的情景，心里不免有些紧张，不敢说笑，心里默念阿弥陀佛，老天保佑！终于，广播里喊101号前往2号窗口面试，同时，电子显示屏上出现了102号到2号窗口等候的提示。我赶紧走进去，看到2号窗口上的电子显示屏上已经显示着102号，虽然显示的是我的号码，但站在窗口前面签的却是还没有办理完毕的101号。101号是一对办理移民的老夫妻，签证官正在耐心地讲解到美国的一些事项，讲了好长好长时间，终于，老夫妻道谢离开。这时，我等候在一米线外，刚要上前，看到签证官按下了按钮，电子显示屏上出现了103号请到2号窗口的字样，我一看，立即冲上前去，扬了扬手里102号纸片，大声对签证官说，我是102号，你还没有面签我，怎么就叫103号了呢？胖胖的签证官愣了一下，觉察出不对，忙关掉按钮，收下我的号码，简单地问了我几个问题后，痛快地告诉我，你可以了，然后发给我一个写着粉色字体的小纸片，这是获取护照的卡片儿。

总算有惊无险。我走出签证室，到了大厅，见同行的人已经不知去向，原来，一开始他们看到显示屏上我的号码一直亮着，但人就是不出来，后来终于看到显示屏我的号码消失后，以为我已经签完了，他们就站起来准备等我出来，但是那时我才刚刚开始签证，结果保安看到他们已经签完了，立即让他们出去，不许他们在大厅里等我。他们出去后，在外面又等了我很长时间，我料想他们一定以为我被拒签了，一时间，连我自己都以为我自己被拒签了。我出去时，特意把卡片藏起来，然后装作表情严肃地走出去，他们迫不及待地问我怎么样，我特意不说话，看他们的紧张样，我终于忍不住大笑起来，我们一起欢呼起来。

已经是十二点了，我打开手机，给家中先生报喜，先生声音竟然比我还激动，他告诉我，一上午他都不敢看电话，也不敢打电话，一个劲儿地在心里默念阿弥陀佛老天保佑，先生说：你总是在关键时容易出差错，所以吓得我大气都不敢出，紧张坏了。

我想起排队叫号时的一波三折，不禁有些后怕，虽然终于签证成功，但是总免不了要经历好事多磨，谁让我是有故事的人呢……

想起早晨在酒店里，我特意穿上从家里带来的红内衣和红袜子，又想起出发那天早晨做的那个关于狼被困于笼中的梦，我多像那头困在屋子里的小狼，四处寻找着逃跑的路……

不过，签证后，想起那些假想的被拒的情景，感觉有点儿自己吓唬自己，这样想着真有点儿自己战胜自己的感觉。

到了美国，我又经历了两次惊险的过关。一次在洛杉矶机场，两个女警察把我叫到一个小房间里，只看我，不说话，就那么看着我有五六分钟之长，后来不了了之，她们当时可能在后台飞速地查寻我的资料，五六分钟刚好可以查清楚，不知道是不是我的大眼睛胖身材，像哪个恐怖组织的负责人；另一次在旧金山，又是两个警察把我叫到了小房间里，盘问一番，又不了了之……在飞往旧金山的飞机上，我的手机丢掉了，回国后，美国人竟然通过中国旅行社找到了我，快递给我……

其实，获签美国没有什么大不了的事，但是对于常常虚惊不断故事不断的我，一场成功的获签正是自我战胜的开始，对我也是别有一番意义。

当然，美国之行还经历了好多事，没办法，谁让我是个有故事的人呢！

两根手指

因为两根不听话的手指头，每个清晨，我都被甜蜜而丰盛的早餐感动。

最初的设想多少都会转变，本来想好了，难度较大的球坚决不接。飞奔的时候，脑子里全是救起的念头，因为是双打，胜利不只关乎我个人的荣光喜乐，不由得格外卖力，就如，两个人抬着大筐，有一方不使劲，就无法行进，偷懒不得。

这一次对手发力绵软，球轻飘飘刚好过网，我远远地从底线冲过去，步伐强健却零乱，像失了速度的飞机，直冲海底。都是因为变了方向的球瞬间落下，软软飞过网的时候恰好又小小地弹跳一下，高度刚好可以伸进球拍。谁知球在落下去的刹那，又加了力一般，格外的沉，球拍抵达时，球刚好落地，好在及时赶到，球拍拈起球，球真如鸟儿一样，羽毛轻盈地舞动起来，挥动翅膀，轻盈盈飞过网，划过对方的右肩，逃将出去……

胜利的呼声和刺耳的尖叫同时响起，我的疼痛从心口蹿出，握拍的手与地面碰触的那一刹那，撕裂般的剧痛扭曲了指头，惊恐的叫声好像鬼附了身一般，不能自已，右手指立即变得红肿起来，无名指骨节已经脱落，像准备下锅的猪骨头棒，骨肉相连却已无生机。

疼痛没有丝毫的妥协，从心口弥漫开去直抵身体的每个角落，像联过姻的大家族，相互间如何也脱不了干系，连脑袋都不能幸免，失了牙般地眩晕、木胀，疼痛遍布身心。

一次救球，一个瞬间，折了两根手指，中指和无名指，好在，这两个手指，与戴戒指的那只手无关。

只是痛！

痛！

挂号，问诊，拍片，等待……

结果令人沮丧：右手无名指内侧筋断裂，此时更加疯狂不听话地左右郎当，中指筋骨也有断裂的迹象，只是不像无名指那样看上去让人揪心。

医生过于年轻，而且吊儿郎当，身上的烟草味在诊室里徘徊，样子看上去让人感觉不太可信。他坐在破木椅子上，不停地晃荡着两腿，仿佛膀胱里挤满了焦急的怨妇，他既急不可耐又无法脱身，只好不停地晃动，晃动，似乎在安抚那些怨妇。医生的表情当然应当严肃，但他那样的过于冷漠，还伴随着不耐烦，让我心生不满。他每句话说得都让人丈二和尚一般，却又不肯重复第二遍，哪怕我再三询问，像突然患了又聋又哑的病症，他手劲很重地摆弄着我那两个可怜的手指，仿佛是在摆弄刚刚剁下来的鸡脚，而不是曾经活蹦乱跳的——我的手指。

住院！手术！

医生终于声音清晰地语出惊人，做出明确的指示，之前语焉不详的话也不必追问，因为已经都毫无意义。这家伙，看样子是语不惊人死不休，看他身上的白大褂，虽然脏得很，却体现了一种凌驾于所有人之上的气势，话语的权威性当然不容置疑。

住院，检查，消炎，打吊瓶，一应下来，才真正感觉，自己病号的身份明确下来。虽然疼痛，但是想想医生的手术决定，还是感觉不靠谱：怎么手术，摘除还是缝针？看他冷漠的表情，不会是剁掉了事吧？

躺在医院的床上，为手术与否纠结着，夜班医生上班后，按医嘱暂时先帮忙打上石膏固定一下，避免我晚上不小心抻着，压着。打上石膏的右手瞬间彻底失去了功能，原来另几个好的手指还可以做辅助功能，现在被那两个手指拖了后腿，一并遭了禁闭。我的心情开始沮丧，躲在来苏儿味道浓烈的病床上，想象着要在这里住上个十天半月，起因只是为了接住一个球，怎么想都是划不来的事。

以后不打球了。

同病房左侧的中年女人雪天里滑倒了，摔断了右脚骨，打着石膏，不得动弹。右侧年长的妇人，得了严重的骨质疏松，躺在病床上，连上厕所都要有人服侍。两个病友看到身强体壮的我为了两个手指头住进了重症病房，都有些不解。中年女人听说要我做手术，更是一脸惊讶：你这，你这，这算什么病啊？天啊，就这点儿小病还要住院动手术？脑袋让门挤了吧？

谁？我吗？

大夫！谁说你了？真是让门挤了……

服侍老妇人的农村女子还算年轻，她告诉我，在她们乡下，这样的筋骨断裂是常事，用药糊一糊就好了，或者干脆就不用管，自然就会好的，还伸出她的手给我看，果然，她的右手食指向外翻翘着，显然是受过伤，她说，干活时断过。怪不得长得比中指还长出小半截。

除了不好看以外，干什么也不耽误，她笑着说。

多难看啊！还不如彻底断掉。我心里说，却又无法不佩服她的坚强。

她们言语里对我两根指头的不屑使我坐立不安，不想与她们交流，只身在走廊闲逛，无意间看到护士站的玻璃板下面有一摞单子，排在最上面的竟然是我的大名，拿出来一看，天啊，检查的事项多得吓人，达十几项之多，甚至连尿也要化验。

我问旁边闲逛的一位看护：做个手指头的手术还要验尿？

她笑笑：大姐，现在的医院都这样，到了医院就像生个孩子一样，啰唆事儿多着呢。

难道手指头也要重生不成？

偷偷拿走一大摞单据，压在枕头下面。第二天没有人找，后来也没有人找。

估计，这些化验单子，医生想要找都会觉得脸红。

手是女人的第二张脸，这是谁说的？

听一位讲课的老师说过，粉碎“四人帮”后，某电影制片厂请白杨拍电影，电影中有一个关于手的特写镜头，白杨老师坚持要找替身。当时，演员拍戏很少找替身，更何况为了一只手找替身。导演自然不会同意，但白杨始终坚持，她说，手是女人的第二张脸，而她的第二张脸，由于长期遭受迫害，已经非常粗糙，并且还长满了老年斑。她不想让久违的观众，看到她不美丽的一面。

我自然不敢让自己的脸不美，管它是第一张还是第二张，只要是涉及脸面的东西，必是不可小看的事情。平时一直都特别注意保养自己的手，受了伤，更不想让细长的无名指变形难看。

因为要排队，只好在医院里等着做手术，住了两天院后，接触到了不同的病人，尤其是与我病情相近的人，都成我了解病情的对象。终于发现病友中有一个手指头断裂后做过手术的女人，长好的手指头指甲盖侧翻着，手术过的手指比正常手指还粗好多，非常的难看。

种种之后，有些害怕，忍不住走了后门，找人找关系找了专家，专家看了我惊恐不安的两根手指，郑重地建议，最好放弃做手术，这种伤完全可以慢慢地养好，既可免受手术之苦，又可以保证手指最大限度地保持原样，唯一不足的是，右手手掌和小臂要用石膏绑住，打石膏要最少打到四十天。

好吧，为了美。

那些医生们闭着眼睛开的消炎、营养、保健等各种各样对症不对症的药，装满了床头柜的抽屉，全给了服侍老妇的农村女子。

她欢喜而感激的表情让我心里隐隐作痛。

一只手的中指和无名指失去了功能，离心似乎大老远的距离，这般重视有点儿兴师动众，不过，的确什么事也干不了：开不了车，提不了物，做不了饭，写不了字……以往右手可以做的一切都停下来，许多右手常做的事临时改用左手。

人的潜力真是无限，原来左手什么也不会干，像懒散的猫看上去毫无用处，现在竟然迫于形势，也开始跃跃欲试。

屋里的每个角落都荡漾着让我着迷的香。

粥是滚烫的，里面加了细碎的地瓜丁，微甜，我喜欢的味道。

切得粗细不等的萝卜丝，腌得还算恰到好处，黑芝麻三五成群地粘在绿白相间的萝卜丝上，像爬满树枝的蚂蚁。

茶蛋的咸淡恰到好处，皮剥好了，不喜欢的蛋黄去除了，像害羞的孩子，静静地躲在白色的小碟子里。

……

因为两根不听话的手指头，每个清晨，我都被甜蜜而丰盛的早餐感动。

喜欢美食的我，对食之材料食之味道格外的在乎，只是，手指尚好的往常，操盘的人是我，享乐的人是另一个，如今调换了个儿，饭来张口的人重操旧业，像外表青涩的男孩子，看上去有些局促，其实是有些功底的，才想起，原先他也曾做过饭，而且很香，很香。

何时开始，饭桌上的云雨，是我的手在左右翻覆？

没有等到四十天，两根受伤的手指头终于好了，我无法不庆幸我的幸运，也无法不让我的手指头好起来，毕竟，两个曾经要做手术的手指头，真的毫无瑕疵地长好了。

但我为什么又那么留恋那些疼痛的日子？

恢复劳动后，又过了许多日子，才发现，手指头还真的没有太长好，中指的骨节有些粗壮，让每周必做的护手课程打了折扣。而且，有时，还有些疼痛。

我举着手，给在饭桌上的边吃饭边看电视的另一个说，我的手指头确实没有太长好。

电视里正在对一个军事专家进行访谈，是他喜欢的节目。他看了我一眼，似乎没有搞清楚我问了他什么。

我摆摆手，让他继续看电视。

他确实没有听到我说的是什么，因为我自己知道，我根本没有发声。

我们相熟的身体

身体发肤的无恙，关乎爱和亲情，关乎对社会对家庭的责任，那是成就生命的根。

生命有两种元素组合，身体发肤和思想灵魂。一种是物质的，另一种归属精神。

有了生命，便有了创造力，才会有千姿百态的大千世界。而灵魂，是生命的意义和理想追求的最高呈现，生命过程中的喜怒哀乐，是灵魂和精神锻造的产物。

这是我的想法，无关科学。

所有的爱和恨都事出有因。没有一种怜悯是没有缘由的，正如没有一种仇恨是无端的。天性的善和后天的恶有时会相遇，一旦携手达成共识，必将会让人迷了心智。善与恶的滋生，环境的因素从来都不会摆脱干系，孟母费力三迁，是她先知般地懂得，善和恶的微小终将带来的巨大嬗变。就如有一天，突然关注起我们相熟的身体，一定是那些微小的病的因子，正如蚁穴溃堤般地在悄然挖掘你，那些我们曾经冷暖自知不分彼此的五官，强健有力的四肢，随意舞动的手脚，每天奔跑的心脏，自由升降的血压，经风见雨的肌肤，酣畅开怀的味蕾，自由不羁的情绪，彻夜不眠的大脑……欢乐和悲伤，纵情与放浪，每一刻结成的微小的恶，都会带给人不经意的磨损，那些小恶会聚集，繁衍，生长，膨胀，爆发，终会长成恶的果，会给我们相熟的身体带来些伤痛甚至灾难。

如果不是病痛的到来，如果不是生命的无常，如果没有撕裂的别离，谁会在意我们的身体？

对于健康的生命而言，最先对这个世界有所感知的一定是味觉，没有味觉一切都有些行不通。味觉颇似神的暗示，看不见，摸不着，却耐着性子，在初期生长的过程中一点点潜藏于细胞之中，参与初具规模的生理组合，打下日后成长的基石。味觉在母体里体味着营养的精华，制造挑剔的感觉。好了，然后是嘴，嘴会成为味觉的帮凶，等生命完成了最初的细胞组合再从母体里孕育而出，来到这个世界后，嘴的功能便显得不可或缺。嘴是人出生后第一个使用的器官，它最先帮你含着母亲的乳头吸吮奶水，合伙完成生长的延续，嘴是必不可少的工具。一个人也许听不到看不见什么，这些都不影响生长，唯独没有嘴的帮忙，生命就会停止生长。而成长的好与坏，也与嘴是密不可分的。再接下来是手，人身体上第二种最先辅助的工具，抓住母亲乳房的手，张牙舞爪的手，在空中挥舞的手，乱动的手……手是人最早的力量表达，可能知道以后要担当重任，所以才会过早地出来游动。

跟随味觉衍生最紧密的应当是哭泣，如果一个婴儿停止了与味觉相伴的生命供给，紧随而来的一定是啼哭不止。

解剖学上的描述或许会忽略情感的东西，而我想表达的是，身体发肤有着多么复杂的生长历程，而生命如此重要已经不在于生命的个体本身，我们终将知道，我们的身体和我们的灵魂不只属于我们自己。身体发肤，思想灵魂，都是有源头的归隐的去处，那是父母的血脉，我们只有理由养护珍惜而没有理由作践和破坏，哪怕是微小的不起眼的轻视。

不是所有人都懂得珍惜的重要，有时候，你不在意的可能正是别人缺少和渴望的东西。

由乳房带来的恐惧感还是在小学时候。记得是小学四年级，每天带我一起上学的邻家漂亮四姐突然从初中休学了，休学不同于休息休假，那是一种隔离，与集体的一种疏远，与时间的一种作别，与友谊的一种断绝，随之而来的会是孤独和遗忘。四姐长得好看，皮肤雪白，人也聪明，虽然我和四姐的小妹同龄，但是她却特别地喜欢我。因为她的偏爱，一度我还把自己想象成世界上最可爱的孩子，所以大人们批评我时，我就会说连四姐都说我聪明懂事喜欢我，你们比四姐好看吗？四姐的聪慧美丽是公认的，但是四姐却休学了。好长时间我没有机会和四姐一起玩了，有一段时间她去了外地治病去了。等再看到四姐时，她已经变了样子，满脸憔悴，沉默不语，目光茫然，像不认识我一样，不再搭理我，我也不敢靠近她。我常常看到四姐坐在房屋后院的阴凉处，一个人坐着，手里拿着本书，但是并没有看，只是一个人呆坐着，有时望着远处，有时把脸埋在臂弯里。虽然我看不到她哭，但是我知道她总是在哭。有一天下午，四姐约我到她家的后院，那天的后院里没有人，四周牢房一样地死寂，偶尔会听到知了的鸣叫。我怯怯地走向她，她用忧郁的眼神看着我，然后轻轻地羞怯地请求我，让我掀开衣服让她看看我的乳房，这个要求惊得我目瞪口呆，我像看到了蛇一样，吓得撒腿就跑。后来我才知道，四姐左侧的一个乳房因为得了乳腺癌而切掉了，我还知道，她喜欢我，也是因为喜欢我那调皮的二哥……

从此以后，我再也没有看到四姐笑过，那种身体的痛也感染了我，使我至今也不能忘记她的眼神。

耳朵失聪了，嗅觉自然就会发达；腿脚不灵便，脑袋就格外的好使……就好比上帝对你关上了门，却总会在另一处给你打开一扇窗。不过，身体有许多奇妙未知的东西又让人不解。对鼻子和嗅觉的重新认识始于我们家的黑罗。黑罗是我们家的狗，生于2008年，我们叫它奥运宝宝。按说一只狗得到这样的称谓有失体统，但是曾经有一个朋友告诉我说，狗是你前世的家人。这一说法，让我对黑罗不得不另眼相待。先不说狗是不是前世的家人，但我家黑罗实在是有着与人相近的感知，我有点儿相信它的灵动是随了主人。它与我有着一个共同的特质，就是特别贪玩。玩是享乐的最佳方式，它只选取玩乐这一种事情去做并且乐此不疲，想来黑罗前世一定是吃过苦的孩子，也许天天帮大人干活，所以今生才会那么热衷于玩耍。黑罗玩得还有点儿技术含量，它喜欢让我把东西藏起来，然后再四处去找。不管我在看书看电影还是在吃东西，除了我睡觉，黑罗总是利用一切机会，撒娇般地把玩具球往我的怀里塞，让我给藏起来，然后它再去找回来。最早我把球放在一个盒子里，它一下子就找到了，那得意的眼神，似乎在说我太小瞧它的智商。后来，我把球藏到厚厚的被子里，它也能轻易就找到。再后来，在家里任何一个角落里、各种有难度的藏匿它都会轻易地找到。于是我把球藏到楼下，它从楼上一直找到楼下。黑罗的表现激发了我的兴致，我不相信会难不倒它。有一次我在小区里离家较远的地方挖了一个深坑，把它的球埋在坑里，最终我还是败下阵来，它竟然一下子找到了那个球，用它的爪子把球挖了出来。

狗的嗅觉如此的发达，到了让我吃惊的地步。如果狗的前世是你的家人，那为什么单单保留了发达的嗅觉？

我们相熟的身体有太多我们不甚了解的潜能，当一种功能失去后，另一种功能的潜在力量就一点点地呈现。《鲁豫有约》采访过一个修表匠，这位来自农村的修表匠在北京的一个繁华的市场旁边租了一个摊位，专门修理手表，他技艺高超，无论多么名贵的手表、多么难修的手表都难不倒他，他通过修表的这个技术，赢得了一位姑娘的爱情，如今他和妻子儿子在北京，靠自己的劳动，过着幸福的生活。

与别人不同的是，他修表用的是脚，而不是手。

他是个失去双臂的人……

生命永远不可控。

当生命脆弱和无助时，主导你生命的更多的是精神的力量——爱、勇气、智慧。

身体发肤的无恙，关乎爱和亲情，关乎对社会对家庭的责任，那是成就生命的根。

消逝的深秋

只有那些夜火中飞舞的萤火虫，瞪着湛蓝而美丽的眼睛，借着夜色，成群结队陪着我们，凝望的目光透着不解，永远弄不明白我们为什么那么多的欢欣鼓舞，那么多的激情四射。

凌晨开始的雨来得静寂，仿佛夜里突临的悲伤，委屈却又节制，待天空渐醒时，雨水亦张扬异常，像邻家久不现身的泰迪见了主子一般，立即抖擞精神，没有凶悍，却假以威风，又叫又蹿，大片的雪花被雨水挟持着漫天狂舞，2012 年的深秋竟然在寒冷的早晨消逝，那远行的步伐太过匆忙，让我们来不及体味金秋的喜悦，冬就已经来临，以至于我们还来不及收回深情的目光，冬天已经向我们伸出了冰冷的手，摆出胜利的姿势，漫长的寒冷才刚开始便迅猛发展吞噬了满目的金黄，金秋像那些永不回归的青春，被成熟的时光吞噬得了无踪迹。

如果一个人能清楚地记得二十多年前的事，那一定是这件事影响了他的生活。也是这样的秋冬时候，我离开家到沈阳学习。那一年最初的震动并不是在秋季，五月里我的计划终于成功才有了秋冬时节的成行。

距离使时光变得模糊，即使再痛的回忆也无法唤醒当时的那种痛感。世界的大小不是在其表面意义上的大小，而在于看世界的眼光。我最初的工作很招人羡慕，花季般的年龄里，穿着漂亮的套裙，连衬衣外套皮鞋都是公费定做，年轻时的美丽不只在面庞，施了粉黛的青春总是闪着光芒，每月的工资不仅高而且可以自由支配，多少女孩子羡慕的目光投来。只是没有多久，我竟然不识相地要放弃这么好的工作，原因是我鬼使神差地要去文学院学习。对于已经有了正式而稳定的工作的我，家人尤其是母亲都不同意。家人的阻挠我从来不会担心，终究这个世界上愿意无条件与你同谋的一定是你的亲人，他们总是最先阻挠你的那些人，自小到大，他们出于惯性去保护你，如果你的执拗使他们犯难，通常他们会用情感去冲击你脆弱而处于颠簸状态的念头，当然他们也会是最先败下阵来的那些人。我用了几个晚上和毫无理由的眼泪说服妈妈，她最终还是答应了我的要求，对从没离家要远行的我，只是默默地流着泪。母亲用我描述的前景压抑着自己的悲伤，她长时间地拥抱着我，像一个大鸟眼睁睁看着自己的蛋一点点孵化成一个小小的鸟儿，眼睁睁看着小鸟从蛋壳里拱出来伸出翅膀扑腾腿脚踉跄站起来，然后慢慢地走远继而奋力地飞向天空，那心情是又伤心不已又欣慰。我们终究不是鸟儿，我们总会把未来的日子假想成精致的生活状态，这成了我们得以飞翔的理由。

预科班开学的日子定在五月，真正的录取时间在秋季。虽然我一再保证我只是参加预科班，如果预科班我读得不开心就回来工作，但单位领导对从不说谎的我却并不相信，总觉得秋季的正式入学已成定局，说什么也不放行。先是说单位离不开我这样有学识有前途又有工作能力的人，又说以后也要送我去读书再重点培养我，后来又拿停发我全部工资说事儿，再后来说要开除公职，等等。那时候还少有人辞职，断了前程的威胁具有一定的威慑力甚至杀伤力，那时候单位是我的根，如果为了学习被单位开除了，暂时还无法接受。但远行的诱惑让我昏了头，开除就开除，我竟然没有半点儿犹豫。单位领导颇为费解，后来他干脆就说我脑子进水了，放着好好的工作不干，去沈阳读什么书，而且读的不是什么高技能有前途的学科，用他的话说学的是“不着调”的文学。

那段时间，我用尽心思挖掘可能的熟人，四处托人托关系，但单位领导不为所动，后来说客的级别也越来越高，最后还是上级主管单位的一个大官说了话，他跟单位领导说：“如果你曾经的部下走出来一个大作家有什么不好？”

这成了我最后成行的理由，也是我最惧怕的理由，说自己将来能成为一个大作家这真有些不可能。然而，理想的缰绳一旦脱手，头脑里全是狂奔的念头。我们多么容易被自己欺骗，那些长了翅膀的理想，狂飞的想象中，高度和速度并不会在意曾经的许诺。

行李就躺在卧室的床上，身上打着结实而又实用的绳子，像个要私奔的女人，惊恐兴奋而又丑陋无比，顾不及颜面，蓬头垢面，内心里打好了算盘，只是暂时藏匿着美丽而已，打算在情人面前和未来的岁月里一起妩媚。母亲还是在一遍一遍地唠叨、叮嘱，单纯干净的亲情绵醇厚重，却拉近了忧伤的距离。我耐着性子倾听，脑子里却是对远方和未来的猜想。车票已经买好，正放在贴身的衣兜里，它好比没有死去的鱼，随时会从里面蹦出来，我不时地按着衣袋，担心车票鱼一样跳出来溜掉，我并不知道，火车如飓风般，很快会将过去的一切席卷一空。新生活开始的时候，才知道我对需要放弃的一切都毫不在意，这既是未来狂想在作祟，更是对过去日子的一种背叛，就像相爱许久的爱人，突然有一天要告别，彻底到无须理由，全不在意曾经获取时的艰难和珍贵。

预科班学习后，也是在这样寒冷的秋冬时节，我如愿成为文学院青年作家班的学员。只是，那个深秋已然消逝，正如我早已不在的青春。

开学好久以后，经过一段时间努力，我终于实现了带薪上学的愿望，单位也一下子补发了停付的工资，我成了衣食无忧的学生。不过，最终我也没有再回到原来工作的单位。多年以后，听说我曾经的单位领导生病住院了，我精心准备了礼物，专门去看望他。我已经忘记他当初百般阻挠我上学的事情，真心感谢他为我做的一切，他也好像忘记了曾经的行为，对我大加赞赏，称赞我有才气，说他早就看出我将来会有出息，还说要不是他帮我忙我哪里有机会去省城读书，更不用说当上公务员当上作家了。他反复强调我当上公务员比当上作家重要，他终究没有改变想法，认为作家是个“不着调”的职业，“国家公务员才是你安身立命的根本，明白吗？”他一本正经地对我说，就好像与我同谋了一件大事，兴奋得毫无保留。

学院四周建起了面孔似曾相识的高楼，东一个小区西一个小区地散落各处，西瓦子窑已经完全变了模样，仿佛终于摆脱了郊区的寂寞与不甘，同省城的繁华扯上了关系，像贫穷了半生的女人突然攀附了富贵，一脸的俗气。学院大门外新建了加油站，逼仄在学院的鼻子底下和繁忙的马路边上，这里原有的开阔已了无踪迹。加油站的小伙子恭敬地对着加油的宝马车主微笑，并不在意宝马车主的冷漠，汽车时代的影响像秋冬忽至的寒流，让你来不及准备，就把你冻僵在行走的路上。记得我读书时的学院周围是大片大片的菜地，菜地里种得最多的是大头菜，也许是不敢种黄瓜之类的精细菜果，因为那样等不及长大，就饱了学生们的口腹。院子中间的大花坛不见了影子，经常会有人经意不经意地点燃花坛里干燥的花草，像燃起的篝火，夏日的晚上，同学们便聚集在花坛周围。那时班级写诗的人多一些，诗人们在飘荡的浓烟里聊天唱歌吟诗跳舞，经常闹腾到天明，把纯朴的乡村夜晚撕扯得满目疮痍，经常招来村民们的怒斥。

只有那些夜火中飞舞的萤火虫，瞪着湛蓝而美丽的眼睛，借着夜色，成群结队陪着我们，凝望的目光透着不解，永远弄不明白我们为什么那么多的欢欣鼓舞，那么多的激情四射。

铺碎石子的操场已经换了新颜，堆在墙角的自行车不见了踪影。那时，到最近的车站也要在鸭绿江街上快走二十分钟才行，那些破旧自行车曾经是我们代步的工具，男生们除了舍得花钱买酒以外几乎不舍得花钱买任何东西，不过，自行车是个例外，破烂不堪的自行车后座上永远都坐着漂亮的女生。因为我从小太过顽皮，父母不让我学自行车，怕我受伤，更怕我失了女孩的优雅，所以我始终不会骑自行车。仿佛我不会穿裤子一般，不会骑车成了一些同学笑话我的理由，不就是骑车子吗，有什么难的？于是，一天傍晚，我借一个同学的自行车，勇敢地骑出文学院的大门，西瓦子窑沿线正在修路，路两侧挖着很深的大沟，旁边准备埋到沟里的管子巨大无比，把路面挤成了一条小缝，我的车技实在不行，骑出大院不久，三拐两拐竟然拐进了深沟里，夜幕降临，我在深沟里大声地呼喊，西瓦子窑的夜空中头一次听到的最无助最嘹亮的呼叫声一定是我的……

五个人共住一间的小宿舍并没有觉得拥挤，集体生活的快乐反而让人记忆犹新。那时每人手里都有一个小电饭杯，那是当时最时尚的电器用品，里面正好能煮一袋方便面：放点儿男生从菜地里弄来的大头菜，早饭时分，每个冰冷的小屋里都会飘荡着三鲜伊面的鲜香，在我们看来，那是极品般的美味。有一天我的茶喝完了，与同屋的小魏同学要一点儿，她竟然真的就给了我一点点，就那么一点点，可怜的一点点，像做豆腐的大叔用的点豆腐的卤水，哪怕再多放一点儿都会毒死我一般。那一丁点儿的茶在我看来实在算不上喝茶，我说了不下十句“小气鬼小气鬼小气鬼”，只是我是在心里说的，不然怕一丁点儿的茶叶也会被收了回去。后来，我才知道，她从小到大很少喝茶，她对喝茶的理解与我是不一样的。

集中供暖的时候还没到来时，寒冷的冬天宿舍里能让人安然入睡的是电褥子。有一天，我的电褥子坏了，楼下一个好心的男生把他的电褥子让给了我，我重新铺好床铺，插上电源，那几晚，我睡得极香，直到我的电褥子修好了才还给他。还电褥子时我才知道，他的电褥子其实早就坏了，可我为什么直到如今依然感觉到了融融的暖意？

至交的干姐姐凤菲菲来看我，从不独自出门的她，打扮鲜亮地出现在我的面前，像我久不见面的亲人，摧毁了我的意志，那是我离家后第一次见到亲人，我们长时间地拥抱在一起。同学们都说我俩是同性恋，她在我的宿舍里住了好几天，每一晚我们两个人都躲在被窝里叽叽咕咕说个没完，大约都是些无关紧要的私房话，不然，说了什么缘何没有任何记忆？

有一次，我外出回来，看到几个工人在外面给大铁门刷油漆，我跑过去，要把刷子，在文学院坑坑洼洼的灰色的外墙上写上了“孙学丽到此一游”，那张扬的几个字扎眼得很，红色的字一直在墙上留了好多年。多年以后，一个到学院办事的老同学给我打电话，说他就站在“到此一游”几个字的跟前，他说那些字是我在他心里的样子，一点儿没变，依然鲜亮，依旧顽皮。时光流逝了，我依然在，但我明了腰肢和脸庞的冷酷，没有人能骗得了自己，青春和岁月是留不住的，成长的疼痛和衰败的果子都会在秋收后荡然无存。我央求他，让他想办法把那几个字给涂掉。他却说，留着，会让我们想起那段美好而又顽劣的时光。

在他，抑或是那一段难忘岁月的见证吧。在我，那或许是一条美丽的伤疤。

我读书时，我们高研班的王大哥的老婆干个体，他是同学中的富翁，每次，王大嫂到文学院探班，他都会被要好的同学宰几刀，但王大哥和王大嫂并不在意，痛却快乐地请着客，但是请来请去却请来了麻烦，后来形成了规矩，不管王大嫂来不来，大凡请客，只要王大哥在，理所当然地要结账，谁让他有钱呢？打土豪分田地杀富济贫嘛！有一回，大家又一起聚餐，王大哥想，每次请客都是我结账，今天我不结账试试，看他们怎么办。吃完饭，他先行走出饭店，边剔牙边慢走等待大家。晚上回到学校，大家聚堆儿神聊，王大哥随口问道，今天哪位结的账？他想把钱给他，毕竟同学们都不像他那么富裕。此时大家面面相觑：难道不是你先去付了账？王大哥愕然，同学们以为王大哥结账，竟然谁也没有结账，一个个就那样大摇大摆地走出了饭店。

文学院里有太多难忘的往事啊……

时光的针脚密密麻麻地缝补着我的过往，我变得安静而知足，闲暇时四处走走，找相知的朋友聊聊天，不喜不悲，不急不躁，激情和奋斗的热情都遥远荡去，但我知道，那些针脚里有我渐熟的技艺，还有无法丢弃的一针一线结成的深情。

什么东西会让人终其一生不舍得放弃？恐怕唯有文学才会有如此大的魔力。

也许我们已经走得太远，忘记了当初我们为什么而出发……

这一次，重新回到了文学院的课堂上，那些冰冷的桌椅有了喧闹的理由。

今天上了开学以来的第一堂课。

我自逍遥

我喜欢旅游，喜欢四处游走的欢畅，因为只有在行走的途中，我才能更加开怀自如，快乐逍遥……

“五一”虽然只小休几天，但是照例我是要出游的。出发前，接到杂志社编辑的电话，让我写一篇关于旅游的文章，感觉这个话题对我来说应当信手拈来，但坐到电脑前，一时又不知从何写起。我天性爱玩，人生理想也毫无可取之处：吃遍天下美食，看遍天下美景。记得自从有了长假以后，我几乎每个节假日都游走各地，已经不记得痛快地过了多少个假日，出游过多少个城市，行走了多少个国家，但是长假里玩得疯狂玩得痛快的感觉却逐年增长，并一直蔓延着，平日里许多努力工作的日子也仿佛都掺杂进对长假节日的期许。经常在工作之余，对着旅游地图和日历牌拟定着出行目的地，计算着出行的时间，对每一次出游想象着，向往着，等待着……

当年因为舅舅生意上的小愿望，陪同舅舅从大连开车到五台山拜佛，没想到，当年那次无意中的远行，后来竟然成了惯例。至此，从十年前的那个“五一”开始，我和舅舅还有家人，便在每年“五一”前后，都要拿出时间，自驾车从大连出发，去往五台山。这样的旅行一点点地改变了我们的生活，不管工作多忙，多累，每到“五一”前后，我们都会组织一次集体旅行，每次行程几千公里不等，完全取决于沿途要经过哪些城市。虽然都是去五台山，但取道不同，线路长短也不同，有时走的是葫芦岛、北戴河、天津、石家庄、太原等线，有时走的是北京、太原等线，有时走的是天津、保定等线，还曾经坐过船，走的是山东、青岛等线，也走过内蒙古，还延伸到过洛阳、开封、陕西等地，每一次都玩得透爽，好不畅快。而我们最初一台车几个人的小团队，渐渐地发展到了几台车十几个人的大团队了，沿途经过的城市也越来越远，玩得也越来越“嗨”。去年“五一”已经是我们连续第十个年头去五台山了。

相对于春节、国庆节等假日，我还是比较喜欢在“五一”期间出行。“五一”正是春暖花开又近于夏天的特殊时节，既有对冬去春来的留恋与窃喜，也有对夏日炎炎的渴望和开怀。在经历了漫长冬日的笨拙、春节的繁忙和季节交替的烦琐后，“五一”时间段，恰是将心情集中燃放的好时光。

经常会有人说，出门旅游是“上车睡觉，下车照相，回家什么也记不起来”。而我不会有这样的遗憾。我每次出游都会对我要去的城市或者景点的历史以及自己感兴趣的事情提前做好“功课”，实地游玩时会有的放矢。而为了留下旅游的纪念，每次归来，我都会自做旅游杂志，把一路上的见闻，出行的城市，住过的酒店，遇到的一些有趣的事情，心里的感受以及吃过的美食，用过的机票、车票、景点门票，甚至住过的酒店里的小杯垫、名片、房卡封套以及宣传画、广告、地图等等都收藏起来，做上标记，收集粘贴，配上照片、图片，再加上文字介绍和我的感受、经历等，编辑成稿，装订成册。如果哪一次同行的朋友多，我还会编辑好后送到印刷厂，印刷成纪念册，赠送朋友们，每次朋友们收到我自制的旅游画册都会赞不绝口。而我闲暇之余，打开一本本记录我旅游足迹的画册，都会想起曾经的旅游，心生自豪，对下一个旅程充满期待。

古人云：读万卷书，行万里路。对于作家来说，读书是必备的功课，而行万里路同样不可缺少，旅行可以开阔视野，打开心怀，激发豪情，涌动文采。因为旅游，我还出版了一本旅游散文专著《爱上巴西利亚》。记得那是一个周日的早晨，我还躲在被窝儿里做美梦呢，手机在耳边响了起来，电话里传来的消息让我几乎一下子从床上跳起来，有一个出国考察的邀请：巴西、阿根廷和南非。呵呵，怪不得一大早喜鹊就在窗外叫个不停，原来是有喜事。

我是一个喜欢游走的人，虽然之前我到过澳大利亚、新西兰、日本、新加坡、泰国、韩国、马来西亚、中国香港澳门等一些国家和地区，但是巴西、南非还有阿根廷，都是我心驰已久的国家，在我心目中充满了神秘和向往。于是从接到通知的那个周日开始，就着手做着出访的准备，上网查资料，了解当地习俗，准备洗漱用品、地图导航、衣着备品、零食小吃、太阳镜、雨伞等等，一应俱全，当然，还准备了一个崭新的笔记本和几支新的签字笔。一个作家，除了眼睛以外，笔和本是旅途中的重要工具，不可缺少。

我们是从香港出发的，乘坐的是南非航空的班机，从登上飞机那一刻起，从南非服务生热情的服务开始，我就喜欢上了南非，在飞机上我就已经开始感受到不同文化背景下的人文和风情，也几乎同时开始了此行点滴感受的记录。我们先到巴西，再到南非、阿根廷，这些国家独特的异域风情和人文景观强烈地吸引着我，旅行的快乐和收获使我无法停下手中的笔，有时候在车上，有时候在饭店，我无时无刻不在记录着。有时候为了记录下来我旅行当天的感受和经历，虽然有时后半夜才回到酒店，但我不得不放弃休息，一直写着，直到第二天的黎明，有时来不及吃早饭，就又出发了。

其实，在出国前，我的想法只是记录下我的感受而已，怕以后忘记了曾经的旅行细节，但是随着对这些国家的了解的深入和行走的经历，我一点点地萌生了新的想法，潜意识里我开始在为将来写书做着准备。我几乎到每一个地方都把这个地方印记在脑海里，用镜头用心也用手中的笔，记住那些让我难忘的人和事，记录下我游走的快乐。这些经历和记忆成了我笔下一篇篇生动有趣的散文作品，我先后写出了《卖宝石的小老头》《圣保罗的骄傲》《性感的保利斯塔大街》《教堂广场上的寻梦人》《开普敦的大鲍宴》《空城记》《桌山——上帝晚餐的桌子》《多事的五月广场》《马岛，阿根廷人心中永远的痛》《没有家园的灵魂》《天堂里没有车来车往》等几十篇散文，陆续地发表在报纸杂志上，最后也成就了我的旅游散文《爱上巴西利亚》。不过，这次巴西、南非、阿根廷之行也留下了些许的遗憾，在巴西，我的数码伴侣在酒店充电时被烧坏了，我的储存卡带得又少，我只好将我自己的留影照片删除了一些，而且由于我的摄影技术不是太高，照片拍摄得不尽完美。不过，我想说，《爱上巴西利亚》不是一本旅游的百科全书，更不是旅游攻略教科书，这本书是我生命过程中曾经带着美好的心情游走异域的真实而新鲜的感受和经历，这本书在上一届世界杯期间推出，取得了不俗的销售业绩。

从南美回来，我更加关注那里的消息。2014 年巴西成功地举办了第二十届世界杯足球赛，这是巴西自 1950

年举办世界杯后，第二次举办世界杯赛事，也是继1978年阿根廷世界杯后，世界杯第五次在南美洲举行。而不久的将来，巴西的里约热内卢将于2016年8月举办第三十一届夏季奥林匹克运动会，里约热内卢也将成为奥运历史上首个主办奥运会的南美洲城市，同时也是首个主办奥运会的葡萄牙语城市。这是南美人的骄傲。

我有一个里约热内卢面包山形象的挂饰，每到夏天，我都喜欢戴上，那是在著名的面包山脚下的纪念品店里购买的，每当看到这枚饰品，我就会想到里约热内卢象征——那尊张开怀抱的巨型耶稣雕塑，那是我游走南美时的记忆。我相信，如果你来到巴西，来到里约热内卢，你也一定会和我一样：爱上巴西利亚。

一段南美之行，使我尽享游走的快乐，也成就了我的《爱上巴西利亚》。旅游让我体味到不同的人生乐趣，让我在游走中感受到生活的快乐。

春天已尽，“五一”近在眼前，我又开始了网上攻略。

我喜欢旅游，喜欢四处游走的欢畅，因为只有在行走的途中，我才能更加开怀自如，快乐逍遥……

来自东方的注视

我抬起相机，对准了这个巴西男人。镜头里的他目光深邃，正注视着我和我的镜头……

听说圣保罗的治安不太好，很多时候我们只能在车上观看这座城市，但是当车子穿过闻名于世的著名金融大街——保利斯塔大街时，我们的眼睛被无处不在的繁华所牵引，再也忍不住了，决定下来步行，才不相信大街上熙熙攘攘的人群中，会有什么胆大妄为之人把我们怎么样。

保利斯塔大街位于巴西工业城市圣保罗的最高处，海拔八百多米，这条大街上汇集了五千三百多家来自世界各地的银行和金融机构，被称为拉美的金融中心，也有人把它比喻为金融界的“联合国”。一百多年前，旅居巴西的乌拉圭籍工程师兼房地产投资商艾吾杰纽·利玛和朋友买下了“卡瓜苏”一带的大片土地，从此造就了这里一百多年的传奇。利玛先生真可以算得上房地产界的“前辈”，他的大手笔让我们身边的所谓的地产精英们看了一定会汗颜，正是利玛先生独到的眼光使保利斯塔大街扬名世界。当时，圣保罗人口不过十万，还是一个发展中的城市，利玛独具慧眼，预见到圣保罗发展的光辉前景，决定开辟这条全长二千八百米的大道。

1891年12月8日，在各方政要的注目中，保利斯塔大街举行了通行典礼。信心满满的利玛在演讲中预言："这将是一条引导圣保罗走向未来的光明之路"。果然如利玛先生所言，进入二十世纪后，来自世界各地的投资者加速了保利斯塔的发展和繁荣，自30年代末开始，大街两旁一幢幢高楼大厦拔地而起。陆续设址于此的圣保罗工业联盟就达一万余家会员工厂和公司，它们的年产值占巴西全国年产总值的百分之二十左右，成为巴西甚至拉美的经济神经中枢。

保利斯塔大街是圣保罗市南区和西区的交通连接点，交通极为繁忙。地铁和公车交织运行，每小时有近十万辆汽车和五千多辆公共巴士通行，日载客一百多万人次。为了节约时间，每天都有直升机在工业联盟以及各个大厦的楼顶上准时起降，以接送那些重要的财经人员上下班。这条大道地皮昂贵，每平方米价值达上万美元。大街上各种服务设施、文化娱乐场所、商店、学校、书店和医院等在这里也应有尽有。1991年12月1日，保利斯塔大街通行一百周年，圣保罗市还为此举行了隆重的百年庆典。

保利斯塔大街四周高楼林立，写字楼遍布，每个银行高楼前都有腰里别着手枪的警卫站岗。看上去个个英俊帅气，高大威武。他们表情严肃，目光敏锐，着装整齐，精神十足地站立着，似乎随时都准备对付那些假想的敌人。这种全副武装的架势，即让人感觉安全，同时也会感觉危险无处不在，仿佛他们别在腰中的手枪随时都会在耳边打响。

各国银行、金融机构等的进入，也使保利斯塔大街上的建筑风格各异，这里上百幢颇具个性和特点的高大建筑，大多是工商界、金融界等的办公大楼和写字楼，有数十万的来自巴西和世界各地的精英白领们出入于这些高楼大厦。正是中午时间，保利斯塔大街上到处都是美丽、时髦、性感而衣着各异的从写字楼里走出的美女，她们走在那些衣冠楚楚、意气风发的高大的男人身边，脸上是自由而开怀的笑容。这些美丽的女子和英俊的男士是趁午休的时候出来吃饭或者是出来散步的。保利斯塔大街上不仅聚集了南美最优秀的金融界的精英，同时也聚集了南美最性感而智慧的美女。

在圣保罗的银行等金融机构以及写字楼和政府机关里有一条不成文的规定，所有上班的男士必须要穿西装打领带，要衣冠楚楚。而对所有女士就没有任何要求，女士既可以着正装也可以着休闲装，甚至吊带衫、三点式、露脐装、露背装等等，穿什么都行，想怎么穿想怎么美想怎么招摇都行，只要你自己觉得可以穿出去，也可以安心工作，也觉得不会影响别人工作，或者只要你觉得漂亮舒服自由自在，没有人管你穿什么，这条大街仿佛专为女人而建的，在这里，女人尽可以大胆地展示美丽和性感。远远看去，到处都是美丽性感的女郎，让人满眼生辉。

巴西是移民国家，人种复杂，所以无论是在机场、商店，还是大街小巷，到处都可以看到混血美女，这些美女由于国籍不同、肤色不同、装扮不同，远远看上去如一道道迷人的风景，真是令人目不暇接，美不胜收。巴西大多数美女都是“奶油巧克力”组合(白人与黑人所生的混血儿)为多,她们健康、活泼、开朗、大方，古铜色的皮肤在阳光下泛着迷人的光泽，她们灿烂的而无忧地笑着。巴西美女身材苗条，健康，充满活力，她们着装大胆、性感，身上衣服能简则简，能省则省，尽情地展示着她们身体迷人的曲线，就连机场的女服务生也全部都是性感着装，她们身着白色的迷你紧身衣,深蓝色的紧身裤,与黑珍珠般的肤色巧妙的搭配，简直就是一道靓丽的风景。巴西人天性自由浪漫，不喜欢受拘束，甚至工作起来也是慢吞吞的，她们为乘客一边办着手续，一边还哼着歌，有的还和旁边的同事说笑着，才不管乘客多么着急，也不管飞机是不是就要起飞了，她们就按着自己的节奏，慢慢悠悠地工作着。她们仿佛不是在工作而是在享受人生。也难怪，当游客看到她们天使般的笑容和曼妙而迷人的身姿时，才不会着急，更会有种不舍离去的感觉，是啊，满眼都是美丽的风景，慢慢欣赏又有什么不好呢？

保利斯塔大街上还有一座南美洲最大的教堂之一——天主教大教堂。这座教堂始建于1913年，于1954年圣保罗建城四百周年之际完成。这是一座典型的哥特式建筑，地下室里保存着印第安酋长在内的名人的灵柩和许多圣徒的遗骨。大教堂内还有多达万个声筒的意大利管风琴，还有六十五个小钟的大套钟。

大教堂广场从十六世纪起就一直是举行宗教游行的出发点，也是圣保罗城市的零起点，也叫零公里处。大教堂广场上一带是圣保罗治安最乱的地方，据说这里是抢劫、打架、斗殴等刑事案件的高发区。神圣的教堂前还有人敢如此撒野，竟然在上帝的眼皮底下犯浑，真是具有讽刺意味。

教堂广场上的游人很多，看上去一派和谐自由的景象，但仔细一看就看出了这里的确与众不同。放眼望去，在众多的游人之中，有许多流浪者模样的人在广场上呆坐着或者躺在那里，有的枕着破旅行包昏睡着，有的呆呆地坐着看着人群，有的三三两两地聊着天，有的四处转悠着，还有的无所事事地看着天……

这里除了游客以外，聚集的基本上都是从外省来圣保罗淘金的人，他们听说圣保罗非常富有，是有钱人的天堂，觉得在圣保罗遍地都是黄金，许多人就是做着发财梦离开家乡，到了之后才发现挣大钱发大财并非易事。这些从外省来圣保罗的求职人员，平时找工作的地点就集中在教堂广场上，久而久之，教堂广场上就自然形成了一个自由劳务市场，每天到这里求职找工作的人多达万人，人员结构如此复杂，管理起来难度相当的大，治安不好就不难理解了。不过，广场上有好几个警察在移动警车前说说笑笑，一派轻松的样子，似乎并没有治安上的压力。

圣保罗的社会治安不好也与法律比较宽松有关，因此，绑架、抢劫等事件时有发生，许多大富豪们都深居简出，不敢露富。在圣保罗的高档别墅区，会看到许多别墅都是戒备森严，四周都用铁丝网、电网等包围着，四处都装满了摄像探头，住在这样的房子里再舒适也像失去了自由一样，不禁令人感慨万端。

我在广场上认识了一个叫卢旺的擦皮鞋老人，他说他是从一百多公里外的老家来的，到圣保罗已经两年多了，平时以擦皮鞋为生。他是来找他的孙子的，两年前，他十八岁的孙子说要到圣保罗来过自己的人生，从此就离开了家，再也没有回去过。老人听说有人在保利斯塔大街上看到过他的孙子，他就来了，他还从怀里掏出他孙子的照片给我们看，他的孙子黑黑的皮肤，眼睛大而明亮，雪白的牙齿和老人的一样整齐。

我们正聊着，一个高大的棕色皮肤的男人来到了老人的擦鞋摊前，坐下来，把脚伸到了老人的跟前。老人忙丢下我们，露出他雪白的牙齿，朝客人微笑着打着招呼，照顾起客人来了。他拿起工具，娴熟地擦起皮鞋。坐在那里享受擦皮鞋服务的男人，身材高大，外表英俊，脸上轮廓鲜明，看上去像个电影明星。

我抬起相机，对准了这个巴西男人。镜头里的他目光深邃，正注视着我和我的镜头，迎接着来自东方的注视……

阳光倔强

虽然喧嚣的文学现场和变幻莫测的写作手法看似穷尽，但每个作家都有自己的话语方式和写作技巧，对作品的阅读理解和对生活的积累叠加都不在话下，重要的是作家要表达的作品的内涵和质地……

像是灌得饱满的油箱，所有的管道也都酣畅蓬勃起来，流窜在身体里的火情终于被酒精点燃，刚才还冰清玉洁般地畅爽，转眼就天昏地暗般地眩晕了，迷了心智般地投入其中，不再回味最初的倾诉源出于何处，只一味地纵饮。

此时，坐在对面的干姐姐在我眼前晃动起来，丹凤眼也失了成色，会唱歌的嗓子只发出快乐的笑声，再青春貌美也白搭，虚脱变形的嘴脸没有人喜欢。作为女孩子，此时的行为真有些“大逆不道”，加上身体里血液的飞速流窜，催化，干姐姐的胆子大起来了，冲着周围晃动的面孔，得意地皱着眉头，声音也一定是粗声大气的：有什么可看的，真是少见多怪！少见多怪！

气焰空前地嚣张！因为，我们在喝酒。此时，已经喝掉了十几瓶啤酒，陡然生出的胆量让我们一起大笑起来，真没想到，喝酒是这样子的！

这是我和干姐姐第一次在大庭广众之下的饭店里喝酒，那是1986年的夏天，两个人买了一模一样的蓝底黄花的连衣裙，逛街累了，看电影累了，玩累了，没有什么原因，却突然觉得非常的孤独，到了星海公园里逛了好久，觉得还是没有什么意思，看到海边的一家饭店，我们同时突然想要去喝酒。那时候饭店里还少有女人公开场合喝酒，我们俩决定壮胆去饭店大喝一次。干姐姐说，对啊，凭什么男人可以在饭店喝酒，我们女人就不能在饭店喝酒？

是啊，是啊……

你敢去不？

你敢去不？

敢去！

敢去！

我们第一次喝了那么多的酒，说了什么全不记得了……

酒一定是被施了魔法的隐身幽灵，爱它的人会称之为隐身天使。何以解忧，唯有杜康。酒自产生那天起，就紧紧跟随着岁月轮回，斗转星移，不动声色陪伴着一个个日出和日落，更暗藏了善解人意的巧妙技法，无论男女老少，无论长幼尊卑，无论腰缠万贯还是穷困潦倒，无论是金榜题名还是洞房花烛，无论是人生得意还是生离死别，酒都毫不介意地一视同仁，想醉就让你一醉方休，想笑就让你把酒言欢，想哭就让你酣畅淋漓，酒总是在需要的时候挺身而出，是知己，千杯不醉，是仇敌，化敌为友。

干姐姐那时在群众艺术馆里学声乐，心中的目标是像同学一样考入天津歌舞团，因为她的一个师妹已经考上了；我呢，跟方块字较上了劲，目标是当作家。姐姐热爱唱歌，我热爱写作，起初只是热爱，没有什么非分之想，但周围人都喜欢平平淡淡地过日子，我俩这样不着边际的爱好，让周围的人很不舒服，似乎与这个世界有些格格不入。

那时候喝酒，我们不知道我们已经有痛，更不知道，我们追梦的旅程很孤独。

爱好，有时就像饮酒，一旦上瘾，很难戒除。而这漫长的孤独的旅程，之所以一路倔强地走下去，有时候也像借酒壮胆一样，靠着一股子傻劲。

人在漫长的追求梦想的旅途中，在尽享风光的同时，必将遭遇坎坷和荆棘。

那时候不懂得，孤独也可以成就一个人。

有一句话说得好，我们已经走得太远，以至于我们已经忘记了当初为什么而出发……

长篇小说《他时光》发表后，获得了剑门关文学奖，好多朋友跟我要，到手的样刊杂志很少，单行本又没出版，更主要的是，我不太想给身边的朋友们看，这是我的小私心，有的朋友等不来我赠予，便自己上网上买回来，急不可待地看了，然后，然后，然后，就问：这小说里写的是你自己吗？

不知如何回答……

我初发小说时，不敢给相熟的人看，尤其是不敢给身边的人看，特别是我曾经一度热衷的爱情小说，更是羞于让好朋友看。许多人不解：小说都公开发表了，怎么还怕别人看。发表了不就是为了给别人看的吗？

我无语，面对熟人的阅读，仿佛我没穿衣服的身体被人窥视，有种羞涩和内心隐秘被暴露无遗的感觉。

不可否认，一个作家的内心体验和生活经验在小说里占有重要的成分，作家最初的小说创作都或多或少地带有个人生活的色彩。海明威说过，一个伟大的作家一定是有一个苦难的童年记忆。我的一位老师曾经在课堂上告诉他的学生们，成就一个大作家的两大元素不可缺少，一是要有一个痛苦的童年，再是要有一次痛苦的失恋，说得似乎不无道理。其实，每个作家内心深处都有一个阳光照不到的积雪的角落，无论是童年痛苦悲伤的记忆，还是成年撕心裂肺的失恋，说到底，都是个人心里难看的不想示人的伤疤，那种创伤和结痂的疼痛生长以及慢慢疗伤的过程，只是自己的个人体验，也许不想让任何人看见和知晓，也许封冻它是对自己更好的开解，那种感觉只有作家自己体会至深。

好的小说是心灵史，平庸的写作如何能引发共鸣？

作家不同的生活环境和成长经历以及内心成长体验，都会带来独特的个人感受。在我看来，任何一种文体都有合作的可能，唯有小说是极个体和个人的行为，个人的情感和细腻的生活体验难免在小说里得以体现和表达。我不能认同两个人共同创作和完成一部小说的可能性，除非知己或者爱人间才可以共同抵达内心的深处，否则这种作品即使完成也是情感苍白和没有质感。从这个意义上来说，小说的本质具有更多的孤独元素，小说家更像是孤独的旅人，身处漫长的暗道，用自己的笔做工具，一个人孤独地挖掘，挺进，带着表达的欲望，试图打通暗道，找到光明的出处。

个人体验固然可贵，然而，只描写个体经验的小说家毕竟是有局限性的，对于一个有追求有眼界有前途的作家来说，他的创作应该经历从个体生活体验到人类生命体验的升华过程。如何将个人单薄的生活体验，融入整个国家和社会乃至时代的轨迹中，走出小我人生体验的狭小自我表达的空间，赋予生命内涵和思考，关注和思索生命的意义，使作品具有某种深刻性和共性，赢得更广泛的读者的心灵呼应共鸣，才是作家追求的本质。

充满个人体验的作品不乏优秀之作，但是好的作家应当自我觉醒，从大量的生活体验层面的作品中跳出，以独特的故事，将个体内心世界的独特经验与现实生活进行链接，用独特的文字文笔附加动人心弦或者引人入胜或者曲折回转或者跌宕起伏的故事情节，吸引读者，愉悦读者，传递内心执着的真美与大爱，并能提出让人回味或者思考的足以引起读者共鸣的高尚精神，更加自觉地担负起一个作家的责任和使命。

这样，我的看似带有个人色彩的小说，不仅是不好意思示人，更是觉得创作的局限在里面，无处藏拙，那其实是文学之路的硬伤，也是初写长篇的必经之路，走过了，知道了，再往远处走，才会看到和知晓更多的景致，纷繁美丽，曲折婉转。

虽然喧嚣的文学现场和变幻莫测的写作手法看似穷尽，但每个作家都有自己的话语方式和写作技巧，对作品的阅读理解和对生活体验的积累叠加都不在话下，重要的是作家要表达的作品的内涵和质地。好的作家除了对文学的挚爱，对新鲜事物的敏感，更要通过不同的路径和渠道抵达文学的成熟，探究和突破写作的瓶颈，克服写作的惰性和对自己的复制，不断地给自己制造惊喜，在自我否定和不满足中前行，同时还应当要有悲悯情怀，观照生命，关注当下，关怀人的内心世界。

许多人喜欢聚会，聚会必当喝酒，于是我也经常喝酒，只是喝酒的内容不再单纯，也不再无病呻吟，有的酒喝的是应酬，有的酒喝的是敷衍，有时想一醉方休，有时想借酒盖脸……

其实，任何一场盛宴都是虚妄的。有一个作家朋友说得好，聚会其实是一群人的孤独，而孤独是一个人的狂欢。

作家就是要做这样孤独的狂欢者，耐得住寂寞，不媚俗，阳光般地倔强，用一个人的孤独对抗满世界的喧嚣。

打量岁月的两端

海浪轻轻地拍打着沙滩和礁石，轻柔的涛声让人心醉。一个女孩子走到海边的一块礁石上，向着远方长时间地看着，像是看远处的大桥，又像是看远处的天空和大海，她白色的风衣在风中微微飘动……

安娥 20 世纪 20 年代住过黑石礁的红星村，早年那里是渔村，当年，安娥才二十出头，作为中国最早的红色女间谍，跟随中央美院的同学和丈夫共产党员邓鹤皋来到大连，她住在农民家里，把自己化装成农妇，秘密地开展地下工作。想象不出，当年像电影明星一样的年轻貌美的安娥，如何把自己打扮成一个农妇？那时候安娥还没有遇到田汉，虽然天天在海边枕着涛声入睡，并没有想到，以后会成为有名的作家，更没有想到，有一天，黑石礁的小渔村会给了她创作灵感，成就她享誉世界的《渔光曲》。

我小时候，黑石礁是城乡交界处，由黑石礁往东是城市，往西就是郊区了。那时，旅顺南路的起点就是黑石礁。在如今黑石礁辽师附中的操场边，紧挨着大道的地方，安放着一块界石，那块界石就是区别城郊的界石。在工农界限分明的七八十年代，郊区基本上可以算是农村了，住在郊区的同学有时还有些自卑。

现在位于黑石礁与杨树沟之间的东财大正门处，原来是一个细长还有些平坦的深沟，沟里住着好几户人家，房前屋后都是菜地。深沟里原来贴着山脚有一条清澈的小河，小河的水是从北面的山上流下的山泉水，从北往南一直往黑石礁海边流去，旅顺南路在此地段修有一座土桥，土桥的两侧下面经常有人在那里洗衣服。这条小河在填沟时已经一起填埋不见了，桥也不再需要，准备拆除了，一并与填平的沟达成了和解，修上了又宽又亮的大马路，沟里住着的人家早已不知去往何处，他们肯定找到了更好的去处。

以前不远处的山坡上有奶牛场，奶牛场往北是成片的山林。坐车往旅顺去时，从黑石礁西行的坡路拐上来，最先映入眼帘的就是山坡上的奶牛场。奶牛场好大，占了整个山坡，那些奶牛大小不一胖瘦不等地散落在山坡上，身上都是黑白斑点花纹混搭，有动有静，远远看去，像一幅幅不时变幻的动画，美丽灵动，恬静自然。

山沟大约是80年代后期开始填平的，填平后新起的地面竟然与奶牛场所在的山坡上画上了等线，就是现在的东财大正门处的博雅楼附近。博雅楼或许算得上这个学校的标志性建筑吧，高大结实，英气逼人，我曾经进去过，大楼内空旷无用的地方比较多，整体感觉有些浪费，了解了内情，再重新打量，感觉大楼有些虚张声势，远远望去，倒是一点儿也看不出那里曾经横倒竖歪地躺过温柔花奶牛的痕迹，那些牛奶的味道也早已随风吹散，不知去向。

从黑石礁到凌水桥以前就是大学云集的地方，就好比现今的大学城，当年就有七八所之多。黑石礁当年有辽宁财经学院、水产学院（今海洋大学），紧挨着的凌水桥一带有海运学院（今海事大学）、海运学校、水产学校、大连工学院（今大连理工大学）、电力工业学校等多所院校，有一些后来发展成了国内外有影响的名校。近几年加速“升级换代”以后，这些院校不仅变了名称，规模也与当年不能同日而语了，原来的地方也不够用了，扩充、增项、放大，大门越修越高越大，学生越来越多，分类越来越细，校区也开始占据更大的面积，使这些地方的生态，开始以学院为中心进行了扩展。如此，这些地方，就多了学院气，多了文气。

小时候在凌水桥住，放学后经常到大连工学院——如今的大连理工大学院内玩。院内有一座巨大的伟人雕塑，我们经常在那里玩捉迷藏，我常常把自己藏在伟人伟岸的身影后面，藏得很深，想办法让小朋友们找不到我。那时候哪里懂得，天下没有能藏得住的东西，更何况众目睽睽之下的平凡肉身？

安娥在黑石礁一带住了一年多，就离开新婚不久的丈夫，被派往莫斯科中山大学学习，那时候的安娥一定心中不舍，不过，那时候，加入党组织的安娥早已把个人情感收纳起来，全心全意地投入到革命事业中。安娥作为一个女性革命者，又是第一代红色间谍，她被理想主义的信念支撑着，那时候心中怀有更大更高的目标，小我的命运与家国的命运在心中的分量轻重自然明了。

据史料记载，送行的人中有周恩来，可见当年她的分量。她走后不久，她的丈夫就被叛徒出卖抓起来了，后来，安娥听说丈夫死在狱中。从莫斯科中山大学回来后，安娥直接去了上海，后来，她遇到了改变她人生的田汉，也创作了一系列优秀的作品，除了获得国际电影节大奖的《渔光曲》，还有《卖报歌》等著名的歌曲。

不过，安娥后来才知道，她的丈夫并没有死，十年后，经过组织的营救从监狱里出来了，而此时，安娥已经另有归属，命运总是这样残酷。

安娥到大连的时候，正是日本殖民地时期，她选择黑石礁居住其实还是非常有风险的，因为当年的黑石礁虽然是小渔村，但是紧挨着黑石礁的星个浦（今星海公园），却是有名的高档住宅区，那里到处都是豪华别墅，住的都是有钱人，连有名的连锁酒店大和旅馆都在那里落脚。现在想想，她只在那里住了一年，如果长期住下去，难保她不会有危险。

从凌水桥的海边，可以看到黑石礁的海边，中间有半个临海的山腰阻隔着，不过，如果遇到退大潮，可以从凌水桥的海边，踩着礁石，一直走到黑石礁，那时候也是小朋友们最开心的时候，不仅可以赶海，找到平时找不到的鲜美海物，还可以伸手摸到平时近在咫尺却又遥不可及的黑石礁，那份喜悦，只有在凌水桥住过的孩子们才能够体会得到。

与田汉在一起后，安娥并没有如愿地嫁给田汉，另一个女人的出现，打破了安娥与田汉厮守的美梦，安娥选择了离开，她当时隐瞒了已经怀有身孕的事情，一个人偷偷地生下了孩子，后来又把孩子托付给母亲继续开展革命工作，直到一次她带着儿子与田汉在船上不期而遇，田汉才第一次知道并看到已经四岁的亲生儿子，那以后，两个人重新走到了一起。

50年代初，安娥重回大连，她到当时的大连机车厂体验生活，并完成了一系列反映苏联专家和大机车工人事迹的小说和报告文学等作品，其中以大机车人薛吉瑞的事迹为原型的长篇报告文学《一个劳动英雄的成长》由劳动出版社出版发行，成为新中国第一部描写当代工人的长篇报告文学作品。据记载，安娥最后一次离开大连是1952年，那时她出版了好几部关于大连工业的小说等作品。

我喜欢黑石礁，休息日里经常到黑石礁去玩，有时在海边转转，有时找一家好吃好喝的地方，一坐就在那里坐一个下午，吃吃美食，听听音乐，与家人和朋友们聊聊天，每次到黑石礁，我都会不由得想起安娥。50年代她回大连的时候，一定会回到过黑石礁的红星村，她也一定会坐着那咣当咣当的电车到黑石礁，因为从大机车所在的兴工街到黑石礁，有直达的电车。据说，她在大机车当了六七个月的文化教员，她那么喜欢大海，她没有理由不到黑石礁，那时候的她会不会站在海边，踩着遍布海边的礁石，捡起那些失落三十多年的记忆碎片？

黑石礁的黑色礁石已经越来越少了，50年代，黑石礁海边的水产养殖场为了海带等生产需要，曾经炸掉了许多礁石。而风景美丽的凌水桥海边，也已经填海筑坝，找不到半点儿旧日的模样，这里的海岸线重新规划，早已没有了涨潮和退潮的自然景象，人工的干扰改变了海岸线。黑石礁与凌水桥相连的山顶上，曾经遍布着一座又一座乱坟岗，那里曾经是我小时候黑夜想起来都觉得恐惧的地方，那里也是我想象力最丰富的地方，自制的恐怖大片总是不断在脑海里上映。如今那里建设起了一幢幢大楼，成为某大学的宿舍区，晾晒在阳台上的衣物五颜六色，穿着拖鞋的学生三三两两地在周围转悠，不知道那些女学生是否知道，她们夜晚安睡的地方曾经是乱坟岗，如果知道了那里的前世今生，还会不会在夜晚的林中与同伴低声私语或者海阔天空地神聊呢?

听说从凌水桥通往傅家庄的海上大桥就快要完工了，我一直想再去看看，周日，阳光真好，我开车到黑石礁下屯的海边。在黑石礁与凌水桥相连的山脚下，还有一大片的自然滩涂，好多学生在那里游玩，他们都是二十左右，是附近海洋大学的学生。

不远处的海中央架起了一座桥梁，那是为了打通旅顺南路到市内的新路，以后，我们再往旅顺南路去时，不必要走黑石礁的车站附近，现在那里成了热闹的焦点，高峰时经常被堵得水泄不通。安娥一定想不到，当年的小渔村，早已经被城市化的洪流冲刷得了无踪迹，城郊分隔的界石也早已不知去向。

海浪轻轻地拍打着沙滩和礁石，轻柔的涛声让人心醉。一个女孩子走到海边的一块礁石上，向着远方长时间地看着，像是看远处的大桥，又像是看远处的天空和大海，她白色的风衣在风中微微飘动……

我又想起安娥，当年，也是这样的年龄，也是这样的海边，同样的二十来岁的花样年华，她们站在岁月的两端，向着一样的远方，就这样打量着，打量着……

深情凝望

照片上的她安静而美丽，想到她的那些享誉中外的文学作品，总让我肃然起敬，而我们作家森林的作家作品展示墙上，因为有了安娥的介绍，也显得格外的有分量。

去年春天，我为创作长篇纪实文学《大机车》到大连机车车辆有限公司（以下简称大机车）的档案资料室查找有关资料时，在《大连机车车辆工厂志》的第495页，看到了这样的一段文字：

“1949年到1952年，俱乐部放映电影180部，其间，著名作家安娥在工厂体验生活，以工厂劳动模范薛吉瑞的事迹，撰写了《一个劳动英雄的成长》长篇报告文学。”

这短短的几行字吸引了我的注意，看到安娥的名字时，更是不觉心中一热。安娥是位了不起的女作家，尤其是她的戏剧和歌词作品闻名遐迩，她在中国文学史上有着极其特殊的地位。安娥50年代曾以大连机车工人薛吉瑞为原型，创作出版了长篇报告文学《一个劳动英雄的成长》。安娥何时到的大机车，《一个劳动英雄的成长》又是怎样的一本书？由此，我开始找寻安娥在大机车体验生活的轨迹。

安娥1905年出生，原名张式沅，曾用名何平、张菊生，河北获鹿人。

安娥曾就读于国立北平艺术专科学校，就是后来的中央美术学院。1925年加入中国共产主义青年团，随后加入中国共产党。1926年7月，安娥受中共北方区委派，随邓鹤皋、尹才一等我党早期领导同志一起到大连领导党的工人运动。安娥到大连后，按照中共大连地委的指示，开展党的宣传工作和妇女运动，并参与了正在当时进行的“福纺”工人大罢工的领导工作。为了安全，她和邓鹤皋等人隐蔽身份，曾以化名秘密居住在当时还是渔村的黑石礁一带。

1927年春至1929年秋，安娥到莫斯科中山大学学习，回国后在上海中共中央特工部工作。1932年因中共中央机关遭到破坏，安娥与党组织失去联系。

1933年至1937年，安娥在上海参加进步文艺运动，曾任一家唱片公司歌曲部主任。这期间，她根据自己20年代在大连做地下工作时在黑石礁居住生活的经历，创作出了闻名于世的《渔光曲》，同时还创作了《新莲花落》等作品。1935年2月，以《渔光曲》为主题曲的电影在莫斯科国际电影节获得荣誉奖。

抗日战争爆发后，安娥任战地记者，随丈夫田汉辗转武汉、重庆、桂林等地开展工作。抗日战争胜利后，她曾经在上海市实验戏剧学校执教。1948年，安娥赴解放区，1949年重新加入中国共产党，并出席了当年第一次全国文代会。解放后安娥相继在北京人民艺术剧院、中央实验歌剧院任创作员。1950年，她还到朝鲜前线访问，创作完成了报告文学《从朝鲜归来》。

安娥一生创作勤奋，主要代表作品有诗集《燕赵儿女》，剧本《高粱红了》《洪波曲》《战地之春》等，还创作了儿童剧《假姥姥》《海石花》，并与田汉合作了戏曲剧本《情探》。安娥还创作了许多耳熟能详的歌词作品，除《渔光曲》之外，有名的有《卖报歌》《三个姑娘》《节日的晚上》等作品。

新中国成立后，火热的生产建设热潮吸引了安娥，她急切要求到生产一线体验生活，以创作反映火热生产生活的作品。而她曾经从事过地下革命活动的大连无疑是她体验生活的首选地。1949年冬，安娥来大连体验生活。她首先来到当时的大连中长铁路工厂（大机车前身），后来又到大连水泥厂、大连海港等单位采访。

在大机车期间，正值许多苏联专家在工厂工作。安娥经过细致的采访，完成了小说《苏联分厂长塔拉索夫——大连中长铁路苏联分厂长》、报告文学集《苏联大嫂》等作品，并出版了介绍在大机车工作的苏联专家工作和生活的《苏联专家特写集》。

在大机车深入生活期间，她深入工厂车间，来到了生产一线，与工人交朋友，工厂刚刚恢复生产，工人们生产干劲格外高涨，通过采访，工厂的第一个市级劳动模范薛吉瑞的事迹深深地吸引了安娥的注意，她认识了薛吉瑞。

薛吉瑞 1911 年 2 月生于山东烟台。1924 年曾入满铁沙河口工场技工养成所（今大连机车车辆工厂技工学校）学习，1946 年加入中国共产党。1947 年下半年起，根据当时旅大地委的指示，大机车厂工会在全厂范围内组织开展了第一次大规模的创模立功竞赛运动。此项活动立即得到了全厂职工的积极响应，“争当模范”的运动轰轰烈烈地开展起来了。1947 年 11 月 30 日，在关东职工总会召开的奖模大会上，来自大连中长铁路工厂的薛吉瑞被评为关东地区的特等模范，还有六人被评为一等模范，十四人被评为二等模范，四十九人被评为三等模范。1949 年薛吉瑞还被评为旅大地区劳动英雄。

薛吉瑞于 1949 年，作为旅大工人的代表被选为全国工人代表，随中国工人代表团到欧洲参加世界工联代表大会，并先后到苏联、捷克斯洛伐克、罗马尼亚、匈牙利、波兰等国参观访问，把中国工人阶级的光荣带到了全世界。

薛吉瑞历任锅炉分厂工人技术员、副分厂长、对车分厂副分厂长、工厂生产计划科副科长、总调度、经营助理厂长、代理厂长等职。

1953年薛吉瑞入中国人民大学学习。1954年8月后，历任第一机械工业部机车局材料处处长、成套局材料处处长、办公室主任、顾问等职，1984年3月正式离职休养，1995年病逝。

1951年，安娥以薛吉瑞为原型，创作了六万多字的长篇报告文学《一个劳动英雄的成长》，同年10月由劳动出版社出版，成为劳动出版社当时出版的“劳动文艺丛书”之一，由新华书店华东总分店面向全国发售。

我在大机车档案资料室里看到了《一个劳动英雄的成长》这本书的复印件，这本薄薄的报告文学作品只有六万多字，由于出版时间久远，又是旧体的竖排版，书籍上的文字有些已经模糊不清，加上文字是繁体字，读起来非常吃力，我用了一天的时间才读完了这本书。

在这部长篇报告文学里，安娥用细腻的笔触忠实地记录了她经历50年代大机车热火朝天的生产建设的情况，描写了薛吉瑞怎样由一个日本帝国主义压迫下的穷苦工人成长为中国劳动人民英雄的事迹，也表现了以薛吉瑞为代表的中国工人的觉醒和成长的革命历程。

安娥的写作手法平实自然，朴实无华，但描写却非常细腻，可见她在工厂深入生活时采访的细心，其中有一段这样描述：

“薛吉瑞只好把当兵报仇的雄心暂且放下，怀着满腔的仇恨回到了养成所继续干活。一方面听信舅舅叔叔的话，孝顺母亲，维持家庭。一方面听信老典们的话，团结工友反抗日本工厂主的剥削压迫。他知道用硬的办法，和敌人拼个你死我活的机会还没有到来，暂时只可用软的办法，比如今天刺鬼子一‘枪’，明天动员工友砍鬼子一‘刀’。集小胜为大胜，采取群众性的稳步攻击，由四面八方不断去袭击鬼子，削弱鬼子的力量。

“1930 年薛吉瑞十九岁，在满铁养成所期满毕业，鬼子人事系提拔他到满铁工厂锅炉厂做正式工人。第二年就爆发了‘九一八’事件，鬼子压迫工人一天比一天厉害，在现场，不许工人互相多说一句话，只要看见两个缠一块说到两句话以上，立刻就打人。工友们只得干完活，吃完饭，各自闷头去睡，鬼子们看见说：‘这个人是大大好工人，不打的有。’”

“有一天，锅炉厂鬼子组长分给王师傅一件活，王师傅接过来一看，鬼子把线画错了。要是照鬼子的方法去干，准坏！坏了鬼子一定会赖是王师傅干坏的，王师傅和鬼子辩了几句，鬼子顺手拿起一条厚木板，把王师傅的头打开了一条深深的裂口！血顺着脸流到了肩上，王师傅要鬼子开伤票送他进医院。鬼子不但不给他开，还逼着他非要立刻把活干完。”

……

虽然安娥的这本《一个劳动英雄的成长》不像她其他作品那么有名，但是这本书却有着特殊的意义。要知道，这是新中国成立以来，中国第一部描写工人的长篇报告文学，而主人公是我们了不起的大机车工人，安娥不仅用文字真实地记录下了这一段工厂的历史，而且那也是她对中国工人的深情凝望，为我们这个城市留下了宝贵的精神财富。

1956年，安娥由于身体患病的原因停止了文学创作，1976年8月18日，这位充满才华的传奇女子与世长辞。

“大连作家森林”有一面作家作品展示墙，上面都是曾经在大连工作生活过的中国作家协会会员和他们的作品介绍，那上面就有著名作家安娥的介绍。我在“大连作家森林”主持每周三下午的文学下午茶活动，每周三我都会到作家森林，每次去我都不由得去看看安娥的介绍，看看照片上的安娥，照片上的她安静而美丽，想到她的那些享誉中外的文学作品，总让我肃然起敬，而我们作家森林的作家作品展示墙上，因为有了安娥的介绍，也显得格外的有分量。她充满传奇的人生经历和丰硕的文学成果，使她在中国文学史上具有特殊的地位，她是中国女性的骄傲，更是中国作家的骄傲。

黄金如玉于书

真担心有一天，手上捧着书籍，闻着书里隐隐的纸香，沉醉在故事情节里的那种快乐，那些曾经惊心动魄的阅读，那些游历在精神世界里的探险以及内心的自由航行，那种黄金如玉于书的探求，会不会成为人类最浪漫的往事呢?

我超级喜欢玩牌，尤爱打滚子，有一个打滚子好友圈，圈里的人码字的居多，大家也和我一样喜欢打滚子，时间长了不打就特别难受。但写作的人最内疚也算得上头等重要的事就是时间，打滚子浪费时间，而心里又特别想玩，于是每一次特别想玩的时候就忍不住，每一次玩完的时候想到这样地浪费大把的时间，看看书写写东西不好吗？一种犯罪感油然而生。

那才叫纠结啊！

最需要时间的是读书，经常列了一长串的计划。读书计划其实每个人都会有那么几次或者十几次几十次地列入日程，那些未来的读书计划好像是即将搭建的宏伟蓝图，起初总是有着血脉偾张的恒久耐心，最后都被这样那样的托词给挤对了。

经常会被各种榜单所牵引，“不容错过的十大好书”、“一生必读的十大经典”、“年度十大排行榜”，甚至“纽约十大好书榜”也被媒体恣意转载，多少人在这样的榜单的怂恿下，甘心地掏了腰包，更要命的是觉得全都可以读下去，结果大多半途而废。

倒是亚马逊公司与快递公司的快递员，对我多了些不信任的目光，见天地买书，真的看得完？终于有一天，一位已经熟悉的快递说，你是作家吧，我最近在报纸上看到你的照片了，难怪啊！不然，这个小区，我送得最多的是成衣店的货。似乎有钱一族读书的人真不是太多，是啊，都有了那么好的生活，读书有甚用？邻居的阿姐开玩笑地对我说：凡是写书告诉别人怎么挣钱的大多是穷人，写计划生育书的人基本上都是外行，而写怎么做爱的男人，一定是性无能，如果不是这样，谁会把真经告诉外人？

说得我哑口无言。

众人说好的书，我一定要读，尽管读得很费劲，但我就喜欢在读书时跟自己较劲，就想看看到底好在哪里，越是看不下去的时候，越要跟自己过不去，看到最后，原来是这样好，还是原来是蒙人的，都会知道了，以后遇到那些徒有其名的人写的书，再也不会买。

对作家的认识都是从书开始的，不管别人说这个人多么有才，多么厉害，多么了不起，我一定要看了他的书再确认。好的品德在书里可以品出，恶的为人也可以从中揣摩二三。

我读书有过计划，但从没有按计划进行过，有时候同时看几本，有时是为了用而看，有时候是朋友的书必须看，有时候为了开会看某个人的书，有时候就是闲来无事翻翻而已。

有时受朋友之托，为了给人家写评论，开研讨会，会真心地去看书。后来发现，大多开研讨会的书不一定都是好书，有时候是作者有闲钱了，或者想换个法儿吹捧自己，有时候就是觉得自己的书写得好，要好好地研讨一下，反正，感觉开研讨会的书没有几个让我喜欢的，慢慢地，我就拒绝参加各种研讨会，为了给自己省下来更多的时间读更有益更好的书。

对经典的着迷，好比对钟情的某个品牌，或者对喜欢吃的某种菜，过不了多久，一定要吃一回才会觉得对得起自己的胃口。倒胃口的菜我是绝对不碰的，不管别人说这个人写得多好，读过他让我倒胃口的一本书，我就放弃了。尤其是当知道了许多人是根本没有看过这个人的书，只是因为朋友或者因为小圈子里的相互吹捧，我就更加不能原谅自己，这样的时间阅读这样的作品，不读也罢，有时间浪费岂不是更大的享受？

我是不大相信名家推荐的年度选本一类的书籍，尤其看不起近年来流行的什么最佳选编之类的东西，那些都具有很强的欺骗性和片面性，在年度选本里列上他们熟悉的名字，而且他们大多会在前言中说明会有遗珠之憾，选的不一定是代表最好的等等。经常会有人拿这个说事，在我看来，好比多年前有人告诉我，他被收入中华名人名家大辞典一样让我恶心。

我曾经认识的一些所谓的评论家，知道他们怎么评别人的作品？一本四十万字的小说，他两个小时就翻完了，再看看开头，再看看后记，然后就开始堂而皇之地写评论。收了红包自然会说好话，对作者没有半点儿益处，而作者诚心诚意的拜托，却因为钱而被敷衍。对于作者的作品，评论家是不是用心地读了，从他的评论的字里行间完全可以看出来。

尽管艺术形式多变如无穷的星空，读书仍是我日常生活中的最爱。

大凡是成年时喜欢做的事，一定是年少时向往和缺少的，书于我便是如此。在物质越发优越的今天，我们常常会不经意间忘记那些曾经的痛苦，忘记那些没有书读的日子。那种精神上的痛苦虽然很深，伤痕触目惊心，却永远追不上淡忘的脚步。

曾有一本时尚杂志的记者采访我，让我谈谈对读书的看法，并让我推荐几本喜欢的书给他们。感觉读书这个话题好像与他们时尚杂志不搭界，再细翻他们的杂志，我顿时心生好感。要知道，现在喜欢读书有时间读书愿意读书的人已经越来越少了，这本流行前沿的杂志，把名表时装奢侈品等吸引眼球的东西与读书一块儿推出，特设专栏，专谈读书，这真是难能可贵，于是很乐意把自己读书的体会与他们分享。

读书对一个人很重要，读书有着人所共知的好处，比方说读书可以增长知识、提修养、陶冶性情、愉悦身心等等，读书也可以让人明了是非、达观向上，不是有古语“腹有诗书气自华”、“书中自有黄金屋”、“书中自有颜如玉”吗？当然首先是要读好书。好的书像一面镜子，又像暗夜里的一盏明灯。读书能使人谦卑，能看到自我的平凡和世界的博大。读书的人最有力量，试想想，如果一个人哪怕什么都没有了但是只要还有书读，读书仍然会使人的内心变得强大，读书也会成为一个人内心最后的堡垒。

有书读，人生便永不寂寞。

如今一切以快以速度为重的时代，读书这种慢腾腾的行为正在一点点被挤对。据美国国家艺术基金会（NEA）调查，近年来，不仅是成年人这些已经习惯了阅读的群体在减少阅读，青少年的阅读时间和阅读能力也在同步下降，并且已经危及学习成绩和写作水平。阅读这种古老的思维活动已经越来越令人担忧。

我喜欢读书，有时遇到自己喜欢的书都不舍得读完，一本吸引我的好小说，越到结尾处越不想往下读，越不舍得读，有时不想那么快知道结局。有时一本书还会看上几遍。对于爱好写作的我，遇到一本心仪的书，看过“热闹”过后，还会研究研究书的“门道”，仔细研读故事的情节结构框架章节安排表现手法以及流派语言等等，常常会在书页上写满了各种注解，写下当时读书时的心态心得和想法。我的书买回来都会包上书皮，有时候书内页已经泛黄或者记满了各种文字，但打开书的封面依然光鲜，像优雅的女人，永远以美丽示人。每本书的扉页上还会记载着何年何月购于何处，有些朋友送的书也让他们写上寄语。80 年代我们文学院流行过一阵子“张爱玲热”，而沈阳和大连的书店里当时也买不到她的书，当时也没有网购这一说，我的一位在朝阳的同学特别有心，放暑假时回朝阳老家，逛书店时发现了张爱玲的《传奇》，立即买了寄给我，封面上题写了这样两句话：“没有什么《传奇》，日子平淡如水。”这本书已经保存了二十多年了，也是我最喜欢的书之一。

我觉得一个人必须读书，就好像人必须要吃饭一样。读书好比吃饭，你可以吃五谷杂粮，也可以吃精细食品，既要有营养，又要能强身健体，首先是要自己喜欢，更要学会取舍。有些书可以细嚼慢咽，有些书可以囫囵吞枣。总之，读书就像吃东西一样，要选择健康食品，要吃对身体有益的东西，而不能吃对自己身体有害的东西，这样才能通过读书使心灵得到净化，才能使精神世界更加丰满。

我喜欢阅读，读书读到沉浸其中感入深处时，心神随着时光飘移了，脱离了纸面，意识在游弋之中飞翔，不舍得回归凡尘俗世，不记得人间诸事……这种只有读书才会成就的美境真的无法用语言形容。

因为文学的缘故，最早我比较喜欢文学类书籍，因为从小的作家梦想，文学类书籍更是必不可少。除了涉猎各种文学名著，我还喜欢涉猎艺术、摄影、绘画和历史等书籍，我家的书桌上沙发上还有床头柜上等到处都是书，有时专注于一本书，有时同时看几本书。看书也不会挑时间，在车上等人的时候看，睡觉之前看，煲汤的时候看，看电视时中间插播广告时间也会看一会儿。读书是我日常生活的一部分，或者说是我生活的常态，一天不读书，就会觉得仿佛一天没吃饭一样，会饿得慌，会饥肠辘辘，会觉得心里没有底气。

如今的图书市场上空前地活跃，书的品种特别多，数量也达到了历史高峰期，然而鱼龙混杂的情况也较严重，你不可能也没有必要读所有的书，要学会分辨，懂得去伪存真。我觉得没有必要读那些空洞的励志书，因为有些励志书就是各种书的“拼盘”，东摘一句西摘一句，我喜欢读一些人物传记书，像科林·鲍威尔、林肯、卓别林等人的传记，这些人物是立体的真实存在的，带有时代特征，读起来对身心有益。如果有时间，还可以多读些童话书，不要以为童话是小朋友的专利，我就比较喜欢儿童文学书，像《尼尔斯骑鹅旅行记》《窗边的小豆豆》《战马》等。读书也不能跟随潮流，尤其是那些经过精心策划针对当下热门话题而非心灵表达和创作的书籍还是要有选择地去读，不然你总是在人家的忽悠下跟着“潮流”走，到后来只会给人家的腰包填得满满的，不会有任何收获。

在越来越浮躁的当下，因为社会上有太多的诱惑，酒吧、网络、户外活动以及这个群那个圈的等等各种各样的业余生活跟读书争抢地盘，读书也便成了一件难事，因为读书需要时间，而时间对现代人来说，仿佛永远不够用，所以拿出专门的时间读书几乎成为一种奢侈。然而，如果你爱上了读书，你的一生都将会与书为伴，也将一生拥有无尽的财富，因为只有知识这种财富永不贬值。

读书其实不但影响了自己，更能影响他人，而且也是个自醒的过程。一本好书，常常让我沉醉其中。如今我最快乐的时光仍然是与书相伴，坐在午后的阳光下，捧一本心仪的书籍，细细品读……

有人说，如今是微信时代，每天早晨打开手机，沾满口水的转来转去的有点儿让人恶心的心灵鸡汤布满屏幕。

书中自有黄金屋，书中自有颜如玉。

真担心有一天，手上捧着书籍，闻着书里隐隐的纸香，沉醉在故事情节里的那种快乐，那些曾经惊心动魄的阅读，那些游历在精神世界里的探险以及内心的自由航行，那种黄金如玉于书的探求，会不会成为人类最浪漫的往事呢？

以洁净之心面对文字

字里有风骨，字里有精气神，字里有人间沧桑，字里有世态炎凉。字里也有内涵有文化有气质也有魅力。

单位新来了两个实习生，在办公室负责帮忙打字校对文稿等工作，那天让他们帮忙写个东西，全说不会写字，只会打字。他们所说的不会写字，其实就是字写得歪歪扭扭不太好看，他们都是已经好久没怎么写字了，甚至有些不知道怎么写字了，更不用说识别和校对领导们写的那些天马行空的文字了。

电脑的风行，改变了许多人的书写习惯，再加上同音字的随意使用，更是无法使汉字书写严谨起来。好多人已经越来越不重视写字了，许多人都已经懒得写字或者已经不会写字了，似乎写好汉字只是书法家的事了，跟平常人没有什么关系。现在电脑上什么字体都有，写多大写多少都不成问题。曾经电脑打字机等等还没有出现或者还没有普及的时代，听说谁谁谁写得一手好字那一定会让人羡慕不已。有的人因为写得一手好字被提拔了，有的人因为一手好字而找到如意伴侣等等不胜枚举。像我这样当过秘书的人，如果字写得不好是绝对不称职的。而现在的孩子们几乎都不愿意写字了，再说也没有时间写字了，现在什么都是速成的，而作业本考试卷也是印刷好的，填好 ABCD 的空或者选择 ABCD 就 OK 了。

文字仿佛已经不那么重要了。

喜欢文学的人，首先对汉语文字有种亲切感，作家正是用这种富有美感与艺术感的几千个汉语文字堆砌排列组合，形成了独特的语言，才有了文章，有了文学，有了让人阅读的快感，有了令人动心的享受。

常常有人说，字如其人，文如其人。文字的意义在这里得到升华。

汉字的演变是从象形的图画到线条的符号和适应毛笔书写的笔画以及便于雕刻的印刷字体等等，演进过程充满了神奇的智慧和丰富的灵感，早已成为一门学问。普通人理解的文字就是用来学习、书写、表达和交流等等，不去深入地研究。但文字也有除了字面意义外更深刻的含义。许多人可能最先会写的汉字除了“一、二、三”等简单的文字外，还有一个简单的字“人”是许多人最先会写的，但“人”字虽然只有简单的两画，但是要伴随一生，做好这个“人”字就没有写起来那么容易，做“人”难，做好“人”难，做有成就有爱心让人尊重的好“人”更难。

中国的文字充满了魅力，许多外国人都把学写汉字当成时下最时尚的追求。有些外国人把汉字当成装饰，施拉普纳家里就摆满了含有中国汉字元素的物品，比如写满寿和福字的茶具，还有画有中国山水的国画，各种书法作品等等。我认识的一位刘姓领导，他有一位韩国朋友，这位韩国朋友每年春节都会给他邮一张自制的贺年卡，这张贺年卡上会画有精美的中国工笔山水画，还有写得遒劲而工整的祝福的汉字。这些贺年卡领导都精心地保存着，摆放在书柜十分显眼的地方，所有看到这些贺卡的人都称赞不已，人家一个外国人汉字都写得这么好，而我们国人时常把汉字写得十分的潦草、凌乱，与之相比，真是汗颜啊。据说，韩国的老一代人都会写汉字，汉字对韩国的政治文化等影响非常深远，在古代的朝鲜贵族和官吏都使用汉字。如今，大韩民国费劲地把汉城改成首尔，看来中华文化的影响已经让他们感到了危机和不安。

我有一位在美国读书的小朋友霖，她从美国给我写贺卡，而我也给她写贺卡，有时也给她写信。我给她的信封上的字一定要工整，排列有序，尽量写得有美感，显示中国汉字的魅力。每次霖接到信，美国同学都会拿着信封看好久，对信封上神秘的中国字充满了好奇和羡慕，如果看到信里面密密麻麻整整齐齐的汉字，会更如看天书一般，非常喜欢，要知道，现在没有多少人会费心费力地写信了，信变成了珍贵的东西，有的同学还要当成艺术品收藏，每到这时，霖就觉得非常自豪和开心。

中国文字在各个历史时期所形成的各种字体，有着各自鲜明的艺术特征。如篆书古朴典雅，隶书静中有动，富有装饰性，草书风驰电掣、结构紧凑，楷书工整秀丽，行书易识好写，实用性强，且风格多样，个性各异。

字如其人。字里有风骨，字里有精气神，字里有人间沧桑，字里有世态炎凉。字里也有内涵有文化有气质也有魅力。一个小孩子字写得再好，而没有阅历没有沧桑在里面，少了内涵和味道，那样的字是无法传神的，只能是好而已。一个人从小时候就把字写得很好，那一生中都会因为写一手好字而受益，而且一手好字也会随着年龄的增长阅历的增加而最终会写得形神兼备。

字是人性格的体现。有的人字如飞鹤，行云流水，这种人定然活泼大方，潇洒不羁。有的人字如版刻，严谨工整，这种人大多一丝不苟，成熟稳重。等等。有的人字里透着刚劲，有的人字里藏着柔情。字在不同人的笔下，会体现不同的风情。等等。

字也能体现人的心理和体征。据说有的高人会透过字体给人看病。随便你写出一个心中想到的字，是否有力，是否不羁，是否有内涵，是否有学识，从字里的结构中就能看出来。

在我看来，与字如其人一样，文如其人。我对文字乃至文学和对自己的人生一样，常怀洁净之心对待之。尤其是对待具有千年历史的中国汉字，更是要充满敬意的。

好久没有休假了，近年底前，好容易挪出一段不太忙碌的时间，把年假休了。休假之前我为自己设定了写作目标，有短期速成的目标，有长期慢写的目标，总之要让这二十多天出点儿成绩。平时工作太忙，很难有大块的时间用来写作，那根写作的神经总是让工作和日常琐事零碎缠绕着，永远无法延续，也不完整。虽然有二十多天的休假，但对于写作者而言，二十天虽珍贵但也不见得能写出什么大作。不过，一个人静静地坐在书桌前，让思绪和精神没有任何干扰地去飞翔，去驰骋，很是享受。

我写作时，不管多么着急走进书房，也不管我多么的慵懒，每天正式写作前我必是要沐浴后才能进行，我不会一大早晨蓬头垢面地钻进书房，也不会松松垮垮睡眼惺忪地走进书房，除非我灵感大发迫不及待。有一天与朋友聊天，我说我写作时必须干干净净地梳洗打扮一番才会走进书房去面对文字，朋友说她也有同感，她每次写作时都要把家里打扫干净，把自己收拾利落，然后再泡一杯咖啡，才会安静地坐在书桌前。

我对书对文字对写作永远都怀有天然的敬畏，存有洁净和庄重之心。我不会把报纸或者书籍垫在屁股底下，也不会用报纸和书籍当包装纸包东西，更不会随便把书丢在什么地方，如果不小心我坐到书或者报纸等带有文字的纸张上，我都要迅速拿起来，放到我的头顶上轻轻地拍几下，以示对文字不敬的歉意。我对那些动不动就把书籍放在屁股底下当坐垫的人非常的愤怒，那些即使污染了书籍也要保护裤子干净的行为对我来说是让人不齿的。虽然灰尘被书籍阻挡，但那种所谓的干净充满了大不敬。

对于文字，我永远怀着一颗高贵而洁净之心去面对。

明心见性与深邃联想

——鹤蜚散文印象

赵宪臣

明心见性的散文重在向读者敞开作家的心性，正像置于阳光下的万物花开，不遮掩、不矫饰，开得拙朴自然，开得不虚张声势。深邃联想的散文则是作家面对生活的深思熟虑，是感受和思考的落地生根，此时的作家内心装满语言聚集起的惊涛骇浪，一旦不可遏制地奔涌，必将给读者带来一波又一波的冲击。这样两种看似截然不同的散文创作走向，却在女作家鹤蜚的散文创作中和谐共存，读她的散文一方面让人们看到了一个毫不掩饰的作家自己，一方面又看到了一个内心波涛汹涌，在放纵的联想中走向深邃的智慧化身。

鹤蜚的散文有一些收集在了几年前出版的散文集《光影绚烂的深处》中，有些则见于近年来的《文艺报》《中华文学选刊》《散文百家》《散文》等报纸杂志。小说家写散文是作家为自己准备的另一副笔墨，大多都是随意之作，真正苦心经营散文的是专攻散文的散文家。可往往出现这样的写作情景，有些散文家有心栽花却花不开，有些小说家无意插柳却长成了密林。作为以写小说著称的作家，鹤蜚写散文就属于无意插柳却插出了一片阴凉的情形，躲在她营造出的这一片阴凉下，人们能实实在在地感觉到烈日当头时的神清气爽。也就是说读鹤蜚的散文用不着正襟危坐、一脸严肃，以乘凉者的放松心态更能品出她散文的内在韵味。

这是一个不讳言自己心性的作家写下的性情散文，尽管鹤蜚在散文的取材上不拘小节，涉及了生活的方方面面，但在作品中不忘表白作家的个人心性，却是显而易见的。读过鹤蜚的散文立马就能知道她是个什么样的人，对此再粗心的读者都有心照不宣的意会。读她早期散文《等待你，我的船长》《光影绚烂的深处》你会懂得她的感伤和怀念，读她的《带着朋友“上海”去》《我和国凤的伟大友谊》你能洞悉她在友情上的重情重义，读她的《又丢东西》你了解了她的粗心大意，读她的《粽香时节的记忆》《美食即人生》你知道了她对美食的那份喜好和贪恋，读她的《金苹果！金苹果！》你窥见了她的一个小小的却很急迫的愿望。在散文中如此近距离地写自己，把个人的所思所想所感毫无保留地完整呈现，这在鹤蜚来说，也是散文写作的一种境界。活出真实的自己、写出真实的自己、再现真实的自己，这样的意识顽强地在鹤蜚那充满睿智的大脑里生根发芽，让她在散文写作中不管不顾、任性而为。人总是分类型的，有的明心见性，让人一眼洞穿，有的城府很深，让人无法摸透，这都是人之为人的常态。至于在散文写作中是明心见性好，还是深藏不露好，并没有一定之规，写出自己的那个人生常态，直接也好，隐讳也罢，都是散文所需要的。不过有一点还得明确指出来，如果生活中人人都是深藏不露、不苟言笑的样子，那么这个社会将很可怕，所以多一些明心见性的散文，生活也会多一些明朗。

鹤蜚对个人心性的书写不是捕风捉影、来路不明，都有着现实生活的依据可寻，既充满日常生活趣味，又有着事实存在的无可辩驳。就说她的那篇写大连文艺奖项的《金苹果！金苹果！》吧，那是在列举了获奖人对艺术的敬畏和坚守之后，领悟了“每一个‘金苹果’都耀眼、荣光，却也是浸染着汗水和智慧”这一真谛之后，作家才把个人的愿望交付出来，理直气壮地说出：“‘金苹果’，‘金苹果’。想要一个‘金苹果’！”此篇散文因为在个人的愿望之前有了足够的铺垫，那个愿望看起来就十分的合理并且必要。散文写作有了心性在其中呼应着作家的召唤，就有了温度，有了筋骨，有了活力，这在鹤蜚的散文写作实践中得到了令人信服的验证。

鹤蜚近年来的散文更加关乎心性，突出的却是个人怀旧心结及深邃联想，这些散文是她近年写下的《时光偷走的岁月》《老家》《消逝的深秋》《王的果实》《我们相熟的身体》《大潮退去》等篇，这些后期写下的散文没有收入到作家的散文集中，大都发表在了报纸杂志上。相较于散文集中的作品，此类散文更突出了语言的自觉，做到了挥洒自如，词语的力度和诗性被作家发挥得淋漓尽致，读这些散文将饱尝被语言击中后的痛感、快感。回到“小时候”是这些散文对时间的一次次穿越，这种穿越依赖作家清晰的记忆。在《时光偷走的岁月》中，城市拆迁紧锣密鼓，鹤蜚却在即将消逝的老旧建筑面前，想起了成长往事中的一幕幕，一种岁月流逝的忧伤悄然滋长。在《王的果实》中，置身在果园里摘苹果，鹤蜚也能联想起小时候偷吃苹果的乐趣，并能在摘苹果的过程中领悟到：“没有谁敢说自己握在手里的东西是世界上最大的。只要，你是你自己的王，就好。”这篇散文见于《散文百家》，是一组三篇散文中的一篇，一本杂志能集中在重要版面发表作家三篇共一万多字的散文，这种情况并不多见，其中《王的果实》应属最有力度的一篇。在《大潮退去》中，鹤蜚完整地呈现了小时候一次赶海的情景，那种亲身经历的过程被书写得十分真切，一种紧张忙碌的氛围也被渲染得疏密有致，更为重要的是在赶海过后，作家坚信一个朴素又实在的真理：“大潮退去，总会有人满载而归。”这才是散文最终要给出的一个意味深长的结论。这篇散文在《文艺报》发表后，能被《中华文学选刊》选载，也是因为编者看出了散文的意味深长。鹤蜚为什么如此热衷在散文写作中不断地回到小时候？读过她的散文会发现，只要回到小时候她的艺术感觉就会被唤醒，她的联想就有了丰富和延展。回到小时候不仅是作家的一个心结，也是作家写作的一个富矿。

童年生活的影响对作家写作的影响从来都是巨大的，这样的影响不仅表现在了鹤蜚的散文写作中，就是在其他一些中国作家的写作中也有迹可循，在余华、苏童、迟子建等著名作家的作品里，小时候的影子也是清晰可辨。鹤蜚乐于在散文写作中回到小时候不是个人的孤独之旅，而是与其他作家结伴而行。当然每个人都有每个人的小时候，对于作家来说写出那个独属于个人的小时候，就是对文学的一种有价值的奉献，从鹤蜚的散文写作上看，她尽到了一个作家的职责。

图书在版编目（CIP）数据

融入生命的味道/鹤蜚著. —大连：大连出版社，2015.11
（“字码头”读库. 辽宁舰）
ISBN 978-7-5505-0957-3

Ⅰ.①融… Ⅱ.①鹤… Ⅲ.①散文集－中国－当代
Ⅳ.①I267

中国版本图书馆CIP数据核字(2015)第178159号

融入生命的味道
RONGRU SHENGMING DE WEIDAO

出 版 人：刘明辉
策划编辑：刘明辉 李 岩 张 波
责任编辑：张 波 魁宏达
封面设计：林 洋
版式设计：张 波
封面绘图：孔昭平
责任校对：张丽娜
责任印制：阎 骋

出版发行者：大连出版社
地址：大连市西岗区长白街10号
邮编：116011
电话：0411-83620442 0411-83620941
传真：0411-83610391
网址：http://www.dlmpm.com
E-mail：dlszhangbo@163.com
印 刷 者：大连图腾彩色印刷有限公司
经 销 者：各地新华书店

幅面尺寸：130 mm×195 mm
印　　张：10
字　　数：192千字
出版时间：2015年11月第1版
印刷时间：2015年11月第1次印刷
书　　号：ISBN 978-7-5505-0957-3
定　　价：29.00元